1, 2, 3…

ティアムーン帝国物語 IV

断頭台から始まる、姫の転生逆転ストーリー

Tearmoon Empire Story

Written by Nozomu Mochitsuki

餅月望

TOブックス

サンクランド王国
SUNKLAND KINGDOM
王都
セントノエル
学園
ノエリージュ湖
公都
聖ヴェールガ公国
PRINCIPALITY OF
SAINT VEIRGA
王都
レムノ王国
REMNO KINGDOM
辺土
N
未開地

Tearmoon Empire Story World Map
辺土
ティアムーン帝国
Tearmoon Empire
新月地区
帝都
ガヌドス港湾国
Ganudos Port Country
初期帝国領土
(中央貴族領地群)
ガレリア海
セイレント
静海の森
ルドルフォン
辺土伯爵領
ペルージャン農業国
Perugian Agricultural country

contents

第二部　導の少女Ⅱ

CHARACTERS

ティアムーン帝国

孫と祖母

仇敵

ミーア

主人公。帝国唯一の皇女で
元わがまま姫。
が、実はただの小心者。
革命が起きて処刑されたが、
12歳に逆転転生(タイムリープ)した。
ギロチン回避に成功するも
ベルが現れ……!?

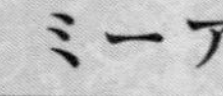

ミーアベル

未来から時間遡行してきた
ミーアの孫娘。通称「ベル」。

仇敵

革命

ルドルフォン辺土伯家

ルードヴィッヒ

少壮の文官。毒舌。
信仰するミーアを
女帝にしようと考えている。

仇敵

ティオーナ

辺土伯の長女。
ミーアを慕っている。
前の時間軸では革命軍を主導。

セロ

ティオーナの弟。優秀。

リオラ

ティオーナの専属メイド。

アンヌ

ミーアの専属メイド。
実家は貧しい商家。
ミーアの忠臣。

ディオン

帝国最強の騎士。
前の時間軸では
ミーアを処刑。

四大公爵家

ルヴィ

レッドムーン家の令嬢。
男装の麗人。

エメラルダ

グリーンムーン家の長女。
自称ミーアの親友。

サフィアス

ブルームーン家の長男。
ミーアにより生徒会入りした。

※ ──── 未来の時間軸での関係性　※ ………… 前の時間軸での関係性

サンクランド王国

キースウッド

シオン王子の従者。
皮肉屋だが、
腕が立つ。

シオン

助力

第一王子。文武両道の天才。
前の時間軸ではティオーナ
を助け、後に断罪王と
恐れられたミーアの仇敵。
今世ではミーアを
「帝国の叡智」と認めている。

［風鴉（かざがらす）］サンクランド王国の諜報隊。

［白鴉（はくあ）］ある計画のために、風鴉内に作られたチーム

聖ヴェールガ公国

支援

支援

ラフィーナ

公爵令嬢。セントノエル学園の
生徒会長にして、実質的な支配者。
前の時間軸ではシオンとティオーナを
裏から支えた。
必要とあらば笑顔で人を殺せる。

［セントノエル学園］

近隣諸国の王侯貴族の子弟が
集められた超エリート校。

レムノ王国

アベル

王国の第二王子。前の時間軸
では希代のプレイボーイとして
知られた。今世では、
ミーアに出会ったことで
真面目に剣の腕を磨き始める。

［フォークロード商会］
クロエ

いくつかの国をまたぐ
フォークロード商会の一人娘。
ミーアの学友で読書仲間。

混沌の蛇

聖ヴェールガ公国や中央正教会に仇なし、世界を混乱に陥れようとする破壊者の集団。歴史の裏で暗躍するが、詳細は不明。

STORY

崩壊したティアムーン帝国で、わがまま姫と蔑まれた皇女ミーアは処刑されたが、
目覚めると12歳に逆戻りしていた。第二の人生でギロチンを回避するため、帝政の建て直しに奔走。
かつての記憶や周囲の深読みで革命回避に成功するも、未来から現れた孫娘・ベルから、
未来のミーアと一族郎党の破滅を知らされる。未来改変の一歩として、
セントノエル学園の生徒会長選に立候補し、奇跡的にその座を射止めたのだった。

イラスト——Gilse
デザイン——名和田耕平デザイン事務所

第二部
導(しるべ)の少女Ⅱ

THE GIRL FROM THE FUTURE

プロローグ　ミーアの妄想学園

「まったく、こんな簡単な問題もわからないのですか？　お姫さま」

目の前に立つクソメガネは、ミーアを馬鹿にするような、呆れるような顔で肩をすくめる。

それに対し、ミーアはうつむき、なにも言い返せずにいた。

哀れにも、ただただ肩を震わせるのみで……。否！　そうではなかった！

「ふふふ、そんなの簡単ですわ！」

顔を上げたミーアは満面のドヤァ顔で、言い放った。それから、出された問題をスラスラスラーっと解いていく。

それを見たクソメガネは、驚愕のあまり瞳を見開いた。

「ふふん、簡単すぎてあくびが出てしまいますわ。むしろクソメガネ、あなた、こんな問題もわからないんですの？　なんでしたら、わたくしがお勉強を教えて差し上げましょうか？」

腕組みし、この上ないドヤァ顔をするミーアに、クソメガネ――ルードヴィッヒは言った。

「よくわかりました……。ミーア姫殿下、あなたは俺などではとても及ばない、聡明な方だ……。ぜひ、新設される学園では、ミーアさまにも教師として教鞭を取っていただきたく……」

「ほう……わたくしが教える？　あ、もしや、それが、わたくしを帝都に呼び戻した理由ですの？」

「はい、その通りでございます。これをどうぞ……」

ルードヴィッヒは片膝をつき、ミーアに一本の教鞭を差し出した。キノコのマスコットのついた、素敵な教鞭である。

それを手に取った瞬間、周囲の光景が一変した。

そこは、荘厳な図書室。広い部屋は本で埋まり、ところどころに飾られた美しい花が、神々しい香りを放っていた。

そして、ミーアは、膨大なる知識を従える女帝として、その場に君臨していた。

キラーン、と眼鏡を輝かせ、並んだ本の一冊に手をかける。

「ふむ……、なかなかよく書けた本ですわ。まぁ、わたくしはすべて知っておりましたけれど……。なにしろ、わたくしは聡明な姫にして、この学園の教師ですもの！」

ぐぐぃっと胸を張るミーアに、いつの間に現れたのか、ベルが、分厚い本を開いて立っていた。

「ミーアお姉さま、ここがわかりません！」

「どれどれ、ふむふむ、ああ、ここは、こう……、すらすらっと」

「ふわぁっ！　さすがです、ミーアお姉さまっ！」

「人に教える才能もあるとは、このルードヴィッヒ感服いたしました」

ベル、ルードヴィッヒをはじめ、いつの間にか、ミーアの前には大勢の人々が並び、ミーアに教えを請おうと詰め掛けていた。

「大人気ですわ……。ふふふ、ああ、すごく気持ちいいですわ！　なんだか夢みたいですわね！」

無論、言うまでもないことながら……ただの夢である！

がたん、っと体が揺れるのを感じて、ミーアは静かに瞳を開いた。

「ふぁ……、あら、ここは……」

ぼんやりとした視界に現れたのは、見慣れぬ天井。そして、自らを見下ろすアンヌの顔だった。

「あ、お目覚めになりましたか？　ミーアさま」

アンヌが優しげな笑みを浮かべて、ミーアの顔を覗(のぞ)き込んできた。

「あら……わたくしは……」

っと、頭の後ろに柔らかな温かみを感じて、ミーアはようやく思い出す。馬車の中で、アンヌに膝枕をしてもらって眠っていた、ということに……。

「ああ、すっかり寝入ってしまいましたわ……。すまなかったわね、アンヌ。疲れたでしょう？」

「いえ、ミーアさまが気持ちよくお休みになれたなら、なによりです。それにしても、なんだか、笑っておられましたけど……なにか良い夢でも見られたんですか？」

「ええ、夢なのが残念なぐらい楽しい夢でしたわ。あっ、そうですわ！」

ぴょんこっと起き上がったミーアは、すぐさま日記帳を取り出した。

「忘れないように日記に書いておくのがよろしいですわね……。なにかの役に立つかもしれませんし！」

今のステキな夢を忘れないために、ミーアはガリガリ、ものすごい勢いで日記を書き始めた。

一通り、記載を終えてから、ミーアは、満足そうにため息を吐いた。

「人に教えるのがこんなにも楽しいことだなんて思いませんでしたわ。ふむ……、わたくしが教鞭をとるというのも、悪くないかもしれませんわ」

ミーアの脳裏に、ミーア皇女伝の記述が甦(よみがえ)った。

「なぜ、学園の記述が消えたのか……、そして、ベルの未来においてなかったことになっている、寒さに強い小麦……。来年からの飢饉(ききん)を乗り切るためには、食糧を得る方策はできるだけ多く用意しておきたいところですし……」

正直、飢饉さえ乗り越えるだけならば、今現在の備蓄とフォークロード商会の輸送ルートを確保しておけば間に合うかもしれないが……、それでも不安になってしまうのがミーアの小心者(チキンハート)の心なのである。

「それを解決するための方法……。ふむ！　わたくしが教鞭をとるというのは、割と妙案なのではないかしら⁉」

……むしろ、それが原因で小麦の品種改良が失敗したり、学校が潰れたりするんじゃ……？　などと思われることをつぶやくミーアだったが……、恐ろしいことにツッコミを入れる者は、そこには一人もいなくって……。

「ミーアさま、それは何を書いているんですか？」

「あら？　アンヌ、興味がありますの？　これは日記で、先ほどの夢を書いたもので……」

馬車が帝都ルナティアに辿(たど)り着いたのは、それから三日後のことだった。

第一話　ミーア記念日

帝都ルナティアに到着したミーアは、父のもとへ帰還の挨拶(あいさつ)に向かった。

ちなみにリンシャとベルは、アンヌの実家でお世話になることになっている。

アンヌはミーアの専属メイドなので後ほど白月宮殿（はくげつきゅうでん）に来ることになっているが、さすがにベルを連れて城内に入るわけにはいかない。

自室で着替えたミーアは、さっそく、謁見（えっけん）の間へと向かう。が……、

――そういえば、パパと呼べとか騒いでましたっけ……。

思い出し、微妙に気分が重くなる。

もう遠い昔のことのように思えるが……、そのせいでミーアは早めにセントノエルに行っていたのだった。

――まさか、まだそんなことを言うとは思いませんけれど……。

そこはかとなく不安を覚えていたミーアだったが……。出迎えた父は、思いのほか冷静だった。

「おお、ミーア、帰っていたか。息災（そくさい）なようでなによりだ」

「ありがとうございます。陛下、無事に先ほど到着いたしました」

「いつも言っていると思うが、お父さま、ないし、パパと呼ぶように」

「では、お言葉に甘えまして、お父さま。お久しゅうございます」

この辺りは、いつものやり取りである。

とりあえず、パパ呼びを強制されることがなくって、ホッと安堵（あんど）の息を吐くミーアである。

「そうか……。セントノエルは楽しいか」

「はい。最近ではラフィーナさまやシオン王子、アベル王子などとも懇意（こんい）にさせていただいておりますわ。他国の貴族の方々と交流を持つと視野が広がりますし、とても楽しく過ごさせていただいておりますわ」

ミーアの学園での生活を聞いて、うんうんと嬉しそうに頷(うなず)いていた皇帝だったが……、ふいにその顔が曇る。

「しかし……、お前が重用している文官、ルードヴィッヒだったか……。あの者は少しばかり咎(とが)める必要がありそうだな……」

「……へっ？」

一瞬、意味が分からず、瞳をぱちくりさせるミーアだったが……。

「皇女たるお前を呼びつけた挙句(あげく)、楽しい学園生活を中断させるなど、到底、許されることではない。先日のレムノ王国での事件における功績があるから処刑にはせぬが、日の出とともに辺境の流刑地(るけいち)に飛ばして……」

「やめてください。お父さま。わたくし、こうして帝国に帰ってこられてむしろ嬉(うれ)しいぐらいですわ。それに、必要があるから帰ってきたまでのこと。帝国皇女として当然のことですわ」

ミーアはきっぱりと言った。ここでルードヴィッヒを失ったら大変なことになる。

きちんと釘(くぎ)をさしておかなければならない。

「本当にそれでよいのか？　咎める必要がないと、お前はそう言うのだな？」

「はい、そのとおりですわ」

大きく頷くミーアを見て、皇帝はふぅとため息を吐いた。

「そうか。お前が良いと言うのならば、わしは心置きなく彼を激賞(げきしょう)することにしよう」

「…………は？」

「不思議そうな顔をするでない。わしはこれでも皇帝なのだ。お前の父であると同時に皇帝でもあるのだから、その都度、顔を使い分けねばならぬ。時には私人としての意見を飲み込む必要があるのは、当然のことだ」

その言を聞き、ミーアは少しだけ感心した。

――お父さまって、てっきりダメな皇帝なのかと思ってましたけど、きちんと考えることは考えてるんですのね……。

思わず感心してしまうミーアだったが……。

「ゆえに、わしは皇帝として彼を大いに激賞しようと思う」

続く父の言葉に、思わず笑ってしまう。

「もう、肝心なところが間違っておりますわ。お父さま。皇帝としてではなく、わたくしの父として、わたくしが帰ってきたことを喜んでくださっているのですよね？」

「ん？ 別に間違ってはおらぬぞ？ ミーア。お前が帝都にいれば帝国臣民すべてが嬉しいし、お前が聖ヴェールガ公国に行ってしまえば、帝国臣民すべてが悲しい。だから、お前がこうして帰ってきてくれるきっかけを作ったルードヴィッヒ君は、皇帝として激賞する。どこも間違ってはいないではないか？」

「…………」

心底から、当たり前のことを言いました！ という様子の父に、ミーアは頭がクラッとした。

自分が父親から溺愛されていることは知っていたミーアだったが、まさかこれほどとは……。

――なんだか……わたくしが、帝国のことをきちんと考えてくださいませ、って頑張ってお願いしたら、いろいろなんとかなってしまいそうな気がしますわね……。

危うく究極の真理に気づきそうになるミーアだったが、さすがに、そんなことはないかと思い直す。

――それにしても相変わらずですわね、お父さま……。

自分の帰還を満面の笑みで迎えてくれた父が、ちょっぴり嬉しくて、まぁまぁウザく感じてしまうミーアである。

「よし。ミーアが帰ってきてくれたから、今日はミーア記念日としよう！　今日から十日間、国を挙げての一大祭典を……」

「いえ、それはまたの機会に……」

だいぶウザく感じてしまうミーアである。

――ああ、でも……、お父さまにはベルの関係で、いろいろと泥をかぶってもらったんでしたわね……。

ラフィーナにすっかり誤解されてしまっている父を思い、ミーアは若干罪悪感を刺激された。なんとなく、父に対して優しい気持ちになってしまったミーアは、

「お父さま、国の者に祝ってもらうのは、もちろん嬉しいのですけれど……。わたくし、今日は、お父さまと一緒にゆっくりディナーがしたいですわ」

そう言ってやわらかな笑みを浮かべた。

それを見た皇帝は……、

「おお……おおぅっ！」

泣いた。その瞳から、滝のように涙がダバダバ流れ落ちる。

「ミーアが……、可愛いミーアが、わしとの食事を望むと……、くぅ、なんという……。よぉし、わかった。お前のために至高の料理を用意させよう！　森を焼き払い、ちょうどいい焼き加減のウサギ肉を……」

「いえ、やめてくださいまし。普通に黄月トマトのシチューとかで構いませんから……」

大変、ウザく感じてしまうミーアなのであった。

第二話　帝国にかけられし呪い

「ミーア姫殿下、お久しぶりです」

ミーア帰還の報を受け、ルードヴィッヒは白月宮殿を訪れた。その表情は思いのほか暗い。

それもそのはず、彼としては、こうしてわざわざミーアの手を煩わせなければならないのは、極めて不本意なことなのだ。

——だが、仕方ない。この問題は下手をするとかなり大きくなる。無理に俺が解決しようとして、傷を広げることはできない。

そうして、謁見の間で向かい合ったミーアは……少々疲れた顔をしていた。

恐らく強行軍だったからだろう。

眠たげにあくびをし、こしこしと目尻をこするミーアを見ると、ルードヴィッヒの胸にジワリと申し訳なさが湧いてくる。

——セントノエルでは、ずいぶんとご活躍だということだったからな……。

異例の生徒会長選挙への出馬。

その知らせを聞いた時は肝を冷やしたものだったが、その後の展開は彼の想像もしなかったものだった。

支持率劣勢からの、まさかの逆転劇。その裏でなにがあったのかは明らかにされていない。なんらかの取引があったのか、どうなのか。

その後のラフィーナの様子から見て、脅迫といった物騒なことではなく、あくまでも両者納得の上でだったことがうかがえる。

この度の選挙には不平を漏らす者も多いと聞く。

投票を行わずに勝利を確定させたことが不満なのだ。

剣を交えずして、なにが勝利か？　そんなものは勝利とは呼べない、卑怯だ、などと声を上げる者がいるのだ。

けれど、ルードヴィッヒはそうは思わない。

戦上手な戦術家がいれば、戦が始まる前の準備段階において相手を撤退させてしまう戦略家もいる。それよりさらに前の外交段階において有利な条件を勝ち取る政治家もいる。

ミーアは、投票という戦が始まる前の段階、戦略の段階でラフィーナに勝利した……。そういうことなのだろうとルードヴィッヒは理解している。

そして、生徒会長にミーアが立候補した理由も……今になってみれば手に取るようにわかった。

――セントノエルで生徒会長を務めることで、学校運営を学ぼうとされているということか……。

そこで得られた知識を、ティアムーン初の学園都市にも活用する。

なるほど、大陸広しといえども、学園都市などというものは、セントノエルを除いてほかにはない。手本にするならば、あそこ以外にはありえないではないか。

ミーアの思考は極めて合理的なものだったのだ。

にもかかわらず、彼女の行動の邪魔をしてしまったことが、ルードヴィッヒには、なんとも口惜しい。我が身の不甲斐なさを呪いたくなるルードヴィッヒである。

「申し訳ありません、ミーア殿下。呼びつけるような形になってしまいまして……やはり、お疲れですね」

「いえ、問題ありませんわ。ふぁ。昨夜は、お父さまが、積もる話を聞きたいとあまり眠らせてくださらなかったので……」

恐らくは気を使ってくれたのだろう。そんな冗談を言ってから、ミーアはもう一度、あくびを噛み殺して……、ちょっぴりうるんだ瞳をルードヴィッヒに向けた。

「わざわざ来ていただいたんですのね。後でこちらから行くつもりでしたのよ？　あなたも忙しいでしょうから」

「いえ。セントノエルでの学業を中断させてまで、お呼び立てしてしまいました。その上で訪ねていただくことなどできません」

膝をつき、臣下の礼をとったルードヴィッヒは、ミーアに生真面目な視線を向ける。

「お元気そうでなによりです」

「あなたも変わりなさそうでなによりですわ。こうして顔を合わせるのは、ずいぶんと久しぶりな気がいたしますわね」

ミーアはそうして、懐かしげに瞳を細めた。

「それで、わたくしに相談したいことというのは？」

静かに話を向けてくるミーアに、ルードヴィッヒは一瞬黙り、考えてから、

「いえ、本題に行く前に、いくつかご報告しておきたいことがあります」

せっかくこうして帝都まで戻ってきてもらえたのだ。帝国の現状を報告し、指示を仰いでおきたいところだった。

なにしろ、相手は帝国の叡智。彼自身の知能の及ばぬところまで見通す存在なのだから。

「まず、ミーアさまのご命令で行っている食糧備蓄ですが、順調に進んでいます。現状では、一年間まったく収穫がなかったとしても、全国民を最低限、飢えさせないだけの蓄えはあるのではないかと推測されます」

これは、あくまでも推測の域を出ない。なぜなら、各地の貴族たちがどの程度の備蓄をしているかがはっきりしないためだ。報告は上がってくるが、どこまで本当のことかはわからない。

「さらに、フォークロード商会からの買い上げ分を計算すれば、かなりの規模の飢饉にも対応できるのではないかと思われます」

「ふむ……。順調ですわね」

渡された羊皮紙を眺めて、ミーアは小さく頷いた。

「そしてもうすぐ収穫期を迎える小麦なのですが……、今年は収穫量が少し減りそうです」

「減る……というと、どの程度ですの？」

「はい。だいたいの予想ではありますが、昨年と比較して一割程度は減るのではないかと報告が上がってきています」

「一割……ふむ……」

ミーアは頬に手を当てて、小さく首を傾げた。

その値は、別に問題にすべき値ではなかったかもしれない。その程度であれば、翌年の収穫で十分に補うことができるからだ。

また、そもそも収穫量の減少自体、ティアムーン帝国ではよくあることでもあった。

帝国貴族には農民を蔑視する者が多い。

もともと、この地は肥沃な三日月地帯と呼ばれる、農業に適した土地だった。

種を蒔き、水をやり、雑草さえ刈り取っておけば、あとは適当でも実りが得られる土地。そのように言われるほどに、なんの工夫もなく収穫が見込める豊かな土地だったのだ。

そして、そこには素朴な先住民が住んでいた。

飢えることを知らず、争う必要のなかった彼らは平和な農耕生活を営んでいた。

そこに、精強なる侵略者、近郊の狩猟部族が攻めてきた。

ティアムーンの祖たる狩猟部族の者たちは、武力によって先住民たちを農奴と貶め、この地の実りを自らのものとした。

それが、ティアムーン帝国の始まりだった。

初代皇帝たる狩猟部族の族長は、自分たちのように武に優れた者たちを高貴なる者、貴族とし、農業を営む先住民を臆病者の奴隷と蔑んだ。そうすることで、自分たちの支配権を正当化したのだ。

その名残で、ティアムーンには病巣ともいえる悪しき思想が深く深く根づいている。

すなわち『この地で農業を営む者は、ほかの仕事で食っていくことのできない無能者である』という、根拠のない侮蔑が……。

農奴という制度は、すでに廃れて久しい。

農業を営む者たちが制度的に、不当に遇されることはもうない。

それはきちんとした一つの職業であり、そのことを理由に虐（しいた）げられることはない。

それゆえに……、問題は逆に深刻だった。

制度に問題があれば、制度を変えれば良い。

不当に地位が低いというのであれば、地位の改善をし、暴力を受けるならば、暴力をなくすよう働きかければ良い。

けれど……実害がほとんどない、理由のない感情的な思い込みを正すのは難しい。

「なんとなく、やりたくない」「好きじゃない」「理由はないけど、それは良くないものだ」

そんな無意識下の思い込みが、今も人々の心に根づき、気付かぬうちに様々な行動に影響を及ぼしている。

なんの合理的理由もなく、ただ歴史的に培（つちか）われた非合理な偏見によって、ティアムーン帝国の自給率は上がりにくい傾向があるのだ。

そしてルードヴィッヒは……そこに、なにか悪意のようなものさえ感じ取っていた。

まるで……この帝国が自ら死へと向かっていくかのような……。

この地の、殺された先住民たちの呪いが、帝国全土を殺そうとしているかのような……。そんな錯覚さえ覚えてしまう。

益体（やくたい）もない想像ながら、なぜだろう、ルードヴィッヒはその想像を笑うことはできなかった。

現に帝国内の食糧の流通は、ミーアが手を下す前までは、かなりの綱渡りだったのだから。

「……ついに、来ましたわね」

ミーアのつぶやきが、ルードヴィッヒを現実に戻した。

「来た、とは……、どういうことでしょうか？」

眼鏡を軽く直しつつ、慎重に問いかける。

「減産の理由は天候不良のようですが……」

さすがに農地をすべてなくしてしまうわけには当然いかないから、各貴族たちには領内の農地を一定以上に保つように通達が出されている。

貴族たち自身も危機感は覚えているから、おおむね、その通達には従っているだろう。

「ただの天候不良が原因であれば、一年後には収穫量も回復している可能性も……」

「いえ、残念ながらそうはなりませんわ。恐らくこれは始まりに過ぎない。来年はもっと減るはずですわ」

ミーアは静かに断言する。それから、すぅっと静かな視線をルードヴィッヒに向けて、

「もしも、あなたが必要と感じたならば、備蓄を取り崩して小麦を配給しなさい。判断はあなたに委(ゆだ)ねますわ」

ルードヴィッヒは自らを合理主義者と認識している。ゆえに、根拠のないミーアの心配は諫(いさ)めるべきかとも思ったのだが……。

それをさせないほどに、ミーアは確信に満ちた顔をしていた。

ゆえに、ルードヴィッヒは無言で頷きを返すのだった。

「以上が報告いたしたきことでした。そして、本題なのですが……」

ルードヴィッヒは生真面目な表情を崩すことなく言った。

「ミーア姫殿下肝いりの学園計画なのですが……、このままでは開校できないかもしれません」

「……はぇ？」

ミーアは、ぱちくりと瞳を瞬かせる。

「学校が開校できない……」

昨夜の父娘の語らい合いで、寝不足でボーッとした頭が、ルードヴィッヒの一言で一気に覚醒（かくせい）する。

――ま、まぁ……、そうですわね。そんなことだろうと思ってましたわ。

すでに、ルードヴィッヒからの知らせと皇女伝とに鑑（かんが）みて、大体の事態を予想していたので、衝撃はそれほどでもなかった。

深くため息を吐き、それから、ゆっくり冷静に、静かな声でルードヴィッヒに尋ねる。

「それはなぜですの？」

どうせ、ベルマン子爵あたりがイチャモンをつけてきたのだろう、と予想していたミーアであったが、ルードヴィッヒの答えは予想外のものだった。

「実は、声をかけていた講師たちが次々に辞退を申し出てきました。学長をお願いしていたバッハマン卿も、宗教学の権威であるヒラーベック卿も……」

ミーアの目指す学園開校のため、ルードヴィッヒは自身の人脈をフル活用して優秀な人材を集めようとした。

皇女ミーアの名を最大限に使ったおかげで資金集めは順調、講師陣も名だたる人材が集まりつつあったのだ。

少なくとも、ミーアはそのように報告を受けていた。

「そればかりではなく、姫殿下の意向を受け、学園都市の設立に賛同してくれていた者たちも、協力を渋（しぶ）り始めています」

「どっ、どういうことですの？　いったいなぜそのようなことに？」

さすがに、そこまでは予想していなかったミーアは、思わず椅子から腰を浮かせる。そんなミーアに、ルードヴィッヒは、ここしばらく調査してわかったことを伝える。

「まだ断定はできないのですが……、どうやら……グリーンムーン家が裏で糸を引いているようです」

「ああ、エメラルダさんのお家ですわね。ふむ……」

腕組みするミーア。

──確かグリーンムーン公爵もお父さまと同じで、エメラルダさんには甘かったはず……。となれば、わたくしがエメラルダさんにお願いすれば……。

などというミーアの考えを打ち砕くように、非情なるルードヴィッヒの指摘が入る。

「どうやらそのエメラルダさまの指示で、すべて行われているようなのですが……、ミーアさま、なにか、お心当たりはございますか？」

「なっ！」

驚愕のあまりぽかーんと口を開けたミーアは、次の瞬間、ぎりぎりと歯ぎしりを始める。

「ぐぬぬ……。エメラルダさん……、わたくしになにか恨みでもあるんですの？」

ミーアの脳裏に、おほほと高笑いをする茶飲み友達の顔が思い浮かんだ。

ミーアが「うがー」っと絶叫していたその頃……、当のエメラルダは、ベッドの中で遅い目覚めを迎えていた。

「あふ……」

小さくあくびをし、ぼんやりとかすんだ目で室内を見回す。微かに開いた唇から、小さなつぶやきが漏れた。

「嫌な夢を見たものですわ……」

思い出すだけで怖気をふるう……、それはティアムーン帝国崩壊の夢だった。

食糧難と財政破綻、少数民族の反乱と流行り病によって、帝国が傾きつつある世界。

日々、悪化する状況に気鬱になったエメラルダは、ある日、白月宮殿を訪れる。

どのような時も変わることのない威容を誇る美しき城はエメラルダの心を高揚させ、帝国貴族としての誇りを胸の内に滾らせた。

「ああ、帝国は大丈夫ですわ……。私たちの栄光のティアムーン帝国が傾くことなど、ありえないこと」

元気を取り戻し、軽やかな歩調で宮殿内の廊下を歩いていたエメラルダは、そこで暗く沈んだ顔をする親友、ミーア・ルーナ・ティアムーンの姿を見つけた。

「あら、ご機嫌よう、ミーアさま」

話しかけたミーアは、なんだかすごく疲れた様子だった。

聞けば、帝国のために、忠義に厚い文官とともに各地を走り回っているらしい。

――皇女たる者がそのようなこと、せずともよろしいのに。

わずかばかり呆れつつも、ミーアを元気づけようと、エメラルダは言った。

「そうだわ。ミーアさま、今度、当家でお茶会を開きましょう。たくさんお客さんを呼んで盛大に。そして、誇り高き帝国貴族としてこの帝国のために力を尽くすことを共に誓い合うの。ミーアさまのお好きなケーキも用意して、ね？　とっても素敵ではありませんこと？」

そう言うとミーアは、嬉しそうに微笑んだ。

「それは、とてもいいですわね。では、楽しみにしておりますわ、エメラルダさん」

「ええ、ご期待にはきちんと応えますわ、ミーアさま」

エメラルダは、ミーアの表情が明るくなったのを見て、わずかに満足感を覚える。

「まったく、心配しすぎなんですわ。ミーアさまは……。この栄光のティアムーン帝国が、この程度でどうにかなるはずもありませんのに。頭の悪い駄犬がいかに吠え猛ろうと、無視してしまえばいいだけなのに」

やれやれ、と肩をすくめつつ、エメラルダは自らの屋敷に帰った。


その日の夜のことだった。

「エメラルダ、おい、エメラルダ……」

彼女は、ゆさゆさと体を揺すられるのを感じた。

大貴族の令嬢たる彼女に、そのような無礼が許されるはずもなし。

一瞬で怒りを沸騰させ、目を開けたエメラルダだったが……、暗い部屋に立つ人物を見て、小さく首を傾げた。

「あら、お父さま？　このような夜中に、どうされましたの？」

「ああ、その、実はな……。急な話なのだが、我らグリーンムーンの者たちは、帝都を離れることになった」

「……は？　離れるとは？　どういうことですの？」

「お前も聞いているとは思うのだが、帝国は危険な状況だ。それで、外国にいるわしの友だちが、避難してこないかと言ってくれてな。どうせならばその言葉に甘えようかと思うのだ」

「……よくわからないのですが、お父さま、それは、我がグリーンムーン家は、この帝国から尻尾を巻いて逃げ出すと……、そう仰っているんですの？」

かっと瞳を怒らせて、エメラルダは勢いよくベッドから立ち上がった。

「冗談ではございませんわ。我ら栄光ある四大公爵家の者が、皇帝陛下に付き従わずに、なんとします？　それに、私は約束したのです。ミーア姫殿下と、お茶会を……」

「無論、わしだとて帝国が持ち直すとは思っている。だが、そのためにこそ、再起を図らなければならぬ。下賤の者どもを打ち滅ぼす力を蓄えねばならぬのだ」

そう言うと、グリーンムーン公爵はエメラルダの腕をつかんだ。

「行くぞ。時間がない」

「ですが、皇帝陛下は？　それに、ミーア姫殿下は!?」

「大丈夫だ。他の貴族は陛下を守り奉るだろう。その間に、我らが海の向こうで、反撃の体制を整えるのだ」

「でも、でも約束があるのです。お父さま、だってミーアさまは、あんなに嬉しそうに！」

「ええい。うるさい。いいから行くぞ」

「痛っ！　お父さま、お放しください。私は……」

かくして、グリーンムーン一族は、海外への逃亡を果たす。

エメラルダは幾度も、帝国への帰還の方法を探ったが、ついにその機会は訪れることはなく……。

ミーアとのお茶会の約束は、ついに果たされることはなかった。

「……嫌な夢。まったく、どうしてあんな変な夢を見てしまったのかしら?」

ベッドから起きだしたエメラルダは、そのまま、寝汗で濡れた夜着のドレスを脱ぎ捨てる。

裸身をさらした彼女の後ろに、音もなく従者の少女が近づき、セントノエルの制服を身につけさせていく。

「ねぇ、あなた、本家はきちんと、私のお願いどおりに動いているかしら?」

「はい。エメラルダさま。お館さまより知らせが届いております。すでに、ミーア姫殿下の学園計画に対して、妨害工作が始まっているとのことです」

「そう……。それは重畳。ミーアさま、困っておられますわね、きっと。うふふ……」

長く豊かな髪を、軽くかき上げてエメラルダは微笑む。

「すべてあなたのせいですわよ? ミーアさま。この私のこと、軽視するから、こんなことになるのですわ」

エメラルダ・エトワ・グリーンムーン。

帝国四大公爵家が一角、グリーンムーン家の令嬢は……、ミーアの親友を自任し、ライバルだとさえ思っている彼女は……、最近ミーアがかまってくれないのが、とてもとても不満なのだった。

お茶会に誘ってもあまり長くは居てくれないし、お茶会に誘ってもくれないしで、とてもとてもとても不満なのだ。

彼女は……とてもとてもとても……困った少女なのであった。

第三話　ルードヴィッヒ、感動に打ち震える！

「グリーンムーン家はもともと平民軽視の傾向が強くありましたから。貴族のみならず、平民にも門戸を開くという姫殿下の方針に対しての抗議なのではないかと思われます。残念ながらそれに賛同する貴族も多く、事態は深刻です」

帆船を保有しているグリーンムーン家は、古くから海外の国と強いつながりを持っている。

海の向こうからやってくる知識の有用性に早い段階で気付いたグリーンムーン家は、以降、積極的に学問に投資することになった。

そのような経緯から、グリーンムーン公爵は帝国内の学閥（がくばつ）に大きな影響力を持っているのだ。

それゆえ、その影響力は決して無視できないものだった。

また、今回の場合、ミーアに不満を抱く貴族たちを糾合（きゅうごう）するための旗印に、グリーンムーン家がなっている形である。以前から、平民に対して寛容（かんよう）で有利な動きをしてきたミーアを快く思っていない貴族は、少なくないのだ。

バレないのであれば公爵家に協力したとしても、決して不思議ではなかった。

もっともそれとは反対に、心ある文官たちはミーアとルードヴィッヒの行動を支持しているため、グリーンムーン家の暗躍の情報などが、ルードヴィッヒのもとに集まってきたりはするのだが……。

「ちなみに他の四大公爵家の動向はどうなっておりますの？」

「レッドムーン家、イエロームーン家、ともに静観を決め込んでいます。ブルームーン家だけは、資金援助を申し出てくれました。かなりの額です」

「あら……それは意外ですわね……」

これは、生徒会に入ったサフィアスをよろしく、という意図がありそうだったが……。

「あるいは蛇がすり寄ってきたと見るべきかしら……。どうあれ、この際は味方してくれるというのならば、問題ありませんわ」

「ええ。ありがたいことに資金繰りは、今のところ心配ありません。建物もベルマン子爵が音頭を取って、上手く進んでいます」

「まぁ、それも意外ですわ。てっきり彼がなにか渋っているのかと思いましたわ」

心の中で、こっそりと謝るミーアである。

「それにしましても……どうしたものかしら……？」

「そうですね。説得するか、あるいは別の人材を探すか、どちらかでしょう」

ルードヴィッヒが言うのは、もっともなことではあったが、同時にそれは容易なことではなかった。

「簡単ではありませんわね。グリーンムーン家に逆らおうなんて方、そうそういらっしゃいませんし……ん？　グリーンムーン家の影響力の外？　はて？　なにやら、最近、そんな話をどこかで聞いたような……？」

うーん、とうなり声をあげ、考え込むことしばし……。ミーアはようやく思い出した。

――ああ、そうでしたわ。ラーニャさんのお姉さんが確か植物学の先生とかでしたわね……。ペルージャン国王は、どこぞの貴族と結婚して、国のために繋がりを作りたいということでしたけれど……。わたくしの学園で講師をするということで、わたくしが頭を下げれば、少しは納得していただけないかしら？

少なくとも、どこぞの変な貴族のもとに嫁入りするよりは、よほど良い人脈であるはずと、ミーアは自分のことを評価している。それに、なにも十年も講師をやってもらおうというわけではない。

二、三年教鞭をとってもらい、その後、退職して結婚なりしてもらっても、こちらとしては構わないのだ。その間に次の者を探してくることはできるだろうし、時間的余裕が作れるのが大きい。

――それに、セロに新しい小麦を開発してもらうために、植物学を教えられる人間は必須ですわ。

なんだか、ものすごく良いことを思いついてしまったように感じて、ミーアは思わず笑みを浮かべる。

「ルードヴィッヒ、講師候補ですが、わたくしに一人、心当たりがございますわ」

「心当たり、ですか……？　それは？」

「ペルージャン農業国、第二王女……。アーシャ・タフリーフ・ペルージャン姫はセントノエルで植物学を学ばれていたとか……。そして、その知識の生かし先を探しているということですわ」

ミーアはあっさりとした口調で言って、

「わたくしの学園都市にちょうどよい人材ですわ」

自信満々に言い切った。

――ミーアさま……、やはり、そういうこと、なのか？

告げられた名、そしてその人物が習得している学問に、ルードヴィッヒは息を呑む。

農業国の姫を、植物学の講師として呼ぶ……。それが意味するところ、それは……っ！

――この帝国に巣食う《悪しき反農思想》と、ミーアさまは真っ向から闘おうとされているということか！

思えば、非合理な差別や迷信を一掃する一番の方法は教育だ。

ミーアは学園都市によって、ティアムーン帝国の最大の問題を解決しようとしているのだ。

ルードヴィッヒの体を、突如、戦慄が駆け抜けた。

激しい感動に、鳥肌が立って仕方なかった。

――ああ、この方は……やはり、紛れもなく帝国の叡智なのだ。斜陽のこの国に天が遣わした知恵の天使なのだ……。

ルードヴィッヒの目に映るミーアの、その背には確かに月影をまとった輝く翼があった。

そのような至高の存在の指示で働けることが誇らしくて……、ルードヴィッヒは彼らしくもなく、朗らかに笑った。

「ふふ、そうでしたか……。すでに講師にちょうどよい人材に目をつけておられたとは……」

「いえ、まだ直接、声をかけたわけではございませんわ。それに、講師が一人だけというわけにもいかないでしょうし……。なにより、学園の顔である学園長のことは頭が痛いですわ」

たしかに、それはそのとおりだった。

当初は、帝国内でも高名な知識人として知られるバッハマン伯爵を学長に据える予定だった。

その名声に惹かれて、講師に名乗り出てくれた者も何人かいたのだ。

講師たちの上に立つ者には、やはりそれなりに知られた人間を据える必要があるのだ。

だが……。

「その件についてですが……。私に任せていただけないでしょうか」

「あら？　心当たりがございますの？」

「はい。一人だけ……。正直なところ気が進まなかったのですが……。でも、ミーアさまのお覚悟を聞いて、私も決心ができました」

「……はて？　覚悟？　ま、まぁ、いいですわ。それはいったい誰なんですの？」

ルードヴィッヒはしばし目を閉じてから、静かな口調で告げる。

「私の……師匠です」

第四話　元凶……？

時間は少しばかり遡る。

ミーアが父親から学園での出来事を逐一、細かーく、微に入り細を穿ち、尋問されている頃……。

ベルとリンシャはアンヌの家でささやかな歓待を受けていた。

――これが、アンヌ母さまとエリス母さまのご実家……なんですね。

優しげな笑みを浮かべる父親とおっとりとした母親。楽しげに笑う子供たち。

心地よいぬくもりに包まれた食卓の雰囲気は、ベルが育てられてきた環境にどこか似ていた。

――エリス母さま……。

懐かしき育ての親の顔を思い出す。

目尻の優しげな皺、寝る前のお話をしてくれる時の穏やかな声、大切なミーア皇女伝をベルに託した時の凛とした顔……。

ルードヴィッヒが死に、アンヌが死に……、最後までベルの面倒を見てくれたのはエリスだった。

だからこそベルは、もしも本当に過去に戻ったのだとしたら、どうしてもエリスに会いたいと思っていたのだ。

――エリス、母さま……？　当たり前ですけど、ずいぶんと、お若いです……。

ミーアのお抱え作家でミーア皇女伝の執筆者でもある彼女のことを、ベルは尊敬していた。

その偉大なる育ての母であるエリスの幼少期の姿を見るのは、なんだか不思議な感じがした。

おんぶされて、寝かしつけられる時、いつでもエリスの背中はベルには大きく感じられたものだったのだが、さすがに自分と同い年のエリスからは、そんな印象を受けたりはしなかった。

「ん？　どうかしましたか？　ベルさま」

じっとベルが見つめていることに気付いたのか隣に座っていたエリスが小さく首を傾げた。

ちなみに、ベルは知る由もなかったが、病弱だったエリスの顔色はだいぶ良くなっている。

肌艶がまし、やせ気味だった体は平均的なものになっている。

アンヌから送られてくるお金と、エリス自身がお抱え作家として得ている給金によって、食べるものには困らなくなっているのだ。

「あ……あの？　あっ……」

困惑した様子のエリスだったが、不意になにかに気が付いたのか、

「ベルさま、少し失礼します」

そう言って、そっとベルの襟元に手を伸ばした。そこについていたパン屑を優しくはらってから、

「差し出がましいことを言うようですけれど、だめですよ。ベルさま。ミーアさまに連なる者なのですから、気を付けなくては」

しかつめらしい顔で言う。

その瞬間、ベルは、しみじみと実感してしまう。

——ああ、エリス母さまだ……。

と。

懐かしさと愛おしさが、思わず胸にこみ上げてきて……、

「あの、えーと、エリスか……、さん、えと、今夜は一緒に寝ても、いいですか？　物語のお話とか聞きたいんですけど……」

思わず、そう言っていた。

「え？　あ、でも、ベルさまは従者の方と……」

慌てた様子でリンシャの方に目を向けるエリスだったが、リンシャは苦笑いを浮かべて肩をすくめた。

「普通は貴族とか王族が平民と一緒に寝るなんてことはありえないと思うんですけど、ミーアさまもベルさまも、その辺りはだいぶ緩いみたいよ。それと、ベルさまは、自分のことは自分でできるから、心配しなくても大丈夫」

「そう、なんですか？」

「はい。エリ……じゃなくって母さまに、恥ずかしくないようにってしっかりとしつけられましたから」

そう言って、なぜか得意げな笑みを浮かべるベルに、エリスは首を傾げるばかりだった。

そうして、見事にエリスのベッドで眠ることを許されたベルは、横になって肌かけにくるまり、思い切り息を吸い込んだ。

――ああ、エリス母さまの匂いがする……。

自分を守るため、命を散らした育ての母。その包み込むような温かさと、確かにつながるものを感じて、ベルはほんの少しだけ涙ぐんだ。

「そ、それでは、失礼します……」

と、すぐ後ろに、ゆっくりとエリスが入ってきた。

そのまま、ベルに背を向けて横になると体を固くしてしまう。

「あの、エリスか……さん？」

「はっ、はい、なんでしょうか？」

どこか緊張したような声。

これでは楽しく夜のお話、とはならないかもしれない。

昔、眠れなかった時、エリスは優しくおとぎ話を語ってくれたものだった。それは、眠る前には甚だ不適切な大冒険活劇だった。

興奮して眠れない時もあったけど、気付けば、楽しい夢の中にいた時もあった。

あの時の、かけがえのない時間をもう一度だけ味わいたいと思うベルにとって、この状況は少しだけ不満だった。

むーっと頬を膨らませて、ベルは考える。

――なんとかしてエリス母さまに、緊張をほぐしてもらわないと……。

むむむ、と考えた末、ベルはとっておきの小話を披露することにした。

「あの……エリスかあ……、さん？　ミーアお姉さまのお話、聞きたくないですか？」

「聞きたいです！」

ぐるり、と寝返りを打って、エリスがまっすぐに見つめてくる。

――ああ、やっぱりミーアお祖母さまのお話には、興味があるんですね……。

ベルは自分の作戦が上手くいったことにホッとしつつ、わずかばかり声を落とす。

「そうですか。では、これはここだけの話にしてもらいたいんですけど……ミーアお姉さまは、天馬も乗りこなせるんです」

「えっ、て、天馬……ですか？」

ぎょっとするエリスに、ベルは知ったかぶりで答える。

「はい。あ、ちなみに天馬というのは、なんでも、天を翔る馬みたいですよ。ボクも見たことがないんですけど、翼がついた馬みたいです。きっと普通の馬よりずっと乗りづらいと思います」

「そ、それは、そうでしょうね。空を飛んでるわけですし……。天馬……、本当にいたんだ……」

ごくり、と喉を鳴らすエリス。

「それを乗りこなすなんて、すごいですね、ミーアさま」

「あ、それとですね、幼い日から毎日十冊ずつ本を読んでたんだそうですよ。ボクも、挑戦してみましたが、毎日一冊ずつが限界でした」

「一日一冊でもすごいです。私もそんなに本があるところで暮らしてみたい」

一日一冊が限界で三日しか続かなかった……などと真実は言わないベルである。

「それから、あとはですねー、ダンスをする時、本気になると、ビューンって空を舞うみたいですよ……」

ミーアの話題をきっかけに、ようやくエリスは緊張を解いてくれた。

それからは、エリスも自分が考えている物語のことを中心に、いろいろな話をしてくれた。

かつての育ての母の空気を思い出して、大変ご満悦（まんえつ）のミーアベルなのであった。


……その夜、ベルから聞いた話を、エリスはすべてメモにとっておいた。

「さすがはミーアさまね。すごく小説のネタになりそう……。いや、これならむしろ、本当の話を書いた方が面白いかも……。ミーアさまの記録、ミーア皇女伝……か。いつか書いてみたいな」

そのような不吉なことをエリスが考えていることなど、まったくあずかり知らぬミーアなのであった。

第五話　ミーア姫、気を利かせる

ルードヴィッヒと面会した翌日のこと。

ミーアはベルたちとともに、新月地区に向かうことになった。

どうやら、ルードヴィッヒの師匠は住居不定らしく、すぐには居場所がわからないらしい。

なので、学園長のことはとりあえず置いておいて、ほかの講師探しをすることになったのである。

「でも、探すといっても、難しいんじゃないかしら……」

そう首を傾げるミーアに、ルードヴィッヒは、

「そうですね……。もしよろしければ、新月地区の神父さまに相談してみるのはいかがでしょうか？」

「まぁ、神父さまに？」

一瞬、首を傾げるミーアだったが、

「なるほど……。確かにそうですわね……」

すぐに理解の頷きを返す。

貴族の影響を受けにくい知識層として、確かに中央正教会は検討の余地がありそうだった。

「もともと教会は学校をやっているところもございますし……。そのノウハウを活用できるかもしれませんわね。とすると……ふむ、学園には広く一般民衆も受け入れるつもりでしたけど、教会孤児院で保護している子どもなども何人か受け入れるというのはどうかしら……」

そうすれば資金の供給先として貴族たちだけでなく、中央正教会もあてにできるかもしれない。

などと早くも皮算用を始めたミーアだったが、ルードヴィッヒは若干渋い顔で口を開いた。

「もっとも、少しだけ難しいかもしれませんが……」

「はて？　なぜですの？　あの神父さまならば快く引き受けていただけるように思いますけど……」

「ミーア姫殿下のお考えを実現するために、私はセントノエル学園を引き合いにして、各貴族家に呼びかけました。セントノエル学園に匹敵する学園都市を帝国内にも、と……」

「ええ、それは知っておりますけれど……」

説明を受けていたミーアは、その必要性がきっちりわかっている。

貴族たちの愛国心を煽り、より多くの資金を供出させる。

結果としてミーアの学園都市計画は、資金面においては、まず安心できるだけの状況にあるのだ。

「あの時はそれが最善だと判断していました。けれど、セントノエル学園は中央正教会の聖地、聖ヴェールガ公国に建つ権威ある学園です。しかも、ミーア姫殿下は、事情はどうあれ、聖女ラフィーナさまを蹴落として、セントノエル学園の生徒会長になられた。その中央正教会の協力を得るのは……、なかなか難しいかもしれません」

「あぁ……」

そこまで言われて、ミーアは気付く。

自分は、あの神父に嫌われそうなことを、結構やっているということに……。

——というか、あの神父さまって、熱狂的なラフィーナさまファンではなかったかしら……？

であれば、いっそラフィーナの協力を仰いでは……などと思うのだが、今回の場合はその手も使えない。

なぜならそれは、下手をするとラフィーナの慈悲を仰いだと、他の貴族にとられかねないからだ。

そうなると、孤児院の子どもたちに枠を設けるのも、ラフィーナに慈悲を求めた結果、枠を無理やりにねじ込まれた、ととられかねない。

学園都市計画に反対する者たちにも、攻撃材料となりかねない。

ティアムーン帝国対聖ヴェールガ公国という構図で競争心を煽った以上、協力をお願いできるのは、あくまでも帝国内の教会組織に限られる。安易にはラフィーナに頼めないのだ。

それがわかっているからこそ、ルードヴィッヒも渋い顔をしているのだろう。

正直、ミーアとしては、面倒だなーという感じなのだが……、そうも言っていられない。

ベルマン子爵の例を引くまでもなく貴族とはプライドに生きる者。今回は特にそのプライドに訴えかけて資金を出させた以上、無視するわけにもいかない。けれど……。

——まぁでも、ラフィーナさまを相手取った時よりよほど気が楽ですし……。ともかくできる限りの準備をしていけばなんとかなるのではないかしら？

幾度となく絶望的な経験を乗り越えてきたミーアは、この程度でへこたれたりはしないのだ。

一晩寝ずに作戦を考える……どころか、一晩ぐっすり寝て……寝ぼけまなこでぼけーっと朝食を食べている時、ミーアは唐突（とうとつ）に思い出した。

「そうですわ！　あの方は熱狂的なラフィーナさまファン。ということは例のお土産を持っていって、ご機嫌取りすれば、あるいは……！」

ミーアは神父から頼まれていたことを、きちんと忘れずにやっていた過去の自分を、思わず褒（ほ）めてやりたくなるのだった。しかも気を利かせて、頼まれていた以上の……やや過剰なサービスまでやっていたのだ。

——さすがは、わたくしですわ。よく気が利くできる女ですわ！


そうして、完璧な作戦とともにミーアは近衛（このえ）を引き連れて、アンヌの実家へ向かった。

その道すがら……。

「あら？　あなたは、たしか……」

ふと、隣を歩いていた皇女専属近衛兵（プリンセスガード）の顔を見て、ミーアは首を傾げた。

「ディオンさんのところの、副隊長さんではなかったかしら？」

「おっ？　へへ、覚えていていただけましたか？」

熊のような巨漢の近衛兵は、照れ笑いを浮かべて頭をかいた。

「実はルードヴィッヒの旦那が皇女専属近衛隊（プリンセスガード）の増強を図るとかで……。あの時の隊のほとんどが、編入されたんでさ」

「まぁ、そうなんですのね。ぜんぜん知りませんでしたわ」

「俺たちみたいなガラの悪いのが近衛なんて、とは思ったんですがね」

と、そこで、副隊長はそっとミーアに顔を寄せた。

「どうも、厄介な連中と喧嘩（けんか）してるみたいじゃないですか。暗殺ってのは、存外、防ぎにくいもんなんでね。一人でも多く腕利きが欲しいとかで」

「なるほど、そういうことなんですのね……」

「ええ、まぁ、むさくるしいかと思いますが、勘弁してくださいよ」

「とんでもない。わたくしの方からぜひお願いいたしますわ。副隊長さん」

「へへ、相変わらず気持ちいいぐらいの割り切りですね、姫殿下。もう副隊長じゃねぇんで、俺のことはバノスと呼んでもらえるかい？」

「ええ、わかりましたわ。バノス。では、道中よろしくお願いしますわね」

ミーアは上機嫌に、スカートの裾（すそ）を、ちょこんと持ち上げた。

ミーアは大男との相性がいいのだ。

「あっ、ミーアさま！」

やがて、アンヌの実家に到着した。出迎えてくれたのはアンヌの弟と妹たちだった。

輝くような笑顔で迎えてくれる子どもたちに「うむ、苦しゅうない」などと、ミーアも満更でもない雰囲気であった。

「ご機嫌麗しゅうございます。ミーアさま」

「ああ、エリス。久しぶりですわね。いつも、あなたのお話、楽しんで読ませていただいておりますわ」

「えへへ、ありがとうございます。ミーアさま」

自身の書いた物語を褒められて、嬉しそうに微笑むエリスである。

「あ！　あの、ところで、ミーアさま……。天、あ、あれは秘密だって言ってたっけ。えっと、その、そう、トクベツな馬に乗れる……っていうのは本当なんですか？」

「特別な馬……ですの？」

はて、なんのことかしら？　と首を傾げるミーアだったが……。

「ああ、特別な……。そうですわね、確かに特別な馬にも乗ったことがありますわ」

セントノエルの馬術クラブでは、いろいろな馬を飼っている。

基本的には戦場で乗るようなゴツイ馬がメインではあるのだが、その他にも速く走ることを目的とした種類の馬（体力があるため、伝令に使われるらしい）や、一見すると仔馬のような小さな種類もいる。

――あのちっちゃい馬なんかは、わたくしも知らなかったですし、特別な馬といえますわね。すごく可愛かったですわ……。

などと、思い出していると……。

「やっぱり……そうなんだ……」

なぜだろうか。エリスは瞳をきらっきらさせながら、ミーアに頭を下げた。

「あの、ミーアさま、お忙しいことは重々承知していますが……、その、もしもお時間がある時は、特別な馬に乗った時のお話を聞かせていただけないでしょうか？」

「そんなこと聞いてどうするんですの？」

「もちろん、参考にします！」

——ああ、確かに、エリスの書いてる物語には王子が乗る馬とか出てきますし……。馬に乗るとどんな感じか、とか聞きたいんですのね……。

納得顔で頷くミーアは……

——ということは、普通に馬に乗った感じをお話しするのでは面白くないでしょうね。草原を駆け回るようなスピード感がきっと大事ですわ。まるで、飛んでいるかのような、スピード感……。ふむ、少しオーバーにお話ししてあげた方が迫力があっていいですわね！

エリスの書く物語を面白くするため、しっかりと気を利かせる。

ミーアは気が利くできる女なのである！


……こうして、偽史皇女（ぎしこうじょ）ミーア伝の完成が、また一歩近づいたのであった。


そんなこんなで、無事にベルと合流した一行は、そのまま新月地区へと向かった。

上機嫌に、鼻歌交じりにスキップするベルを見たミーアは少しばかり心配になった。

「ところで、ベル。ちょっといいかしら？」

「はい？　なんですか、ミーアお姉さま」

きょとんと首を傾げるベルに、ミーアはひそめた声で言う。

「実は、新月地区の教会でルードヴィッヒたちと合流することになっておりますの」

「えっ⁉　ルードヴィッヒ先生にお会いできるんですかっ⁉」

思わずといった感じで、ぱぁあっと顔を輝かせるベルに、ミーアは釘をさしておくことにする。

「それで、一応注意しておきますけど……くれぐれも、不用意なことは言わないようにすること」

「不用意なこと……？　どんなことでしょうか？」

「たとえば、未来に関することとかですわ」

そう言うと、ベルは、あはは、とおかしそうに笑った。

「もう、ミーアお姉さま、そんなこと言われるまでもないです。お姉さまのお邪魔になるようなことは、絶対言いません！」

言い切るベルである。

前夜、エリスに語ったことは、すでに記憶の彼方に放り投げている。ベルの記憶の彼方は、ベルの肩でも届く程度の距離にあるのだ……。

実にミーアの孫なのである。

「よろしい。殊勝(しゅしょう)な心掛けですわ」

偉そうに頷いたミーアは、ふと、周りの町並みに目をやって首を傾げた。

「それにしましても、このあたりも随分(ずいぶん)と活気が出てきましたわね……」

少し前までは、多少は清潔になったものの、まだまだ貧困地区の雰囲気の残っていた「新月地区」だが、今では、往来に露店の並ぶ活気あふれる地区に様変わりしていた。

なるほど、雑然と並ぶ露店の中には怪しげなものも多く、さすがに買ってみようとは思わないが……。その洗練されていない、どこかいかがわしくもある空気が、逆に帝都の他の地域にはない活気を生み出しているかのようだった。

「なんでも、ルードヴィッヒの旦那が特区だかに指定したとかで。安く商売ができるってんで、商人たちが集まってきてるみたいですぜ」

さりげなく、ミーアたちをかばう位置で歩いているバノスが、豪快(ごうかい)な笑みを浮かべながら説明してくれる。

「特区……、あ、もしかすると、ここってミーア大通り……」

「ミーア大通り……？」

不穏な単語を聞きつけて、ミーアは素早くベルに耳打ちする。

「なんですの？　それは？」

「あ、はい。帝都名物の場所だったみたいです。いっつもお祭りをやってるみたいな場所だったんだって聞きました。ミーア焼きっていう、ミーアお姉さまを象(かたど)ったお菓子が有名みたいで……」

「……ミーア焼き」

なんだか、火あぶりにされる自分の姿を幻視するミーアである。

「頭の方にクリームがたくさん入っているので、頭からかじる派と最後まで頭をとっておく派にわかれるんだって、エリスか……さんが言ってました」

「頭からかじる……」

ミーアは頭がなくなった自分を想像し、次に、頭だけ残された自分の姿を想像した。

——なんだかギロチンを彷彿とさせて不吉ですわ……。これはルードヴィッヒに言って、早めに禁止にした方が……。

「えへへ、ボクも一度だけ食べたことがあるんですけど、独特の香ばしさと甘いクリームがとっても美味しいお菓子でした」

「お、美味しいんですの？」

「はい。もう、ほっぺが落ちちゃうかと思いました」

手をぶんぶんさせるベルを見て、ミーアは、ふむ、と鼻を鳴らした。

——まぁ、民衆が盛り上がっているところを邪魔するのもやぼというもの。今回は大目に見ることにいたしましょう！

ミーアは心が広いのだ。

断じて、そのお菓子を自分も食べてみたいから、というわけではない。

「ねぇ、ベル。そのお菓子って、いつぐらいに完成したものなのかしら？」

……食べてみたいから、というわけではない。たぶん。

そうこうしているうちに、一行は教会に到着した。

ルードヴィッヒとは、ここで待ち合わせることになっている。

「ルードヴィッヒは、少し遅れてくると言っておりましたし、先に神父さまと話を進めておきましょうか」

そうつぶやいてから……、ミーアはベルの方に目をやった。

——ベルもティアムーン帝室に連なる身……。政治のことも少しは学んでおく必要がありますわね。

ちょっと抜けたところのある孫娘を見ていると、なんだか心配になって……、お祖母ちゃん心が刺激されてしまうミーアである。

「ベル、一つ教えておいてあげますわ」

「はい！　なんでしょう、ミーアおば……お姉さま」

言い間違えかけたのは、自分に偉大なる祖母としての威厳があるからに違いない、と頭の中で解釈して、スルーするミーア。ミーアのスルースキルは意外にも割と高い。

「わたくしたちは、これから、神父さまにお願いに行くのですけど……、基本的に誰かにお願いをする時には、贈り物を持っていくと話が円滑に進みますわ」

そう……ミーアが立てた神父籠絡のための作戦。それは一言で言ってしまえば贈り物。すなわち賄賂である。

極めてありがちな作戦……にもかかわらず、ミーアは偉そうに胸を張る。

「ベル、よく覚えておきなさい。政治というのは綺麗事だけでは済まないもの……。ちょっとした贈り物で話し合いを円滑に進められるのであれば、むしろ積極的にすべきであるとわたくしは考えますわ」

「なるほど！　勉強になります。ミーアお姉さま」

そんなミーアをキラキラ、尊敬のまなざしで見つめるベル。

「ところで、あの兵士の人が持ってるのが、その賄賂なのですか？」

ベルが視線を向けた先、護衛の兵士が抱えているのは四角い布に包まれたものだった。

「これは、ミーア姫殿下。お久しゅうございます」

ミーアたちの到来を察したのか、教会から神父が出てきた。

相も変わらぬ穏やかで優しげな笑みを浮かべる神父に、ミーアはなんだか少しだけ懐かしさを覚える。

「ええ、本当に、ずいぶんとご無沙汰してしまいましたわね」

ミーアはいつもどおり、スカートの裾をちょこんと持ち上げて礼を返してから、傍(かたわ)らにいるベルを神父に紹介する。

「ああ、ミーア姫殿下の血縁の方ですか……。たしかに面影が少し似ておいでだ……。はじめまして」

「は、はい。はじめまして」

ベルはちょこんっと頭を下げてから、じっと神父の顔を見つめて……、それからミーアの耳元に顔を寄せた。

「あの、ミーアお姉さま……」

「ん？　なんですの？」

「この人……、なんだかあんまり賄賂とかで心が動く人には見えないですけど……」

むしろ、賄賂で心証が悪化するんじゃあ？　と心配そうなベルに、ミーアは余裕の笑みを浮かべる。

たしかに、世の中にはそういう人間もいる。だが……。

「ふふふ、心配ありませんわ。あの方もまた、心持つ人間。であれば誘惑することは十二分に可能ですわ……。そして、賄賂じゃなく手土産ですわ」

賄賂なんて人聞きが悪い、と……悪女のような笑い声をあげてから、ミーアは言った。

「よく覚えておくといいですわ、ベル。こういったことのほとんどは、事前に相手の情報をいかに得られるかで決まるものですわ」

それからミーアは、神父の方に目を向けた。

「今日は神父さまにお願いしたいことがあり、こうして参りましたの」

「おお、それはわざわざ足を運んでいただいて恐縮です。それではどうぞ、お話は私の部屋で」

そう言って歩き出した神父の後について、孤児院の中を進む。

「そういえば、あの子はお元気かしら。あのルールー族の……、この髪飾りをくれた子ですわ」

そう言って、ミーアは自らの髪に手をやった。ちょっぴりわざとらしく……。

そこには、虹色に輝く髪飾りが、淡い輝きを放っていた。

それはルールー族族長の娘の形見……では、実はない。

例の髪飾りは、すでに族長のもとに返されている。これは先日、新たに贈られたものなのだ。

なんでも、あの少年がはじめて削って作ったものだとか……。

つけておくだけで少年のみならずおそらくは神父の好感度が上がることに加え、つけずに少年と会った場合は大変に気まずい。

ならば、つけない理由はない！　というミーアの危機管理能力が光るファッションである。

「はい。先日訪ねてきてくれました。森で採れた果物をたくさん持って……。ふふ、その髪飾りも大切にしていただけているようで、きっとあの子も喜びます」

「会えなくって残念ですわ。ぜひお礼を言いたかったのに。よろしく伝えておいてくださいませね」

「はい。わかりました」

と、その時だった。ふいにミーアは、視界の中に入ってきたものに、足を止めた。

その視線の先にあったもの、それは、広い部屋で子どもたちが書き物をしている光景だった。

真新しい机を囲み、熱心に書き物をする子どもたち。もちろん、退屈そうにしている子もいるが、ほとんどの子はまじめに教師役の修道女の話を聞いている。

「文字を教えているのです、姫殿下」

後ろから、神父が説明してくれる。

「中央正教会では、識字教育に力を入れているんですのね」

「はい。読み書きと計算さえできれば、いろいろな仕事ができます。それに、自分で神聖典(バイブル)を読むことができますから」

神父や司祭を通してだけではなく、一人一人が直接に神からの教えを受けることができるように大陸すべての人に識字教育を……。

それは古くからの、中央正教会の方針であった。

——ふむ、この神父さまも、やはり教育には熱心ですのね。衣食住に余裕が出てきたから、今度は子どもの教育にお金を回したんですのね……。

真新しい机とわずかにほつれた神父の服とを見比べて、ミーアは……にやりとほくそ笑む。

——これならば学園計画に協力していただけそうですわ。手土産で上手く心をつかむことができれば……。

神父の部屋に入り、ちょっぴり固い椅子にお尻を落ち着けたところで、

「あっ、そうでした。忘れておりましたわ」

ミーアはわざとらしく、ぽんっと手を打つと、持ってきていた手土産を神父の前に置いた。お願い

する立場である以上、こうした気遣いは不可欠である。それは言うなれば潤滑油のようなものなのだ。なくても話は通るかもしれないが、あればよりスムーズに話を進めることができる。

「これ、お願いされていたものですわ」

そのミーアの言葉に、神父の目の色が変わる。

「そっ、それは、まさかっ⁉」

震える手で、神父が持ち上げたもの……それは一枚の肖像画だった。

「以前、お願いされたラフィーナさまの肖像画にサインをしていただきましたわ」

「ああ、ありがとうございます。ミーア姫殿下……。無理なお願いを聞いていただきまして……」

感動に、わずかばかり声を震わせる神父に、ここぞとばかりにミーアは追い打ちをかける。

「ふふ、それだけではございませんわ。実はもう一枚あるんですの」

「……もう一枚？」

きょとんと首を傾げる神父に、ミーアは会心の笑みを浮かべて、

「これですわ！」

どどーんっと効果音付きで、こっそり背後に隠しておいたものを差し出す！

それはっ！

「先日、セントノエル学園で売っていたものに、ラフィーナさまにサインしていただきましたの。どうかしら？　これって珍しいものなのではないかしら？」

得意げに微笑むミーア。だったが、神父は無反応だった……否、そうではなかった！

その体が微かに、震えていて……。

やがて！

「お、おおおっ！　そっ！　そそ、それはっ！　まさかっ！」

地の底から響くような声を上げ、神父はその肖像画を手に取った。

「まさか、聖ヴェールガ公国内はおろか、セントノエル学園においても期間限定でしか買えない……特別限定伝説級版、生徒会長選挙Ｖｅｒ．っ!?」

さらに、彼はその下の部分に書かれたラフィーナのサインと自らの名前と、

「いつもお仕事お疲れさまです。あなたに神の祝福がございますように」

との、ありがたいメッセージまで見つけてしまい……、「ひょーっ！」と悲鳴を上げた。

……ちょっと怖い。

「……とっ、特別限定伝説級版？　そっ、そうなんですのね？　正直、詳しいことはわかりませんが……」

神父の食いつき加減に、若干引き気味なミーアである。

まぁ、それでも喜んでもらえたのだから良かったのだろう、と気を取り直して……。

「とっ、ところで、肝心の今日ここに来た件なのですが……」

「はい。それはもう。ルードヴィッヒ殿からすでにお話を聞いております。少し検討させていただきたいとお答えしておりましたが、ぜひ喜んで、最大限、協力させていただきます！」

「はぇ……？」

さすがに想定外の事態に、ミーアは目を白黒させる。

一方ベルの方はといえば……。

「こ、これが、賄賂の力……」

潤滑油……どころか、摩擦（まさつ）係数がマイナスになって、空の彼方にすっ飛んでいきそうなぐらいの勢いに、ごくりと喉を鳴らすのであった。

――これは……もしかして賄賂……じゃなかった。お土産、必要なかったかしら……？

などと思わなくもないミーアではあったが、まぁ、それでも神父が喜んでくれたのでよしとしておく。

――この方も、蒔いた種に相応しくたまには報われてしかるべきですわ。

そんなことを思いつつ、ミーアはそっと心の中で、快くサインしてくれたラフィーナに感謝するのだった。

「こっ、これは寝室に飾らせていただきます！」

「どうぞ、ご自由に……」

「ベッドの上の天井に飾るとよい夢が見られると、仲間内で評判でして……」

「……あなたへの敬意が薄れてしまいそうですので、具体的に言わなくっても結構ですわ」

ラフィーナには使い道を黙っておこう、などと思いながら、珍しくまっとうな苦言を呈するミーアであった。

第六話　写本《地を這うモノの書》

ミーアが新月地区にて、神父と戯（たわむ）れているのと同じころ。

「ああ、ミーアさんがいないと、なんだかつまらないわね……」

セントノエル学園、生徒会室では、ラフィーナがため息を吐いていた。

「本当ですね……。あ、ラフィーナさま、この予算なんですが、食堂関連のものを少し増やしたいってミーアさまが……」

クロエが予算の書かれた羊皮紙をラフィーナに手渡した。

「食堂関連……なにか不備があったかしら？」

首を傾げるラフィーナに、ティオーナが手を挙げた。

「あの、それなんですが……。クロエさんともお話しして調べたんですけど、しっかりいろいろな種類のものを食べないと健康に悪いという学説があって……」

そう言ってティオーナが差し出してきたのは、クロエが取り寄せた栄養学の本だった。

「たぶん、ミーアさま、これを知ってたんじゃないかって思います。ほら、ミーアさまよくキノコ、キノコって言ってるじゃないですか。ここにはキノコはすごく体にいいって書いてありますから、きっとこういう本を読まれたに違いありません」

それから、ティオーナはちょっぴり微笑んでから続ける。

「ミーアさまは頭が良すぎるから、時々説明を省いてしまう時があるんだろうって……。キースウッドさんが前に言ってました」

「ああ、そう……。たしかにそうかもしれないわ。うふふ」

遠く帝国の地にいる友人のことを思い出し、ラフィーナも微笑んだ。

「本当に生徒会長選挙の時にも、もう少し説明してくれれば良かったのに。あんな風に回りくどいことをして……」

そうして、三人の女子たちは顔を見合わせて楽しそうに笑った。

……と、その時だった。

コンコンと、控えめなノックの音が響いた。

「失礼いたします。ラフィーナさま……」

「あら、モニカさん、帰っていたのね」

扉を開けて入ってきたのは、元風鴉(かざがらす)の構成員、モニカ・ブエンティアだった。

今日の彼女はメイド服ではなく、灰色の厚手の外套(がいとう)を身にまとっていた。

「ただいま戻りました」

「ご苦労さま。それで、どう？　見つかったかしら？」

「はい。例の館から発見されました」

そう言ってからモニカは布に包まれた四角いものを、ラフィーナの目の前の机に置いた。

「そう。リンシャさんの言っていたとおりね」

「ラフィーナさま、それはいったい……」

二人のやり取りを見て不思議そうに首を傾げるティオーナに、ラフィーナは意味深な笑みを浮かべる。

「これはね……混沌(こんとん)の蛇の教典……『地を這うモノの書』の写本よ……」

そう言いながら、ラフィーナは布をめくった。

現れたのは、古びた一冊の本。黒いごつごつとした表紙に目をやり、ラフィーナは嫌悪に顔をゆがめる。

「私が知る限り……この写本が歴史の表舞台に出てくることはほとんどなかった。私も見るのははじめてだわ」

そうして、なにげなくラフィーナは本の表面を撫でた。

瞬間——その指先に怖気立った。

それはまるで、肌の上を蛇が這いまわるような感触……。指先から腕を伝い、体中を駆け巡るような強烈な不快感に、ラフィーナは思わず息を呑んだ。

「……今のは？」

自らの手のひらを呆然と見つめるラフィーナ。そんなラフィーナに、モニカが心配げな視線を向けてきた。

「どうかなさいましたか？　ラフィーナさま」

「……いえ、なんでもないわ」

誤魔化すように微笑んで、それから、ラフィーナは改めてモニカに報告を促す。

「ところで、モニカさん、この本の内容は、読んだかしら？」

「はい。許可をいただいておりましたので、一通りは」

「そう……。それで、どうだった？」

その問いかけに、モニカは一瞬黙ってから、

「そうですね……。端的に言ってしまうと、その本には革命によって国が滅ぶ、その過程が書かれています」

「それは……レムノ王国の革命事件を予言していたとか、そういうことかしら？」

「いえ、違います」

首を振るモニカ。その答えに、ラフィーナは眉をひそめた。

「違う……？　どういう意味かしら？」

「予言書というより……、これは、なんというか……」

刹那の逡巡、その後、モニカは言った。

「そう、悪意の塊のような……」

その声は、なぜだろう、微かに震えていた。

「悪意の……塊？　それは、なんだか……、少し感覚的な表現ね」

「申し訳ありません。自分でもそう思います」

そう言うと、モニカは小さくため息を吐いた。それから冷静さを装うような平坦な声で続ける。

「書かれている内容は、国という秩序をどのように破壊するのか、その方法論です。王権を腐敗させ、国を荒れさせる方法、人の死を蓄積させて憎悪を醸成する方法、それを土壌にして革命戦争を起こす方法……、どのようにして民衆の心を操り、王権という秩序を破壊させるのか。そうした知識がたくさん書かれた書物です」

そこで、ふいにモニカは腕をさすった。

「読んでいる内にこれを書いた者の悪意が染み込んでくるような、そんな禍々しさを感じました」

訓練を受け、常に冷静であることを求められる間諜が見せた微かな怯え……。

それを見たラフィーナは一瞬、何事か考え込んだ様子だったが……、すぐに小さく首を振った。

「いずれにせよ……、その本を分析すれば混沌の蛇の手掛かりがつかめるかもしれない。さすがね、ミーアさん」

「えっ？　その本を見つけたのって、ミーアさまなんですか？」

　驚いた様子で、クロエが目をまん丸くした。

「ええ、そうよ。ミーアさんは、あのジェムという男を殺さないように、シオン王子とアベル王子にお願いした。そうして私のもとに送った……。きっとこの本か、これに似たようなものを手に入れようって、思ったからに違いないわ」

「なるほど、確かにそうですね。ミーアさまならば、当然、そのぐらいのこと考えていてもおかしくないと思います」

「ああ……そうですね。ミーアさまなら……」

　ラフィーナの推測に、ティオーナとクロエが同意する。

　その様子を見たモニカは……。

——とんでもない方なのね、ミーア姫殿下は……。こんな事態まで想定しているなんて……。

　畏怖(いふ)の念を新たに刻み込むのだった。

第七話　他人の不幸を笑うものは……ミーアの場合

　神父の部屋で、しばらく歓談していると……。

「失礼いたします。ミーアさま、ルードヴィッヒさんがいらっしゃいました」

アンヌに連れられて、ルードヴィッヒが現れた。

「お待たせしてしまい、申し訳ありませんでした。ミーア姫殿下」

深々と頭を下げるルードヴィッヒに、ミーアは鷹揚に頷いた。

「あなたもいろいろとお忙しいでしょうし、きちんと話をつけておきましたから問題はありませんわ」

ふふん、っと微妙に偉そうなミーアである。

見る人が見れば、イラッとする態度だろうが……、ルードヴィッヒはむしろ尊敬のまなざしを向けていた。

「そうですか……。もう協力を取り付けられたとはさすがですね……。ところでミーア姫殿下、そちらの隣にいる方は……」

「ああ、手紙で書いたわたくしの腹違いの妹ですわ。あ、このことは絶対に他言無用でお願いいたしますわね。神父さまも」

ミーアが視線を向けると、神父は「心得た！」とばかりに頷いた。

安堵しつつ、ミーアは改めてベルの方を見て、

「ベル、自己紹介を……」

「ルードヴィッヒ先生……」

ベルのこぼしたつぶやきは、やけに大きくはっきりと、その場に響いた。

「ん？　先生？」

不思議そうに首を傾げるルードヴィッヒ。一方、ミーアも驚愕で固まっていた。

——え？　いきなりですの⁉

時々、ポカをやらかす孫娘だとは思っていたが……、あれだけ偉そうなことを言っておいて、いきなりマズいことを口にするとは、さすがに予想できなかったミーアである。

ベルの方もすぐに自分のやらかしに気付いたか、あわわわ、などと慌てた挙句、

「な、なんでもないです」

なんの言い訳にもなっていないことを言って、黙ってしまった。

そんな誤魔化しが通じるのは、アンヌの一家ぐらいなもの。

――これは、なにか誤魔化しておく必要がありますわ。

そう判断したミーアは、素早く頭を働かせる。結果！

「えーっと……、ああ、そうですわ。わたくしがそう呼ぶようにベルに言っておいたんですの。あなたから学ぶことは多いでしょうから」

なんとか誤魔化そうと、ミーアがよいしょを始めた。

褒められて嬉しくない人間などいない。

男性は、自分の仕事を褒められることに弱い。

アンヌの言っていたアドバイスを生かして、適切に、よいしょよいしょっとやっていく。

「あなたの識見はとても貴重なもの。ですからこの子にとっても、将来きっと役に立つって、わたくしは確信しておりますの。だから先生と呼ぶように、と。あ、そうですわ。どうせならば、あなたも学園で教鞭をとってはいかがかしら？」

やたら、早口にまくし立てていく。反論を許さないスタイルである。

「残念ですが、私などとてもではありませんが、先生と呼ばれるに値しません。どうぞ、ベル殿下。

私のことは、ルードヴィッヒと呼び捨てにしてください」

「あら？　ずいぶんと謙遜ですわね、ルードヴィッヒ。わたくしは、あなたの手腕をとても評価しておりますのよ」

評価しているどころの話ではなく……、ミーアがなにかやろうと思えば、一から十までルードヴィッヒの力を借りなければならないわけで……。

全面的に頼り切りなのに、なぜだか偉そうなミーアである。

「それはありがたいのですが……。我が師のことを想像すると、どうしても私には、他人に何かを教える資質があるとは思えないのです。私などが『師』と名乗って良いはずがない」

苦笑しつつ、ルードヴィッヒは肩をすくめた。

「まぁ、あくまでも個人的なこだわりなのですが……。恐らくミーア姫殿下も、私の師とお会いいただければ、わかっていただけるかと……」

「ふむ……、ということは、まさか……」

「はい、師匠の居所がわかりました」

ルードヴィッヒが、彼にしては珍しく嬉しげな笑みを浮かべた。

「まぁ！　ずいぶんと早いですわね」

「お褒めにあずかり光栄です。実は、姫殿下をお呼びするのとともに、私の同門の者に捜索を依頼していたのです。どうやら予想していたよりも早く見つけてくれたようです」

「あら、そんな方がいらっしゃるんですのね。今度、紹介していただきたいものですわ」

思いのほかあっさりと解決しそうな状況に、ミーアはルンルンである。

教会から派遣してもらえるであろう講師と、ペルージャンのアーシャ姫、加えてルードヴィッヒの師匠と、その呼びかけに応えて集まる者たちを加えれば……。

「ふむ、この問題は解決したも同然ですわね」

などと、楽観的に考えるミーアであった。

けれど、ルードヴィッヒは一転、表情を暗くする。

「いえ、むしろこれからが大変なのです」

「ん？　どういうことですの？　あとは、そのお師匠さんとやらにルードヴィッヒがお願いすればよろしいだけではありませんの？」

不思議そうに首を傾げるミーアに、ルードヴィッヒは言いづらそうな顔で首を振る。

「実はその……師匠は貴族嫌いでして……ゆえに、ミーア姫殿下の学園都市計画に協力を要請するのは、簡単ではないのです」

「まぁ、そうなんですのね……」

なるほど、それでグリーンムーン家の影響を受けないのか、とミーアは納得する。

貴族が嫌いなら、裏でグリーンムーン家がいかに圧力をかけてきても関係ない。

「しかも、頑固者ゆえ、説得はなかなかに骨が折れるのではないかと思います」

苦々しい口調で続けるルードヴィッヒ。

「そう……。それは大変ですのね」

相槌(あいづち)を打ちつつ、半ば他人事なミーアである。いや、むしろ……、

――前の時間軸で、さんざんわたくしに嫌味を吐いたクソメガネ……もとい、ルードヴィッヒが師

匠にペコペコするなんて、これは愉快痛快。せいぜい、その怖い師匠……教師と名乗れないぐらいに心の傷を植えつけられてしまうような、こわーい師匠に嫌味を言われるがよいですわ！

ミーアは、にっこにこと実に良い笑顔を浮かべる。

……けれど、ミーアは知らないのだ。

かつてルードヴィッヒの不幸を笑った男が、どうなったのか……。

他人の不幸を笑う者がどのような目に遭うのか……を。

その伏線は、思いのほか迅速に回収されることになる。

「ええ、私ではとても説得は不可能です。だからこそミーアさまに帰ってきていただいたのです」

「………はぇ？」

「ミーア姫殿下、その叡智をもって、どうか我が師を説得していただきたい」

「…………………はぇ？」

ぽっかーんと口を開けるミーアである。

「せ、説得……わたくしが、ですの？」

「はい……」

まっすぐにミーアを見つめてくるルードヴィッヒ。

冗談を言っている様子は……、ない。

――というか、ルードヴィッヒが冗談を言うのはあんまり見たことがありませんし、え？ では、本気なんですの？

突然の展開についていけないミーアであったが、

「え、えーっと、ルードヴィッヒ、できればあなたの師匠のことを詳しく聞きたいのですけど」

とりあえず態勢を立て直すべく言った。

「そうですね……」

ミーアのお願いに、「もっともだ」とばかりに頷いて、ルードヴィッヒは腕組みした。

「そうですね、師匠は……厳しい人です。弟子になりたいとやってきて、初日に心を折られて故郷に帰った者もいます。私なども叱責されて、三日三晩食事が喉を通らなかったこともありました」

――ええ……。

最初の一言で、ミーアのやる気が八割減退した。

「この世の理を解き明かすため、あらゆる知識に精通しています。兵法について学びたいと思えば戦場跡地に行って槍を持って走り回り、人の心を学びたいと思えば市や酒場でさまざまな人に交じって話を聞く。毒の効果を知りたいから、と自ら薄めた毒を喰らって倒れたこともありました。自由奔放に実地に行き、見て、聞いて、触れて、それらを自らの知としていく。巷では放浪の賢者などと呼ばれています」

――変人！　相当な変人ですわ！　説得できる気がまったくいたしませんわ！

ミーアのやる気がさらに八割減退した。

正直、説得とか絶対にしたくないし、会いたいとも思わない。

けれど、それでもなんとかひきつった笑みを浮かべて、ミーアは言った。

「……そう、それは……あ、頭のよろしい方なんですのね」

「はい。その知識量は帝国随一と言えるでしょう。それに、人を育てる師としても非常に優れた方です。時に厳しく、時に穏やかに我々を教え、諭し、育ててくださったのです」

――なるほど……時に厳しく嫌味を言い、時に穏やかに嫌味を言う……。緩急をつける感じかしら……。ただ淡々と嫌味でチクチクされるより、傷が深そうですわ。

いろいろな角度から、いろいろな強さで刺される。心がズタズタのボロボロにされてしまいそうな予感にミーアは震える。

言うまでもないことながら、ミーアのやる気はすでにまるでない。ミーアのやる気総量をはるかに上回るやる気が失われてしまったミーアは、心の底からルードヴィッヒの師匠に会いたくなった。

ゆえに、ミーアは懸念という名の反対意見を口にした。

「そっ、そんな方を学園の長にしてしまって、その、平気……かしら？」

わたくしのように心を折られる子がいるのでは？　という言葉を呑み込みつつも、察しろ！　とルードヴィッヒの目を見つめる。

「やめといたほうが良くない？」と、目力全開で訴えかけるが……。

ルードヴィッヒはそんなミーアを安心させるかのように、優しげな笑みを見せた。

「姫殿下のご懸念はもっともです。けれど、それは大丈夫。師匠は厳しいですが、それにはいつだって納得のいく理由があるのです。たとえば、そうですね。少しでも考えればわかることを聞いたりとか、考える努力を怠った時には容赦のない叱責が飛んできますね」

――あ、ああ……実に、それは、ルードヴィッヒのお師匠さまですわ。

ミーアは死んだ魚のような瞳で、ルードヴィッヒの顔を見つめた。

――あなたは違うのかもしれませんが……納得のいく理由があってもなくっても……嫌味を言われ

たら人は傷つくんですのよ、クソメガネ……。

むしろ、自分が悪いとわかっていることを、改めて突っ込まれる方がしんどいのだ。

くら～い顔になるミーアを見て、ルードヴィッヒは苦笑する。

「心配せずとも大丈夫。ミーア姫殿下であれば、師匠の話にもきっとついていけます。むしろ帝国の叡智たるミーア姫殿下とまともに討論できるのは師匠だけかもしれません。師匠はミーア姫殿下のかけがえのない知己となりえるでしょう」

――そっ、そんなお友達いりませんわ！　ルードヴィッヒ以上に頭の良い方とお話なんか、まっぴらですわ！　どう考えてもついていけませんし……。しかも、厳しいとか、怖いとか……。絶対に会いたくありませんわ！　会いたくありませんわっ！

お腹がキリキリ痛くなってくるミーアである。

なにせ、学園長への勧誘さえ成功すればいいというものではないのだ。

もしも学園長に就任されてしまったら、ミーアは幾度も、その恐ろしく厳しい男と顔を合わさなければならないのだ。

そんなのは真っ平ごめんだ。ルードヴィッヒは一人で十分。ルードヴィッヒ以上にルードヴィッヒらしいのとなんか、会いたくもなかった。

「あっ、でも、貴族が嫌いだって言ってましたし、それじゃ、わたくしもダメじゃないかしら？」

「いえ。師匠が嫌いなのは礼を失する高慢な貴族です。しかも、既存の概念から一歩も出ようとしない頭の固い貴族です。けれど、ミーア姫殿下はそんなことはありません」

「い、いいえ、わたくしも結構、頭、固いですわよ？　カチコチですわ」

ミーアはこつこつ、と自分の頭を叩いて見せる。っと、

「はは、ご謙遜ですね」

冗談だと思ったようで、ルードヴィッヒは笑い声を上げた。

それにつられるように、ベルと神父も笑った。

アンヌも優しげな瞳で、ミーアを見守っている。

和(なご)やかな雰囲気だった！

――わっ、笑いごとじゃございませんわ！　笑いごとじゃございませんわっ！

ミーア一人だけ必死である。こいつら人の気も知らないで、のんきな顔で笑いやがって、とミーアは、一人で心の中で絶叫した。

けれど、ミーアはすでに察してもいたのだ。

これはもう、会わないわけにはいかない流れだ……と。

それは、そう……。市場に引かれていく子牛にも似た気持ちだった。

――ああ、もう、これは……抵抗しても……無駄、ですわね。

ならば、無駄な労力は使わない、とばかりに、諦念(ていねん)に身を委ねるミーア。

ぐんにょりと椅子の上で脱力しかけるミーアに、ふと、紅茶のカップが差し出された。

「ミーアお姉さま、このお紅茶、甘くてとってても美味しいですよ」

「あ……ああ、本当ですわね。ぐすっ……、とっても、美味しい……」

じんわりと、口の中に広がる味は、甘くって……でも、なぜか、ちょっぴりしょっぱかった。

「それでは、失礼します」

その時だった！　ミーアの耳に、可愛らしい少女の声が聞こえた。

部屋にいる誰とも違う声……。そこでミーアは気づいた。

——そういえば、この紅茶、いったい、誰がいつ⁉

素早く顔を上げ、あたりを見回したミーアは、まさに今、扉を開けて部屋から出ていこうとしている少女の姿を見つけた。

ミーアよりは少し年下の、恐らくは、この孤児院で預かっている少女……。

そこに、ミーアは一縷（いちる）の望みをかける。

「ねぇ、ちょっと、そこのあなた……よろしいかしら？」

「はい？」

きょとんと首を傾げる少女に、ミーアは優しく語りかけた。


新月地区の孤児院では、読み書きと計算の基礎を教え込んでいる。それは中央正教会のすべての孤児院で行われているのと同じで、その教育はそれなりの水準であり、まず良心的といってもよいものだった。

それは、孤児院を出ていく子どもたちが自分の力で生きられるようにするための最大限の配慮（はいりょ）だった。

けれどそれでも……、そこを出ていった者のすべてが幸せになれるわけではない。

孤児院を出て、とある商家に引き取られた少女、セリアもその一人だった。

セリアは孤児院きっての優等生だった。

いつも真面目に積極的に文字を学び、本を読んだ。

どこかの学校に入れば、きっと偉大な学者になるだろうと言われた彼女であったが……その機会はついぞ訪れなかった。

商家に引き取られた後の彼女の生活は、幸せなものではなかった。

もちろん、食べるものがあるだけマシで、住む場所があるだけマシで、着るものがあるだけマシだ。

親もなく、貧民街で育った彼女にとって、それは望みうる最高の環境であったのかもしれない。

贅沢を言い出せばきりがない。

「満足するべきだ。まともな人間として生きていけるんだから……」

そう自分に言い聞かせて、彼女は自らの感情にふたをした。

諦めたのだ。

そうして、彼女のその知性は本来の力を発揮することなく……なにか、素晴らしいものを生み出すかもしれなかった、その可能性の種子は芽吹くことなく。

柔らかな土に落ちることも、水を注がれることもなく、静かに砕けて散った。

徐々に年老いていき、知性のきらめきを失ったセリアは病床の中で自らの人生を顧みる。

口惜しさはあった。けれど、それ以上に大きかったのは枯れ果てた諦め。

「仕方ない。私は孤児だったんだから……。ベッドの上で死ねることに感謝しなくてはいけないね」

そうして、彼女のすり切れたような人生は幕を閉じた。

……そんな夢を見た朝。

孤児院のベッドで目を覚ましたセリアは、深い絶望の中にあった。

どれだけ頑張ってもすべてが無駄に終わる……。

それを否定したくて、がむしゃらに勉強してみるのだけど……。やればやるほどに、自身の道が行き止まりであることを実感してしまう。

そんな折、その少女はやってきた。

輝ける帝国の栄光。帝国皇女ミーア・ルーナ・ティアムーン。

この孤児院の恩人で、新月地区を変えた人。

お茶を持っていくように修道女に言いつけられたセリアは、粗相がないよう最大限の注意を払って、自らの仕事を遂行した。

そうして、部屋から出ようとしたまさにその時、当のミーアが話しかけてきた。

「ねぇ、ちょっとそこのあなた、よろしいかしら？」

「……え？　私、でしょうか？　あの、わ、私、なにか……？」

「いえ、やはりこういうことは当事者の意見を聞くべきかと思いまして」

ミーアは、じっとなにかを訴えかけるようにセリアの瞳を見つめてから、笑みを浮かべた。

「ねぇ、あなた、勉強はやっぱり優しい先生に教わりたいですわよね？」

「……どういう意味ですか？」

「あなた、たしか先ほど、熱心に書き物をしていた子ですわよね？　それってやっぱり、ここの修道女さんが優しいから、やる気になるんですわよね？　もしもの話ですけど、この孤児院の修道女さんが、ものすごーく厳しい方だったら……、理不尽じゃなくても、自分が間違えた時には的確にそれを鋭くえぐってくるような、鬼のような人だったら、やる気にはなりませんわよね？」

ミーアは厳格で、恐ろしくすら感じられるような声で続ける。

「もしも、あなたが無料で学校に通えると言われたとして、そこの先生がものすごく厳しい先生だったら、通う？　どれだけ苦しくても辛くても勉強を続けるものかしら？　逃げ出してしまったりするんじゃないかしら？」

「……そんなの、関係ない」

気づけば、セリアは言っていた。

「厳しくっても、苦しくっても、辛くても学ぶことができるなら……、希望があるなら……。私は勉強したいです。理不尽だって構いません。教えてもらえるなら……希望があるなら、それが見えているなら、頑張れます」

セリアに立ち塞がるのは、高い山ではない。

ただの、無慈悲な壁だ。

つるつるとして、手をかける場所さえないから、乗り越えることも壊すことも不可能。ただ、彼女が前に進めないようにするためだけにあるような、残酷な壁なのだ。

山であれば、どれだけ高くても、頂上まで辿り着ける希望がある。

けれど壁ではどうにもならない。諦めてその前に座り込むことしかできない。

そんなセリアにとって、ミーアの問いかけに対する答えは明白なものだった。

どれだけ険しくても、山であれば……つまずき、傷つき、転がり落ちて死んでしまったとしても
……、そこには希望がある。頂上を目指して前に進める可能性があるのだ。

ならば、頑張れる。

セリアは、まっすぐにミーアの瞳を見つめて言った。

「もしも勉強をさせてもらえるならば、私だったら、どれだけ厳しくっても頑張ります。学ぶことのできる環境を与えられて頑張れないなんて、贅沢な話だと思います」

と、そこまで言ってしまい、セリアは青くなった。

帝国皇女に対して、セリアは相当に礼を失した物言いをしてしまったのではないか？

慌てて謝ろうとしたセリアだったが……、ふとミーアの方を見て思わず言葉を失った。

ミーアが、その瞳にいっぱいの涙を湛えていたからだ……。

「では……、あなた、その言葉をしっかりと実現なさい」

「え？」

「今、わたくしは、ここに誓いますわ。もしも、わたくしが厳しい厳しい学園長を無事にスカウトできたら、あなたはわたくしの学園に通いなさい。そして、学園長に直接いろいろなことを教わるのです」

「え……？　え？」

「あなたが言ったのですわ。学びたいと……。その責任を取りなさい」

セリアの肩を力強く握り、ミーアは声を震わせる。

突如、目の前に開かれた道に、セリアはただただ驚き、言葉を失った。

すぐそばでそれを見ていたルードヴィッヒは、感動に打ち震えるミーアを見て、自身もわずかながら、心が震えるのを感じた。

――ミーア姫殿下は変わらないな……。相変わらず、情に厚い方だ。

おそらくは、この孤児院の少女の思いにミーアは打たれたのだ。そして、

「ルードヴィッヒ、あなたにも当然、手伝っていただきますわ。共に来ていただきますわよ！」

自らを奮い立たせるような声で、ミーアは言った。

厳しい教育を受ける子どもたちを心配して、いろいろ懸念していたミーアであったが、生徒として受け入れる対象の、孤児院の子どもの覚悟を受けて、自身も覚悟を決めたのだろう。

「もちろんです。最大限、私も協力させていただきます」

ミーアに仕えることができて自分は幸せ者だと実感するルードヴィッヒであった。


さて……、まぁ、すでにお気づきのこととは思うのだが、当然、ミーアはセリアの覚悟に感動したわけではない。

ルードヴィッヒの師匠に会いに行きたくないがゆえに、ミーアは最後の希望にすがったのだ。すなわち、学園に実際に通うかもしれない生徒の声である。

ミーアの常識からして、勉強などというものは、厳しくされてまでやりたいものではない。

帝国皇女という立場から勉強しないわけにはいかないが、できれば優しく、楽にやりたいものなのだ。

それゆえに……。

──きっと、この女の子だってやりたくないって思うに決まってますわ。そもそも、庶民は読み書き計算ができれば普通に暮らせるのでしょうし。小難しい勉強を、厳しく怒られてまでやりたいなんて思わないはず……。そして、当事者がそんなことを言っているのを聞けば、ルードヴィッヒだって、お師匠さまをスカウトするのを諦めるはずですわ！

そのような計算のもと、少女に話を振ったミーアであったが……見事に玉砕（ぎょくさい）する。

——ああ、やはり……、わたくしがルードヴィッヒの鬼師匠に嫌味でボコボコに殴られるのは、変えられない流れなのですわ。

悲嘆の涙を瞳に浮かべたミーアは、ぎんっ！　と少女を睨（にら）みつける。

「では……、あなた、その言葉をしっかりと実現なさい」

呆然とする少女の顔を見て、逃がさない、とばかりにがっちりその肩を握りしめる。

——好き勝手なことを言っておきながら、逃げようったってそうはいきませんわ！　厳しいのがいいですって？　いいでしょう……ならば、あなたの望みどおりにして差し上げますわ。

ミーアはにやりと意地の悪い笑みを浮かべる。

「今、わたくしは、ここに誓いますわ。もしも、わたくしが厳しい厳しい学園長を無事にスカウトできたら、あなたはわたくしの学園に通いなさい。そして、学園長に直接、いろいろなことを教わるのです」

——ええ、ええ、わたくし一人が苦労するなんて絶対に許しませんわ！　きちんと自分の言った言葉の責任は取っていただきますわ！

自分だけが嫌な思いなんて絶対にしない。そんな執念（しゅうねん）とともに、ミーアは誓いを立てる。

周りを積極的に巻き込んでいくスタイルである。

かくて、セリアは半年後、聖ミーア学園に入学することになった。

ちなみにこの時にミーアが言い出したことは、後に孤児院からの選抜によって構成される学園長直轄（ちょっかつ）の特別クラスという形で実現することになる。

ルードヴィッヒたちを、放浪の賢者の教えを得た第一世代とするならば、ここに集った子どもたちは第二世代の賢者の弟子たちと言えるだろう。

放浪の賢者の教えを受けた子どもたちは、第一世代の者たちに引けを取らぬ才能を発揮していく。

そして、彼らには第一世代にはない、一つの思いがあった。

それは、皇女ミーアに救い上げられたという感謝の気持ち。そして、それは揺らぐことのない忠誠心へとつながる。

ミーアの寵愛（ちょうあい）を受けた彼らは、成長し、少壮の官吏として各月省に入省する。そこで、女帝ミーアの目指す改革（とルードヴィッヒが説明するもの）を実現すべく、その才能をいかんなく発揮していくことになる。

そんな、次世代の帝国を支える能吏（のうり）たちの筆頭であるセリアは、万能の才女として、宰相ルードヴィッヒから重用されることになるのだが……。

それは未だ実現していない夢幻の未来の光景。

その夢が、現実のものとなるか否かは、ほかならぬミーアの肩にかかっている。

いるのだが……。

「ふぐぅ……、ど、どうして……こんなことに……」

そんなこととは露知らず、涙にくれるミーアなのであった。

第八話　ベルの無駄遣い

「それでは、いってらっしゃいませ、お気をつけて行ってきてくださいミーアお姉さま」

ルードヴィッヒの師匠は、現在、静海の森（セイレント）に滞在しているらしい。

帝国の少数民族の調査のために、彼らに交じって生活しているのだ。

そこで、ミーアはアンヌとルードヴィッヒとをともなって会いに行くことになったのだが……。

「ボクは行っても役に立たないと思いますので、帝都に残ります」

ミーアベルは、そう言って別行動を願い出た。どうしても、帝都でやりたいことがあったのだ。

「大丈夫ですの？」

心配するミーアであったが、結局はその願いを聞き入れて、別行動をとることになった。

そうして、なぜだか、ぐんにょりやる気がなさそうな顔をするミーアを送り出した後、ベルはリンシャとともに帝都ルナティアの散策に出かけた。

「今日は、どうされるんですか？　ベルさま」

「はい。帝都を少し見て回りたいです」

ベルはリンシャの方を見て頭を下げる。

「すみません、リンシャさん。今日はたくさん歩きますね」

「別に謝っていただくようなことでは……」

比較的、斜に構えることが多いリンシャにとって、素直で純朴なところがあるベルは、ちょっぴりやりづらい相手だった。

——ていうか、ミーア姫殿下も大概よね……。もっと傲慢にふるまってもらったほうが調子が出るんだけど……。

などとため息を吐きつつ、リンシャは改めて尋ねる。

「それで、どちらに行かれますか？」

「そうですね。新月地区の方に行きたいと思うんですけど……」

「え……？　あの、あそこって、元貧民地区ですよね……？　危なくないですか？」

「うふふ、リンシャさん、心配性ですね。別に新月地区は危なくなんかありません。ミーアおば……お姉さまをお慕いしている、優しい人たちがたくさんいるところですから」

ベルはなにやら意味のわからないことを言ってから、嬉しそうにちょこちょこと走り出した。

新月地区に入ってすぐに、ベルはきょろきょろし始めた。

それは、まるで何かを思い出そうとするかのように。

あるいは、今は見えぬなにかを幻視するかのように。

声をかけるのもはばかられて、リンシャは黙って、ベルに付き従う。

「あっ、あのお店……」

やがて、なにかを見つけたのか、ベルが走り出した。

「ちょっ、ベルさま！」

慌てて追いかけるリンシャの目の前で、ベルは寂れたお店に駆け込むと、

「えっと、おじさん……、そこのお菓子くださいな」

「はいよ、まいど。三日月銅貨五枚だよ」

威勢の良いおじさんに、にこにこ笑みを返しながら、ベルはリンシャの方に手を差し出した。

「リンシャさん、ボクのお小遣いをください」

「はいはい。もう、しょうがありませんね」

リンシャはため息を吐きつつ、ベルに硬貨袋を渡した。

すると、ベルは迷うことなく銀貨の中では二番目に価値が高い半月銀貨を取り出すと、店主に手渡し、

「お釣りはいりません。ありがとうございました」

「……へっ⁉」

笑顔で固まる店主のおじさんに構わず、ベルは店を飛び出した。

「ちょっ！　ベルさま！　なにしてるんですか！」

リンシャは慌てて、ベルを追いかけた。

三日月銅貨五枚であれば、半月銀貨を出せば銅貨ではなく、れっきとした銀貨である三日月銀貨でお釣りで返ってくるはずだ。

お釣りはいらない、などと言って、チップ代わりにするにはあまりにも額が大きすぎる。

やがて、店主が追ってこられない位置まで走ったところで、ベルはようやく立ち止まった。

そんなベルを捕まえて、リンシャは苦い顔をした。

「ベルさま、どこでご覧になったのかは知りませんけど、ああいう風に格好をつけるためにお金を無

駄にするのは、よくないことですよ」

キザな貴族が好みそうな行動を、当然のごとくリンシャは咎める。

確かに、ベルにはお小遣いとして自由に使えるお金が渡されてはいる。けれどそれは、無駄遣いしていいということではない。なにかあった時のためのものなのだ。

「あんな風に無駄遣いしたら、ミーア姫殿下に怒られてしまいますよ」

そうリンシャが苦言を呈すると……、

「いえ、無駄遣いでは、ありません」

思いのほか、しっかりとした口調で返事が返ってきた。

強い意志の輝きを宿した瞳に貫かれ、リンシャは思わず息を呑んだ。

時折、ベルが見せる凛とした表情。

王者の風格すら感じさせるそれに、リンシャはハッとさせられるのだ。

――普段は全然忘れてるけど……、この子もミーア姫殿下の係累。大帝国ティアムーンの帝室に連なる者なのよね……。

わずかながら、身を固くするリンシャにベルはにっこりと無邪気な笑みを浮かべる。

「恩義を受けた者には、きちんと返さなければならない……。そのように、ミーアおば……お姉さまは言っておられました。だから、きっと大丈夫です」

ベルがなんのことを言っているのかは、リンシャにはわからなかった。けれど、少なくともベルが、わがままによって無駄遣いをしようとしているのではないことは分かった。

「よくわかりませんけど……、いいんですね？」

「はい。必要なことなので……。やらせてもらえると、嬉しいです」

そうして、笑みを浮かべるベルに、リンシャは小さくため息を吐くのだった。


「ミーアベルさま、これ、お食べください」

寂れたお店の前を通るたび、優しい声が聞こえてくる。

「ミーアベルさま。こっちだ。うちでしばらく隠れていくといい」

小さな家の前を通るたび、自分を助けてくれようとした人たちの声が甦る。

帝国を二分する戦い。荒れ果てて、地獄と化した帝都。そんな場所にも優しい人たちはいた。

司教帝の軍である聖瓶軍（アクエリアンフォース）に追われたベルを匿（かくま）ってくれた人たち、助けてくれた人たちは確かにいたのだ。命を散らしてでも、ベルを愛し、守ってくれた人たちが。

ベルはそれを覚えていた。

一つ一つ忘れずに、大切に胸にしまい込み……、いつか機会があればお礼がしたいと思っていた。

「恩を受けたならば、忘れることなく、必ず返さなければいけない……」

偉大なる祖母ミーアから受け継がれた大切な教えを胸に、ベルは新月地区を走り回るのだった。

第九話　別に逃げてしまっても構わないのでしょう？

ぱかぽこぱかぽこ、ミーアを乗せた馬車が行く。

馬車を引く馬は、その主たるミーアのやる気を読み取ったかのように、微妙にやる気のない足取りだ。

——あぁ、気が進みませんわ。気が進みませんわ。

ふぅうっと深い深いため息が馬車の中に響いた。

ちなみに現在、馬車の中にはミーアとアンヌしかいない。

ルードヴィッヒはミーアの受け入れ準備を整えるために先行しているし、ベルとリンシャは別行動中だ。

結果、狭い馬車の中にはミーアのため息だけが響く、微妙に気だるい空間が出来上がってしまっていた。

——そもそも、ルードヴィッヒのお師匠さまなのだから、ルードヴィッヒが説得してくれるのでもいいのに……。あー、向こうに着いたら全部、話がついてたりしないかしら……？

ご存知のこととは思うのだが、ミーアはサボれるものならサボりたいタイプである。

夜寝ている間に月の妖精がやってきて、問題をすべて解決してくれているのがベストだ。

ついた瞬間、ルードヴィッヒがやってきて、説得が終わっているのが理想なのだ！

……当然ながら、そんなに都合のいい話はない。

「はぁ……ふぅ」

ミーアが、何度目かになる、切なげなため息を吐いたところで、

「ミーアさま、大丈夫ですか？」

気遣わしげな顔をして、アンヌが声をかけてきた。

「あら？　なぜですの？」

「その……元気がないように感じたので……」

「そんなことございませんわ。心配には及びませんわ」

そう言って、ミーアは微笑みを浮かべて、はふぅっと深い深いため息を吐く。

それを見ていたアンヌは、なにやら覚悟を決めたような顔をすると、御者台の方に出て行った。と、すぐに戻ってきたアンヌは唐突に言った。

「あの……ミーアさま、せっかくですから、馬に乗りませんか？」

「へ……？　馬に、ですの……？」

きょとんと首を傾げるミーアに、アンヌは優しい笑みを浮かべた。

「はい。ミーアさま、遠乗りがお好きでしたし。先ほどバノスさんに聞いてきたんですけど、このあたりの道はよく整備されているから、馬にも乗りやすいんじゃないかって……」

「んー、まぁ、気分転換にはいいかもしれませんけれど……、あら？　でも、アンヌは乗れないのではなかったかしら？」

そう尋ねると、アンヌはなぜだか、もじもじしてから、

「実はその……。私も馬に乗れるようになりたくって、空いた時間に練習していたんです」

「まぁ！　アンヌが馬に？　それは初耳ですわね。いったいなぜ、そのようなことを？」

首を傾げるミーアに、アンヌは凛々しい顔で言った。

「ミーアさまの足手まといになりたくなかったから、です」

「あら、別にあなたのことを足手まといだなんて思ったことは……」

「レムノ王国の時、連れて行っていただけませんでした。ミーアさまが、一番危険な目に遭われているのに、私は、馬に乗れなかったから……おそばにいることができませんでした」

悔しげに、小さく震える声でアンヌが言った。

「アンヌ……」

「でも、これでどのような時にでも、ミーアさまのおそばについていくことができます」

アンヌは、そっと自らの胸に手を当てて、それから小さく微笑んだ。

「だから、ミーアさま、どうぞあまり気負わないでください。ミーアさまであれば、私はどんな問題でも解決できるって信じていますけど、でも、もしもどうにもならなくなったら、逃げてしまえばいいんです。私はいついかなる時でも、たとえ地の果てであろうと、ミーアさまについていきますから」

だから、そんなに気負わないでほしい……、と。

そんな思いのこもったアンヌの励ましの言葉だった。

緊張しすぎて失敗しないようにという気持ちのこもった優しい言葉だった。

それを聞いたミーアは、いたく感動した。

「あ、ああ、アンヌ……、そう、そうですわよね……」

感動した上で……、

——そうですわ。もう、いっそどこか遠くへ逃げてしまえばよいのですわ。相手があまりに強力ならば、別に逃げてしまっても構わないのですわ。わたくしとしたことが、うっかり正面から真面目に説得することにばかり気を取られていて……大切なことを見逃しておりましたわ。わたくしが逃げてしまったら、きっとルードヴィッヒあたりが何とかしてくれるはずですし。そう、ダメなら逃げてしまってもいいじゃない？

……見事に曲解(きょっかい)した！

人間は、自分が聞きたいものだけを聞き、見たいものだけを見る生き物なのだ。

もっとも、実際にはそう簡単に逃げられるはずもないのだが……。

そこには、すでに近衛の乗っていた馬が二頭用意されていた。

暗い鬱々とした気分から解放されたミーアは、軽やかな気持ちで馬車を降りた。

「どうぞ、ミーア姫殿下。こちらの馬をお使いください」

「うふふ、どうもありがとう。それでは、少しお借りしますわね」

上機嫌に馬に乗るミーア。同じく、隣の馬に乗ったアンヌを見て微笑みを浮かべる。

「うふふ、なかなかさまになってますわよ、アンヌ。では、参りましょうか」

そうして、馬を歩かせ始めて、ミーアはふと思う。

——ああ、そういえば馬に乗るのは久しぶりですわね。

最初の内は、この揺れや馬の背の高さが怖かったものだが、今ではすっかり慣れてしまった……慣れきってしまった。

ミーアはすっかり先輩面で、隣を歩くアンヌの方を見た。

アンヌはアンヌで、どうやらかなり練習したらしく、危なげなく馬を乗りこなしている。

「なかなか上手いですわよ、アンヌ。あ、そうですわ。どうせですし……、あそこの丘まで競争いたしましょう！」

言うが早いか、ミーアは馬の脇腹を蹴った。

「はいよー！　シルバームーン！」

「姫殿下、その馬はそのような名前では……」

などという近衛のツッコミの声を置き去りに、ミーアを乗せたシルバームーン（仮）が走り出した。

びゅんっと風が体に吹き付けてくる。

髪が風に揺られて、ふわふわ、頬をくすぐった。

「うふふ、気持ちいいですわ。ほら、もっと速く速く！」

ミーアの掛け声に応えるように、ぐんぐん馬が加速していく。草原の草を蹴り上げ、小さな段差をものともせずに、風のように走る！

——ああ、すごいですわ。なんだかわたくし、天馬にでも乗っているかのよう！　やはりこういう体験をエリスに教えてあげないといけませんわね！

そんな風に、ミーアが自分に酔っていると突如として、

「姫殿下、馬を止めろ！　速すぎる！」

後ろから、声が追いかけてきた。

「はぇ……？」

それでようやくミーアは我に返った。

馬が……いつの間にやら、シャレにならない速度で走っているということに。

「ああ、調子に乗りすぎてしまいましたわ……。おほほ、わたくしとしたことが。ええっと、止めるには……」

冷静にならなくてはいけないわ、と、ミーアは自分に言い聞かせつつ、手綱を持つ手に力を入れて……引く！

けれど……この時のミーアはいささか慌てていた。ゆえに、手綱を引く力が強すぎた。

直後、馬が前脚を振り上げる。

突然、思い切り手綱を引かれたせいで、驚いてしまったのだ。

「…………はぇ？」

そんな、ちょっぴり間の抜けた声を上げた瞬間、ミーアの体はびゅんっと空中に投げ出されていた。

それも、結構なスピードで、である。

――あ、あら？　これ、まずいんじゃ……？

とは思うものの、もはや落馬は避けられない。

「ミーアさまっ！」

アンヌの悲痛な叫びを遠くに聞きながら、ミーアは思い切り地面に叩きつけ――られそうになったところで、突如、お腹のところになにかが巻きついてきた。

太くて硬いそれがなにか考える間もなく、お腹がギュッと締めつけられる。

「ぐえっ！」

まるで、つぶれたカエルのような声を上げるミーア。こみ上げた吐き気をなんとか飲み込みつつ、視線を巡らせる。と、

「ふぅ、間に合ったか。大丈夫ですかい？　姫殿下」

苦笑いを浮かべるバノスの顔が見えた。

それで、ようやくミーアは気付く。

自らの脇腹を締め上げているものがバノスの太い腕で……自身がバノスの小脇に抱えられていると

いうことに……。

「危ないところでしたな。間に合ってよかったですよ」

そう言いつつ、バノスはミーアを自身の馬にまたがらせた。

ミーアは素直にバノスの前に乗って体勢を落ち着けてから、改めて首を回してバノスの方を見る。

「助かりましたわ、バノスさん。申し訳なかったですわね、調子に乗りすぎてしまいましたわ」

「まったくですぜ、姫殿下。あんたになにかあっちゃあ、ディオン隊長もルードヴィッヒの旦那もガッカリしちまいますぜ。あのメイドのお嬢ちゃんもね」

ふと後ろを見ると、真っ青な顔をしたアンヌが懸命に馬を操ってこちらに向かってきていた。

「ああ、アンヌにも心配をかけてしまいましたわね……」

これで万が一にも落ちてケガでもしていたら、アンヌが卒倒(そっとう)していただろう。

「気を付けなければなりませんわね」

「しかし、ミーア姫殿下も俺に無礼者とか言い出さねぇんですね」

「あら？　助けられたのだから、当たり前ではなくって？」

「いやぁ、俺も同意見なんですがね。世の中、そういう貴族の方ばっかりでもなくってね」

バノスは苦笑いを浮かべる。

「それにしましても、バノスさん、あなた、近くで見るとずいぶんと大きいですわね」

「お？　へへ、まぁ、帝国有数を自負してまさぁ。けど、でかいだけと思われるのも、ちょっとシャクだ。さすがに、ディオン隊長には及ばねぇけど、腕前の方もかなり立ちますぜ」

バノスはガハハと豪快な笑い声を上げる。

「俺よりでかい帝国兵はいるし、俺より強い帝国兵もいるが、俺ぐらいでかくて強い帝国兵ってのはいないんじゃないかって思いますぜ。へへ、だから、まぁ、鎧を着こめば盾にはちょうどいいってね」

「まぁ、それは頼もしいですわね。けれど、ご自分のことを盾だなどと揶揄するのは感心いたしませんわ。あなたは皇女専属近衛兵になったのですから、胸を張ってわたくしの護衛騎士を名乗ればよろしいのですわ」

そう言って微笑むミーアに、バノスは愉快そうに笑みを返した。

「へへ、姫殿下、やっぱりあんた、気持ちがいいお人だね。それでこそ仕えがいがあるってもんだ」

そうして顔を見合わせた二人は笑った。

ミーアは大男と相性がいいのだ。

「ミーアさま！　お怪我はありませんか!?」

そこに、血相を変えたアンヌがやってきた。

そんなアンヌに、ミーアは平謝りに頭を下げるのだった。

第十話　黄金の巨大ミーア像建造を阻止せよ！

ベルマン子爵領に着いたミーアは、翌日、建設中の学園の説明を受けることになった。

せっかくの機会だということで、ルードヴィッヒが視察の予定を入れたのだ。

――まぁ、いざとなれば逃げればいいですし……。

アンヌの言葉でやる気を取り戻したミーアは、少なくとも普段と変わらぬテンションで、もろもろの公務をこなしていく。

ベルマン子爵への挨拶、労いの言葉をかけ、その後、子爵の館にて、皇女の町の建設計画の説明を受ける。

「現在は、学園の建物を先に建てています。一刻も早く開校したいとのことでしたから、そのように手配しておりますが……」

「ええ、それで問題ございませんわ」

以前、会った時には卑屈な笑みを浮かべていたベルマンだったが、今は心なしか、少しばかり誇らしげな顔をしている。それは仕事にやりがいを感じている人が浮かべる笑みに似ていた。

そのすぐ隣には、赤月省から派遣された文官の姿があった。豪奢な金髪と綺麗に整えられた洒落た髭、人懐っこそうな笑みを浮かべる顔にはどこか気品があり、良家の出であることが窺える。

年のころは、ちょうどルードヴィッヒと同じぐらいだろうか……。

――あの方、どこかの貴族の家の方かしら……？

ミーアはじっくり観察してから、にっこり笑みを浮かべておく。

いずれにせよ、敵は作らないに越したことはない。笑みを浮かべるだけならば無料である。文官は、ちょっと驚いた顔をしつつも、ベルマン子爵の説明を受け継ぐ。

「校舎と学生が暮らす寮を優先して建設中です。近隣のルールー族の協力を得て、静海の森の木によって校舎を建てています。姫殿下のお気に入りの木材であるとお聞きしておりますが……」

そう言って、ミーアの頭に目をやった。そこには、ルールー族の少年からもらったかんざしが、今もつけられている。

「それは良いですわね……。さぞかし美しい校舎になるでしょう」

静海の森の木は削って磨けば虹色に輝く。淡く輝く校舎を想像して、ミーアは満足げに頷いた。

基本的に、お金をかけた豪華な建物などにはさほどこだわらないミーアなのだが、だからと言って美しいものが嫌いというわけではないのだ。

っと、そんなミーアに、ベルマンが話しかけてきた。

「姫殿下、こちらも見ていただきたいのですが……」

差し出されたのは一枚の羊皮紙だった。

「はて、なんですの？」

そうして、手を伸ばそうとしたミーアはふと気付く。

得意げな顔をするベルマン、のすぐ後ろ……。苦り切った顔をして立つ文官の姿に……。

――なんだか、嫌な予感がいたしますわ……。

そう思いつつ、羊皮紙に目を落としたミーアは、ぽっかーんと口を開けた。

「こっ……これは？」

「はい！　ミーア姫殿下の巨大黄金像です！」

「きょっ、巨大……黄金像……ですの？」

その響きに、頭がクラッとする。

「はい。高さは白月宮殿の尖塔ぐらいの高さにしようと考えております」

それ、いくらかかるのかしら……？　などと、それだけでげっそりしてしまうミーアであったが、それに気付かず、ベルマンは続ける。

「しかも、内部は空洞になっていて、中に入ることができます」

「なっ、中に、ですの？」

ミーアは急いで、羊皮紙をめくる。と、そこには、巨像の内部の設計図が綿密に書き込まれていた。

「はい。目と口のところから外の景色を見られるようになっております」

「へ、へー、そうなんですのね……」

「夜は、そこから光を放てるようにしようかと考えております。ただ、これを建てるにはいささか資金が足りないのです。そこで姫殿下、ここはぜひ……」

「……あー、却下ですわ」

力なく言って、ミーアはため息を吐いた。

——そんな無駄遣いをしたらルードヴィッヒに怒られてしまいますし……、いや、それ以前に、それ、ちょっと悪趣味すぎないかしら……。

夜になると、目と口から光を放つ黄金の像を想像し、その顔がほかならぬ自身のものを模していることを想像し……ミーアは背筋を震わせる。

——この方……、以前のかんざしの時にも思いましたけど、いささか趣味が悪いようですわね。

「なっ、なぜです？　姫殿下、もしも、それが完成すればこの帝国一の名物になりえるでしょうに……」

「なぜって……」

理由を説明しないとわからないのか、とミーアは内心でため息を吐く。

いちいち納得させるのも面倒だし、命令で済ませてしまおうか……などと油断していたミーアであ

った が……。

「もし資金的に難しいようでしたら、皇帝陛下に相談させていただこうかとも思っております」

「……絶対にやめていただきたいですわ」

ミーアは即座に言った。

——っていうか、お父さまが聞いたら、絶対にノリノリで特別増税とかやりますわ！　わたくしを模した金の像を建てるために増税とか、民に恨まれること疑いようもありませんわ。

しかし、目の前の男、ベルマンは、ここでミーアがやめろと言っても、皇帝に直訴する可能性が非常に高い。ここはなんとしてもベルマンを説得しなければならない。

ミーアは痛む頭を懸命に働かせて、言いくるめに移る。

「ベルマン子爵、あなた、心得違いをしておりますわ」

「心得違い、ですか？　それはどういう……？」

「わたくしの栄光とは、すなわちこの学校に通う生徒たち。そして、ここから巣立っていった者たちが生み出す数多（あまた）の功績ですわ！　ですから、黄金の像などを建てるお金があれば、むしろ生徒たちにもっとお金をかけたいと思うのです」

堂々と胸を張り、ミーアは言い放つ。

——まぁ、数多の功績というか、具体的にいえばセロ・ルドルフォンの生み出す新しい小麦が目的ですけど……。

などと、心の中で付け足しながら。

「そのようなものにですか……？　しかし」

「考えてもみなさい、この地にそれを建てたところで、その輝きは、ここを訪れた者しか目にできないのです。けれど、ここを出た生徒たちが目覚ましい活躍をすれば、やがてその名声は、大陸中を席巻することになるでしょう。世界で活躍する英才、それを育んだのは帝国初の学園都市、そして、その都市があるのが、ベルマン子爵領ということになりますのよ？　それって、とても素敵だと思わないかしら？」

「なるほど……、人は王城、人は城壁、ですか……」

ふいに、ミーアの耳に小さなつぶやきが入ってきた。

声の方に視線を向けると、先ほどの文官が興味深げにミーアの方を見つめていた。

「なんですの？　それ？」

「おや？　ご存知なかったですか？　東方の有名な国王の言葉です。いかに立派な城を建てようと、人がいなければ意味がなく、人を大切にしていれば、時に人は城のように堅固に、城壁のごとく強硬に守ってくれる。そのような意味なのですが……」

ミーアは一瞬、もちろん知っていると答えようとした。けれど、すんでのところで踏みとどまる。

ミーアの嗅覚が、なにやら危険な匂いを察知したのだ……。

――頭の良い者の前で知ったかぶりをするのは危険ですわ。この方、なんだか、ルードヴィッヒとかと同じ匂いがいたしますし……。ここは……。

ミーアは取り澄ました顔で言った。

「まったく知りませんでしたわ。あなた、博識ですのね」

「いえ、私などは……」

首を振る文官。なにか考えているようなその様子が気になったミーアだったのだが……。

「なるほど、さすがはミーア姫殿下……。そのご見識、心から感服いたしました」

などというベルマンの言葉に満足してしまい、追及することはなかった。


こうして、なんとか黄金巨大像計画を阻止したミーアであったが、学園には後日、ベルマンによって、別の像が建てられる。

ベルマンの依頼を受けたルールー族の選りすぐりの技術者によって作られたその像は、大きさこそそれほどではないものの、素晴らしい出来であったという。

静海の森の木を削って作った像は、ミーアと一角馬とが戯れる姿を象どったもので……。

たまたま、妄想癖が激しい某お抱え作家がそれを見てしまい、胸に燃える熱い妄想の炎に油を注がれた挙句、皇女伝がより一層過激なものになってしまったりもするのだが……。

まぁ、それはどうでもいい話なのであった。

第十一話　三顧(さんこ)の礼

静海の森……。

ルールー族が暮らすその森に、一人の男がやってきた。

やや赤みがかった豪奢な金髪と理知的な光を宿したブラウンの瞳……。ベルマン子爵のもとで、皇女の町の建設に携わる赤月省の文官……、その名をバルタザル・ブラントという。

伯爵家の三男としてこの世に生を受けた彼は、ルードヴィッヒの旧友にして同門の男でもあった。

ここ最近、町の建設の打ち合わせで、幾度も行き来した細い道を歩く彼の顔は、深い思案に沈んでいた。ルールー族の村を過ぎ、さらに森の奥へと進んでいく。そんな彼の目の前に、小さな幕屋(テント)が現れた。

ごわごわした厚手の布で作られたそれは、とある少数部族に伝わる即席の住居だった。

その前に立つ見慣れた青年の姿を見つけて、バルタザルは気安げな声をかけた。

「よう、ルードヴィッヒ。姫殿下のところにいないから、どこにいるのかと思ったぞ」

それで振り返ったルードヴィッヒは、小さく肩をすくめて見せた。

「別に俺がいてもできることはないからな」

「なんだ、ずいぶん冷たいじゃないか。あの姫殿下に忠誠を誓っているんだろう?」

「ふん、俺がいなくても、姫殿下はお前を感心させて見せたんじゃないか?」

悪戯(いたずら)っぽい笑みを浮かべるルードヴィッヒにバルタザルは苦笑いした。

「確かにな。あの姫殿下、なんと、あの巨大像の建設を止めて見せたぞ」

「いや、バルタザル……、それはさすがにミーア姫殿下を馬鹿にしすぎだろう」

ルードヴィッヒは呆れ顔で首を振った。

「あれを止めるのは、当然だろう。いくらかかると思ってるんだ?」

理の当然といった様子の旧友に、けれど、バルタザルは首を振った。

「いや、そうでもないぞ。歴史的に見て巨大像に憧れる統治者というのはかなり多い。肥大化した自己顕示欲は腐敗した統治者の特徴だ。その欲求に負けて国の財政を傾かせる者というのも少なくはない」

「なるほど、確かにそのとおりだな……。ミーア殿下に仕えているうちに、どうも、帝国の叡智を基準に物事を考えてしまっていたようだ」

ルードヴィッヒは、バルタザルの言葉の正しさを認めた。

国中に自己の銅像を建てて、時間ごとにそれを拝むように命じた国王がいた。

世界で最も巨大な像を欲した皇帝がいた。

自己を崇めさせ、神格化しようとする欲求は、統治者にとっては非常に大きなものなのだ。

「あのお年で……、しかもあのような美貌をお持ちなのに、自己顕示欲に支配されぬとは……、なるほど、お前が心酔するのも少しわかるような気がするな」

腕組みしながら頷いて、それから、ふとバルタザルは首を傾げた。

「ときにルードヴィッヒ、お前はなにをやっているんだ？」

「ああ、師匠に姫殿下とお会いいただけるように、事前に約束を取りつけておこうと思ったのだが……」

ルードヴィッヒは苦笑を浮かべて、幕屋の方を見た。

「どうやら、なにか思索中らしい」

「なるほど、それでだんまりか。相変わらず師匠らしいな」

やれやれ、とバルタザルは首を振る。

「困ったものだな。我が師匠にも」

「ふふ、まったくだな」

肩をすくめて笑いあう二人だったが、

「ほほう、ずいぶんじゃなぁ。師匠の住処の前で……」

突如、かけられた声に飛び上がる。

慌てて姿勢を正し、視線を転じれば、そこには一人の老人が立っていた。

白くて立派な髭を伸ばしたその老人は、ルードヴィッヒの方を見て、にやりと笑みを浮かべた。

「ったく、人が考え事をしているというのに、騒ぎおって。集中できぬじゃろうが……」

「お久しぶりです。我が師」

ルードヴィッヒの礼を受け、その老人も深々と頭を下げる。

「うむ、我が弟子、ルードヴィッヒよ。壮健なようで、なによりじゃな」

豊かな髭を軽く撫でながら、老人は言った。

「して、今日は何用で来た？　お前にはすでに教えることはないと言ったはずじゃが……？」

「はい。師匠のお力をお借りしたく、参上いたしました」

「ふふん、この老骨に何ができるとも思わぬが……」

「ぜひ、お聞きください。師よ。ことは帝国の存亡に関わることです」

真剣な口調で言うルードヴィッヒ。対して、老人は面倒そうに首を振った。

「聞いておるぞ。ルードヴィッヒ、お前、帝国の姫に仕えておるそうじゃな……。その関係か？」

「はい。ミーア・ルーナ・ティアムーン殿下にお仕えしております」

「噂に名高い帝国の叡智か。あまり気は進まんなぁ……ほれ、お前も知っておろう。わし、貴族嫌いじゃし……」

「それは存じております。その上でお願いしているのです。我が師よ」

「それほどなのか？　ルードヴィッヒ。このわしに引き会わせようとするほどの？」

「僭越ながら……、私が生涯の忠誠を捧げようと、心を定めた方ですので」

その言葉に、老人は、わずかばかりに目を細めた。

「ほう、お前ほどの者がそこまで入れ込むか……。それは確かに興味深くはあるのう。バルタザル、お前も同じ考えかの？」

話を振られたバルタザルは、深々と頷いてから、

「人は王城、人は城壁……」

「ほう、その格言を知っていたか？　なかなかに勤勉じゃな」

感心したように頷く老人に、けれど、バルタザルは首を振った。

「いえ、言葉自体は知りませんでした。されど、そこに含まれる真理をしっかりとつかんでおられた。格言を知らずとも、自らの思考によって一面の真理へと辿り着いておられた。あの方は……まさに叡智と呼ぶに相応しい方だと、私も判断いたします」

バルタザルは、先ほど見たミーアの姿を思い出して、微かに鳥肌が立つのを感じた。

ルードヴィッヒから聞いてはいた。けれど、実際に目の当たりにした時の驚きは格別だった。

「我が師よ。ミーアさまとお会いください。そして、お話しください。ご自身の目で、あの方を見定め、そして、もしも師の心にかなうのであれば、どうかお力をお貸しください」

「ふーむ……まぁ、可愛い弟子のお願いじゃしなぁ。聞いてやらんでもないぞ？　ほれ、お前たちも知ってのとおり、わし、優しいし」

どこがだよ！　とツッコミを入れたくなる二人であるが、ここはぐっと堪える。

「ただ、そうじゃなぁ……。お前たちのことを疑うわけではないが……試させてもらおうかのぅ、東国の古の故事……三顧の礼をもって」

どこか不敵な笑みを浮かべる師匠に、嫌な予感を覚えるルードヴィッヒであった。


ベルマン子爵邸で学園建設計画の説明を受けたさらに翌日、ミーアは実際に建設途中の学園を視察した。

視察といっても軽く様子を見る程度、本題はむしろその後だった。

そう、いよいよミーアは対面するのだ。ルードヴィッヒの師匠、放浪の賢者と。

「ミーア姫殿下……そろそろ」

ルードヴィッヒに声をかけられ、ミーアは一度、パンと自分の頬を叩き、

「では……行きましょうか」

覚悟を決めて、静海の森に足を踏み入れた。

そうなのだ、ベルマン子爵邸にて、甘いお菓子の歓待を受けたミーアは冷静になってから思ったのだ。

どうも、やっぱり逃げるのは難しそうだぞ、と……。

そして、同時にアンヌが自分を励ましてくれようとしていたことにも気が付いていた。

――これは……やっぱり逃げるわけにはいきませんわね。

基本的に、忠臣たちの誠意にはきちんと応えなければならないと思っているミーアである。

意外と根は真面目なのである。

——それに、ルードヴィッヒも自分ではできないから、わたくしを頼ったわけですし……。

意外と根は真面目なのである。

——きっとわたくしが見事に説得して見せたら、目をまん丸くして驚くに決まっておりますわ。それはすごく気持ち良さそうですわ！

意外でもなく、根が不純なミーアなのであった。

というわけで、ミーアは思考を切り替えた。切り替えが早いのがミーアのいいところだ。

どうすれば、ルードヴィッヒの師である放浪の賢者の協力を取りつけることができるのか……。

昨晩、ミーアはベッドの中で考えて、考えて……起きた時には朝になっていた。

良いアイデアは浮かんでいない……当たり前である。

ともあれ、よく寝てすっきりした頭でミーアは思った。

「いろいろやってみるほかにありませんわ！」

かくして、ミーアの蠢動が始まった。

「ところで、ルードヴィッヒ、このような格好では、お師匠さまに失礼にあたるのではないかしら？」

本日のミーアは、野外活動用の厚手の服を着用している。上は長そで、下も厚手のスカートとタイツで、足首まで布で覆われている。

ルードヴィッヒの師匠は、ルールー族の村よりさらに森の奥深くにいるらしく……、草や枝で肌を傷つけないように、そのような格好になっているわけだが……。

「礼を大切にされる方なのでしょう。ここは、やはりドレスのほうが……」

「いえ、我が師は過度な装飾を嫌います。森には森に適した服があると……。そういう考え方なので、むしろドレスで行ったほうが印象は悪いでしょう」

「まぁ、そうですの……？」

ミーアはちょっぴり残念そうだった。

――ふーむ、この不格好な服では、わたくしの美貌を生かして交渉を有利に進めることは難しそうですわね……。残念ですわ。

……突っ込んではいけない。

「あっ、そうですわ。それでしたら、なにか手土産などを持っていくのはいかがかしら？　お師匠さまのお好きなものって、なにかないかしら？」

新月地区の神父を相手に使った手である。

策士ミーアの智謀が冴えわたる！

「師匠の好きなもの……ですか？　うーん、なんでも食べる人だから、どうでしょうね……。以前、森で捕まえたウサギを鍋にして食べるのが絶品とか言っていたような……」

「ああ、わたくしも食しましたわ。なるほど、なかなかの通ですわね」

ミーアはレムノ王国で食べた絶品ウサギ鍋を思い出して、じゅるりと口元をぬぐった。

美食家ミーアの食欲が燃えたぎる！

――とはいえ……、運よくあの美味しいウサギが捕まえられるわけもありませんし……、賄賂で心証をよくするのも難しそうですわ……。残念……。

そうこうしている内に、森はどんどん深くなっていく。

「せっかくですから、ルールー族の方たちにも挨拶していきたいところですけど……」

「そうですね……。その機会も設ける予定です。彼らも学園建設の協力者ですから」

「そう。それは良かったですわ」

道は曲がりくねり、狭くなり、頭上を覆う木々の葉は濃さを増していく。

「ここで戦う羽目にならなくって、ホッとしますぜ。姫殿下には改めてお礼を申し上げなきゃなりませんな」

バノスが、あたりに目を向けて二の腕をさする。

視界は最悪。地の利がない側にとって、このような場所で戦うなど、想像もしたくないことだろう。

そんな薄暗い視界が、一気に開けた。

そこは小さな広場のような場所。その真ん中には、小さな幕屋が建っていて……。

「着きました。あれが師の仮住まいです」

「まぁ、あれが……」

ミーアは物珍しげに、小さな幕屋を眺めまわした。

「……ふむ、これがあれば……なにかあった時にはいいですわね……。あとで構造を教えてもらおうかしら……」

などと、しばらくぶつぶつつぶやいていたミーアだったが……。

やがて、覚悟を決めたように、ふぅっと大きく息を吐いて、吸ってから。

「放浪の賢者殿、いらっしゃいますかしら？」

幕屋に呼びかけ、返事を待つ。

返事は……なかった。

「……あら？」

小さく首を傾げるミーア。

――聞こえなかったのかしら？　賢者などと呼ばれているのですから、相応のお歳でしょうし、耳が遠いのかもしれませんわね。

そう思いなおして、改めてミーアは声をかけた。けれど、返事はやっぱりない。

「お留守かしら……？　念のために聞きますけど、ルードヴィッヒ、わたくしが今日来ることは、お師匠さまには？」

「もちろん、伝えてあります」

ルードヴィッヒはしばし考えこんでから、

「ただ師は……、時折、思考に没頭すると外界からの呼びかけを無視することがあります。私が知っている中で、最も長かったのは五日間ぐらいでしょうか。閉じこもって、一度も外に出てこなかったことがあります」

「なっ！」

それを聞き、アンヌが絶句した。けれど、すぐさま、

「ミーアさまに対して、失礼じゃないですか！」

珍しく、怒声を上げた。それに同調するように、周りの近衛兵たちも顔に怒りの表情を湛えている。

けれど、ミーアはそれを片手で制した。

「別に構いませんわ。こちらはお願いに来ているわけですし。あちらにはあちらのご事情があるでしょう」

「でっ、でも、ミーアさま……」

「では、しばらくここで待たせていただきましょうか」

そう言ったミーアは、特に怒るでもなく、静かな顔をしていた。

……否、よく見ると、その口元は、微かに笑みすら浮かべていた！

――これは好機到来ですわっ！

ついに、ミーアの優れた戦略眼が万に一つの勝機を見出した。

会うという約束をしておきながら留守にする。あるいは無視する。

それは、明確に相手の非である。

――反撃のための絶好の材料ですわ！　なにか嫌味を言われたら、これを言い返してやればいいですわ。そのためには……。

「ミーアさま、でしたら、どこかにお座りになって……」

「いえ、構いませんわ。ここでそのまま待ちますわ」

だらけた格好で待っていたら、そこを突かれるかもしれない。この状況を完璧に相手の失点にするためには、ミーアは完全無欠の礼節をもって相手を待つ必要があるのだ。

――となれば、会話もあまりしないほうがよいですわ。黙って、姿勢を正して待つ必要がございますわ。

幸いなことに、ミーアは地下牢生活で時間のつぶし方を心得ている。

あの時は、何日間も地下牢の石の数を数えたりしたものであるが……。

――あの時に比べれば全然マシですわ。そうですわね、その辺の草の数でも数えて待ちましょうか……。一本、二本、三本……。

無表情に直立不動のまま、ミーアは草を数えだした。

……ちょっぴり怖い。

やがて、草の数が三万を超えるころ……。

――ふむ、このぐらいで十分かしら……。

ミーアは満足げに頷いて、周りの者たちに声をかける。

「今日は無理のようですわね。残念ですけれど一度戻って、日を改めて……」

その時、ミーアの脳裏に悪魔的な閃(ひらめ)きが到来した。

――そうですわ！　この失態を、さらに致命的なものにできれば交渉を圧倒的に有利に運ぶことができるのではないかしら？

ミーアの耳に、先ほどのルードヴィッヒの言葉が甦る。

――確か、五日間閉じこもって、返事がなかったとか言っておりましたわ……。ということは……。

今日から何日か連続で訪れれば、さらに相手の弱みを握ることができるのでは？

たとえば、一度来た際に応対できないというのは、礼を失することではあってもギリギリ許されるかもしれない。けれど、それが二度続いたら？　あるいは、まかり間違って三度続いたとしたら……？

これは致命的な失態である。

それこそ「貴族は礼儀がなってないから嫌い」などと言えないぐらいの重大な失態だ。

なにせ、それを言う側が著(いちじる)しく礼を失しているのだから、その発言に説得力はない。というか、嫌味を言うことさえ羞恥(しゅうち)を感じるほどの失態なのだ。

——それほどの弱みを握ることができれば……、もはやわたくしのお願いを聞かないわけにはいきませんわ！　我ながら素晴らしいアイデアですわ！

自らが考え出した完全無欠の計略に、ミーアは思わず震える。

そんな素晴らしいアイデアを実現すべく、静かにミーアは動き出した。

「ルードヴィッヒ、申し訳ないのですけど、どなたかにルールー族の村に行っていただけないかしら？」

「ん？　それは……、どういうことでしょうか？」

首を傾げるルードヴィッヒに、ミーアは微笑みを浮かべて言った。

「もしも今日、あなたのお師匠さまにお会いできなかったら、ルールー族の村に泊めていただくのが良いのではないかと思って。ほら、いちいち、ベルマン子爵の館まで戻るのは、面倒でしょう？」

ベルマン子爵邸まで戻ってしまうと、なんやかやとあって、連日この場所に来るのは難しくなるかもしれない。けれど、ルールー族の村に泊まれば、そんなことはない。

ルードヴィッヒの師匠が思索にふけっているうちに「何回か会いに行っても会えなかった」という状況を作りたいミーアである。最低でも明日もう一度。欲を言えば明後日さらにもう一度……。

「で、ですが、森の中ではいろいろとご不自由があるかと思いますが……」

「あら？　わたくし、別に構いませんわ。レムノ王国では外で焚火(たきび)を囲んで寝たりもしましたのよ？」

クスクスとおかしそうに笑うミーアに、ルードヴィッヒは呆然とした顔をするのだった。

かくて、堅固なる放浪の賢者を陥落(かんらく)せしめるべく、《ミーアの計》は静かに始まった。

第十二話　年下キラーなミーアさま

ルールー族の村にやってきたミーアは大歓迎を受けた。

先行したルードヴィッヒから、ミーアの訪問の知らせを受けた族長は、歓迎のために村の広場に宴会の準備を整えさせた。

村の男衆に狩って来させた巨大な月輪（ツキノワ）イノシシの丸焼きをメインディッシュにした宴会。大きな焚火を囲んだ村人総出の宴会に、ミーアは目を丸くする。

「急なことでしたのに、すごい歓迎ぶりですわね……」

「ミーア姫殿下がいらっしゃると聞いて、大変な騒ぎでしたよ。あまり派手にしなくても構わないと言ったのですが……」

先に来て準備を手伝っていたルードヴィッヒは、苦笑しながら首を振った。

「これもミーアさまの人徳ですね」

冗談めかして言っているが、実のところルードヴィッヒの言葉は正しかった。

もともとが恩義を大切にしているルールー族である。族長の孫の恩人にして、一族を滅亡（めつぼう）の危機から救ったミーアに対しては、非好意的でいられようはずもなかった。

そして、その人気はミーアやルードヴィッヒが想像しているよりも遥かに高い。

この森に住まう者たちはもちろんのこと、リオラのように出稼ぎに出ている一族の者たちの好意をも、今やミーアは獲得していた。それは、帝国各地に住む腕利きの弓兵たちを味方にしているのと同義だった。

もしもミーアが本気で逃げ出したいと思ったならば、案外上手くいってしまうかもしれないほどに、その戦力は侮りがたいものがあった。

そんなこととはまったく知らないミーアとしては、夕食に供された巨大なイノシシの丸焼きに、興味津々だったが……。

「あのイノシシはこの森で獲れたものですの？」

「うん、そうです。ひめでんか！　ぼくもいっしょについていったんだよ」

ニコニコ、上機嫌にミーアに説明してくれたのは、以前、新月地区でミーアが保護した少年、族長の孫だった。

「まぁ、そうなんですのね。それは勇ましい……あ、そうでしたわ……」

ミーアは、ぱんと手を打って、少年の顔を覗き込んだ。

「そういえば、わたくし、あなたのお名前を聞いていなかったのですわ。改めて……」

少年に向き合うと、ミーアは、ちょこんとスカートの裾を持ち上げて、

「わたくしは、ミーア・ルーナ・ティアムーン。帝国の皇女ですわ」

それを見た少年は、ほわぁ……、と口を開けて、それから顔を真っ赤にしながら慌てて膝をつき、頭を下げる。

「ワグルです。ひめでんか。あらためて、ありがとうございました。ぼくを助けてくれたこと、一生忘れません」

顔を上げた時、まっすぐにミーアを見つめるその瞳は、美しく澄み渡っていた。

「あら、お礼ならばもう十分にいただきましたし、別に忘れてしまっても構いませんわよ？」

ミーアはおどけた様子で微笑んだ。

それを見て、ワグルは、再び頬を赤く染める。

……実に、年下キラーなミーアなのであった。

「ご機嫌麗しゅう、です。ミーア姫殿下」

遅れてそこにやってきた族長がミーアの前で頭を下げた。

「ご機嫌よう、族長さま。ワグルとは仲良くやっているようですわね」

族長は、少しだけ照れくさそうに相好を崩した。

「すべて姫殿下のおかげに、ございます」

「そんなことはございませんけど……、ところで族長さま、少し帝国語が流暢になったのではないかしら？」

ミーアは興味深げに族長の顔を見る。と、族長はまたしても恥ずかしげに頬をかく。

「放浪の賢者殿に教わり、少しばかり、練習してみました。ワグルも……その、帝国語の方が話しやすいようなので……」

「あら？　賢者さまにお会いできたんですのね」

「よく村に来られますが……、姫殿下は、お会いになれませんでしたか？」

「ええ、なにやら考え事をされているとかで、お返事をいただくことはできませんでしたわ」

言いつつ、ミーアは切り分けられたイノシシのお肉を口に放り込む。

熾火でジリジリ焼かれた肉は、噛みしめるたびに、口の中にジワッと肉汁が溢れ出してきて、素晴らしい味だった。

――ああ、絶品ですわ！　これもルードヴィッヒのお師匠さまと会えなかったおかげですわね。その上、わたくしに付け入る隙も見せてくれるなんて、案外甘い方ですわね。恐るるに足りず、ですわ。

上機嫌に笑みを浮かべるミーア。けれど、そのすぐ隣で、ワグルがプリプリ怒っていた。

「ミーアさまを無視するなんて、ゆるせない……」

「ふふ、わたくしのために怒ってくれて感謝いたしますわ。でも、わたくしは別にそれでいいと思っておりますのよ、ワグル」

「え？　どういうことです？」

不思議そうな顔をするワグルにミーアは悪戯っぽい笑みを向ける。

「そのおかげでルールー族の村に寄ることができましたし、あなたの様子を見ることもできましたわ」

それから、ミーアはワグルの頬に手を伸ばした。きょとんとするワグルの、その頬についた肉のかけらをとってあげる。

目をまん丸くしたワグルは、再び頬を赤く染めてうつむいてしまうのだった。

……実になんとも年下キラーなミーアなのであった。

「ルードヴィッヒも、ご苦労でしたわね。その手際、見事ですわ」

「いえ、それより我が師に代わり謝罪いたします。姫殿下に予定外の外泊をさせてしまいました。大変、申し訳ありません」

頭を下げるルードヴィッヒにミーアは、くすりと笑みを浮かべる。

「あら、話を聞いてもらうのに必要なことですもの。この程度、なんでもございませんわ。そうでしょう？」

そう問いかければ、ルードヴィッヒは少しだけ驚いた顔をする。

「必要なこと……、なるほど。やはり……、ミーアさまはお気付きでしたか……」

「当たり前ですわ」

――ふふん、これが会談を有利に進めるための好材料であること……、ルードヴィッヒも気付いていたようですわね……。

ミーアは、ふんすっと鼻息を荒くして、美味しいお肉を口に放り込む。

――さぁ、明日もわたくしのこと無視させて、さらに有利な条件を整えて差し上げますわ！

宴会による歓迎を受けた後、ミーアは村で一夜を過ごした。

ミーアとアンヌがお世話になったのは、年配の女性の小屋で、質素な造りながら清潔なのが好感が持てた。

ちなみにミーアは、ベッドがなくても熟睡できるタイプである。

これもまた地下牢の生活で鍛（きた）えられたのだ。

なにしろ、固い石造りの床と汚い肌掛けがあるのみだったのだ。眠れないなどとぜいたくを言っていられるのはせいぜい十日というところだった。

ではあるのだけど……。

「ふむ……これは、なかなかでしたわ」

朝……。チチチという小鳥の鳴き声とともに気持ちいい目覚めを迎えたミーアは、自分がくるまっていた布団をぽふぽふ叩いてみた。

「これは、なにかの毛が入っているのかしら……。触り心地といい、くるまり心地といい、温かみといい極上……。今まで寝具にはさほどこだわっておりませんでしたが……考えてみれば、わたくしの一生の内、かなりの部分をお布団の中で過ごすわけですし、そこに気を遣うのは賢いやり方なのではないかしら……」

なんだか、高いお布団を売りに来る怪しげな行商人のようなことをつぶやきつつ、ミーアは起き上がった。

ぽかぽかと温かい体がわずかに汗っぽく感じられた。昨夜は焚火を囲んでの宴会だったので、微妙に煙の臭いがまとわりついているような……。

「水浴びでもしたいところですわね……」

などとアンヌと話していたら、タイミングよく家主がやってきて、村の女性たちと一緒に近くの小川に水浴びに行くことになった。

そうして身ぎれいにした後、着替えまで用意してもらって、ミーアはすっきり爽やかな気分になった。

「ルールー族の服も、なかなか可愛いですわね」

それはなにかの動物の毛皮で作った、もこもこした服だった。ふわふわもこもこした毛の感触が気持ちよくって、ミーアは上機嫌に笑った。

「すっかりお世話になってしまいましたわね」

そうして、笑みを浮かべるミーアに、族長が頭を下げる。

「もしも必要があれば、また、村にご滞在ください」

「けれど、ご迷惑ではなくて？」

「いえ、孫も、喜びますゆえ……」

「そうですの？　でしたら、賢者さまにお会いできるまで村への滞在を許可いただけるかしら？」

「許可などと……、恐れ多いこと。あなたは我が一族の恩人です。どうぞ、ご遠慮のなきように」

と、そこまで言ってから、族長はなにかを思いついたように頷く。

「そうだ、姫殿下はなにか食べたい物など、ございますか？　言っていただければ、できるだけご希望に沿いたいと思いますが……」

「食べたいもの……そうですわね。甘い物は昨日も果物をいただきましたし……ハチミツかなにか……ああ、そうですわ！」

そうして、ミーアはパンッと手を叩いた。脳裏に浮かんだのは、昨日ルードヴィッヒと話していて、思い出したもの。すなわち……。

「ウサギ鍋、あれがもう一度食べたいですわ！」

「ほう、ウサギ鍋……」

ミーアから、ウサギの特徴を聞いた族長は頷いて見せた。

「村の者に言って、できるだけ探してみましょう」

「頼みましたわね」

そうして、晴れやかな気持ちでミーアはルードヴィッヒの師匠を訪ねた。

「おはようございます。放浪の賢者さま。いらっしゃいますかしら？」

幕屋の前に行き、ミーアは声をかける。

できるだけ刺激しないように、静かで、控えめな声で……。

——別にいいですけど、できればまだ出てこないでいただけるとありがたいですわね。

そんなことを思いながら……。

答えは……やはりない。ミーア、ニンマリである。

「では、また少しここで待たせていただきますわね」

そう言って、ミーアは姿勢を正してその場に立つ。

そんなミーアを見たルードヴィッヒは自らの上着を脱いで地面に敷いた。

「姫殿下、どうぞお座りください」

「どうぞ、こちらに」

ミーアはそれを見下ろすと、おもむろに上着を拾い、ぱんぱんと手ではたいてから、

「無用ですわ。ルードヴィッヒ。この場に立ち、姿勢を正してお待ちする。それでこそ、礼節を尽くすということになるのではなくって？」

「いや、さすがにそれは……。我が師もそこまでは求めないと思います。どうか……」

少しばかり焦った顔をするルードヴィッヒに、ミーアは静かに首を振った。

「ルードヴィッヒ、それは受け取る側によって変わること……、そうではございませんの？」

ミーアは思うのだ……。ケチなんか、つけようと思えばいくらだってつけられる、と。

人は、自分が不利な状況に置かれれば、相手の粗さがしに必死になる生き物なのだ。

ミーアだとて、必要があれば、相手の非をあげつらうことに躊躇はない。というか……今がまさにそうだ。

訪問されながら、応対に出てこないという極めて失礼な行為。それを交渉材料として、会談を優位に運ぶ。そのために万全を尽くしたいのだ。

完璧な、どこから見ても文句のつけようのない〝待ちの姿勢〟を整える。それにより、相手を追い詰めていくのだ。

――うふふ、逃しませんわ。嫌味なんか言えないぐらいに完璧な弱みを作って差し上げますわ！

ミーアは勝ち誇ったように笑い、ルードヴィッヒに言った。

「わたくしが、こうして立って待っているのは、それをする必要があるからしているまでのこと。それをする価値があると、わたくしは判断したのです。だから、あなたの気持ちは嬉しいですけれど、今は無用のことですわ」

――それをする価値がある……、か。

ルードヴィッヒは、ミーアの言葉に少しだけ感動した。

なぜなら、それはルードヴィッヒに対するミーアの信頼を表すものだからだ。

ミーアはルードヴィッヒの師と直接的な面識があるわけではない。彼女の持つ情報というのは、すべてルードヴィッヒを通して得たもののはずなのだ。

――師匠を学園長に迎えることに価値を見出してくださっている。俺の言葉を信用して、そのために、ここまでしてくださっている……。

そのことを、心から嬉しく思いつつ、絶対にミーアの計画を実現しようと誓うルードヴィッヒだった。

第十三話　その命の使い道〜冬の季節、未だ終わらず〜

残された命の日数を、ふと数えてみる。

別に、なにか死に至るような難病に侵されているわけではない。けれど、老年を迎えた自身には、それほど多くの時は残されてはいまい、と、その老人は思う。

仮にも賢者の名を冠された彼は、自分が永遠に生きるなどと愚かなことを考えることはできなかった。

人の一生は、せいぜい長くても百年には届かない。

自分に残された時間は十年か、多くとも二十年はないだろう、と思う。

死を見つめ、自身の人生に思いを馳せる時が増えた。

まず、幸福な人生であったといえるだろう。

季節の移り変わりのようなものが人生にもあるとしたら、自分は間違いなく冬の時期に入っている。

才芽吹く春を越え、華々しく苛烈な夏を過ぎ、充実した実りの秋を終えた先にある季節。

寒々しい枯葉の季節、されどそれは、新たなる春の到来に備える時期でもある。

知りたいことを、自己の欲求のままとことんまで調べ、学び、大陸の様々な場所に足を運んだ。

充実した春、夏、秋を終え冬……多くの若者が充実した春を迎えられるよう、自身の知恵を惜しむことなく与え続けた。

出会いに恵まれ、多くの優秀な弟子を世に送り出すことができた。

そうして、冬の季節も終わりに差し掛かり、残された少ない時間をいかに使おうか、考えることが増えてきた……そんな折、愛弟子のルードヴィッヒが自身を探していることを知った。

手塩にかけた大切な弟子、ルードヴィッヒは才気にあふれる若者だった。

鋭い分析力と極めて理性的で合理的な思考ができる青年……これから先、その才をなにに用いていくのか、密かに楽しみにしていたものだった。

その彼が、今は帝国皇女に仕えているという。

正直、愚かな話に思えた。

老人が知る限り、貴族や王族などというものは高慢で愚かな者ばかりだった。そのような者のもとで若者が優れた才能を浪費する……。そのような愚行を見過ごすわけにはいかない。

そんな思いに捕らわれた時、老人は見つけたような気がしたのだ。

自分の……残された命の使い方。

三顧の礼の試験は〝放浪の賢者〟が皇女ミーアを測るためにするのではない。

弟子であるルードヴィッヒに、帝国の叡智の本性を測らせるためのものだった。

もしもこの無礼に対して、激高して殺すようなことがあれば、それは凡庸以下の行いだ。

皇女ミーアはルードヴィッヒが仕えるのに相応しくない存在であることが明らかになる。

けれど、もしルードヴィッヒの進言を聞き入れて、形はどうあれ三度もこの場所に訪れたならば……、それは少なくとも臣下の忠言を聞き入れる柔軟さと、相手の無礼を許す寛容さの持ち主と言えるだろう。

それは自身の命を使った試験……。

それこそが自分の最後の務めだと信じた老人の……大切な弟子へのはなむけ。

そのはずだったのだが……。


「なんということだ……」

放浪の賢者は、幕屋の前に立ち尽くすミーアを見て、驚愕に目を見開いていた。

ちなみにこの老人、現在、幕屋の中ではなく、その後ろにある森の木に登って、そこからミーアたちのことを眺めていた。

……元気なおじいちゃんなのである。あと三十年ぐらいは生きそうである。

「――確かにルードヴィッヒには三顧の礼をもって試すと言ったが……、まさか、あのまま、立ったままでお待ちになるとは……。ルードヴィッヒは、ミーア殿下に話したのだろうか……？」

彼は小さく首を傾げた。

「いや、もしも三顧の礼のことを聞いていたとしても、あの待ち方……。座りもせず、部下と雑談するでもなく……、ただわしに会うためだけに、待っておられるとは……」

老人は、そっと目を細めた。

誤解している者も多いが、時間というものは、ただではない。

それが帝国皇女のものとなれば、なおのことだ。

その一分一秒は、黄金の価値を有するといっても過言ではない。

「にもかかわらず……姫殿下は〝ただ待って〟おられる……」

もしも仮に、ミーアが本を読みながら待っていたとするならば、彼女は自身の時間を「待つ」のに半分、「本を読む」のに半分使ったことになる。

けれど……、ミーアはただ待っているのだ。ただ、放浪の賢者に会うという……、そのためだけに自身の時間を費やしているのだ。

その時だった。

ふいに、老人は、見つめる先のミーアと目が合ったような気がした。

「……先ほどからじっとこちらの木の方を見つめておられる。つまりは、わしの存在に気付いていると……そういうことか！」

……んなわきゃあない。

なにしろこの老人、こっそり隠れて観察するために全身に木の葉をくっつけた、いわゆる迷彩処理の施(ほどこ)された服を身に着けているのだ。その服のまま、木に登り、上からミーアたちの様子を眺めているのである。

森には森に適した服がある――森に溶け込む服がある。そんな持論を口にする人物に相応しい服装といえる……のかもしれない。

……愉快なおじいちゃんなのである。

ともあれ、それゆえに、ミーアであろうがディオンであろうが、ルールー族の熟練の狩人であろうが、この距離で見えるわけがない。

それはいわゆる「舞台女優と目が合っちゃったよ！」と騒ぐのと同レベルの錯覚なのだった。

放浪の賢者と呼ばれた男が、耄碌(もうろく)したものである。

「……なるほど、見事だ、ルードヴィッヒ。見誤っていたのは、わしの方であったな。ふふ、わしも耄碌したものじゃわい」

……まったくである。

「これほどの礼を示されてしまっては……仕方あるまいな。冬の季節は未だ終わらずか。ふふ、しかし、人生の最後も最後という時に、まさか、このわしが帝国皇女の命に従うことになるとは。わからぬものじゃ。人生は……。だが、だからこそ面白い、か……」

老人は笑った。その笑みは、どこか活力にあふれた嬉しげなものだった。

ちなみに……ミーアは待ち時間を森の木の葉を数えるなんぞという、完全無欠の時間の浪費に充てていたわけだが……。

その事実を放浪の賢者が知ることは、ついになかった。

第十四話　ウサギ鍋でお祝いを

放浪の賢者の幕屋を訪問するのも、三日目を迎えた。

もはや通い慣れた道を悠然(ゆうぜん)と歩いて行ったミーアであったが、目的地が近づいてきた時、いち早く異変に気が付いた。

「あれは……」

小さな幕屋の前に、一人の老人が立っているのが見えたのだ。

豪奢な白髪と見事な白髭の持ち主……。一見した印象はまさに、森の賢者といった風貌だった。

――なるほど、あれがルードヴィッヒのお師匠さまですのね。ああ、残念ですわ……。あと一日、失態を広げられれば決定的でしたのに……。

ちょっぴり残念がるミーアであるのだが……、すぐに態勢を整える。

――でも、もう手遅れというものですわ。このわたくしに隙を見せたのが運の尽き。嫌味を言う隙なんか見せませんわよ！

鼻息荒く気合を入れて、ミーアは放浪の賢者に歩み寄る。

「お初にお目にかかります。放浪の賢者殿。わたくしは、ミーア・るーにゃ……」

噛んだ！　失態である!!　早々に隙を見せてしまったことに、ミーアは心の中で舌打ちする。

――ぐっ、わたくしとしたことがっ！　このような失敗をっ！

一瞬焦りかけるが、すぐに気持ちを切り替える。

――大丈夫、大丈夫ですわ……。このぐらい失態の内には入りませんし、相手の方が依然として非は大きいはずですわ。

ぐっと顔を上げ、ミーアは胸を張って言う。

「ミーア・ルーナ・ティアムーン。わたくしがティアムーン帝国の皇女ですわ」

「ご丁寧な挨拶、痛み入ります。ミーア姫殿下。ガルヴァヌス・アルミノスでございます。お会いできて誠に光栄至極にございます」

深く澄んだ、知性的な輝きを湛えた瞳を、ミーアに向けてくる老人。

静かな迫力に、ミーアは一歩後じさり逃げかけるも、すぐに気を取り直して老人の服に目を向ける。

彼は……、皇帝の前に出てもおかしくはないほどに、きっちりとした礼服を着込んでいたのだ。

ここでも、ミーアは自らの失態を悟る。

今のミーアは、ルールー族から借りたモコモコの毛皮を着ていた。

寝る時に着るのにちょうどいい、実に触り心地のいい一品で、部屋でゴロゴロする時にはぜひともほしい一品……ではあるのだが、重要人物との会談に着てくるようなものではない。

——くっ、やはりきちんとした服を着てくるべきでしたわ。まさか、森の中であのような正式な礼服を着て待っているなんて……。話が違いますわよ、ルードヴィッヒ！

胸の中で恨み言をつぶやきつつも、ミーアはなんとか笑みを浮かべる。

「はて……、珍しい格好をしておりますわね。ルードヴィッヒによれば、あなたは、その場所に相応しき服がある……と、そういう考えの方ではなかったかしら？」

「姫殿下の前に出るに、これ以上、相応しき服がありましょうか……。どうぞ、これまでの臣(しん)の非礼を、お許しくださりますように」

そう言うと、彼はその場に膝をつき、地面につかんばかりに頭を下げる。

思わぬ展開にミーアは一瞬戸惑うが……、

「許すなどと……。お願いがあって来たのですから、待つのは当然のことですわ」

すぐにニッコリ優しげな笑みを浮かべる。

——ふふん、そうですわ。あなたはわたくしにとっても失礼なことをいたしました。ええ、ええ、謝ったって許してなんかあげませんわ！　あなたはとっても、とーっても失礼なことをしてくれたんですのよ？　許してもらいたいと思ったら、素直にわたくしの依頼を受けることですわね。

などという胸の内を一切見せずに、ミーアは言った。

「こうしてお会いできて、よかったですわ。ご高名なあなたに、ぜひともお願いしたいことがございまして……」

「……はぇ？」

「謹(つつし)んで、拝命(はいめい)いたします」

刹那の切り返しに、ミーアは瞳をパチクリと瞬かせる。

「え、えーと、まだ、わたくしなにをお願いするとも言っていないのですけれど……」

「どのようなご下命であろうとも、お受けいたします。外国に潜み、情報をとってこいと言われるのであればそういたします。槍を持ち前線に出ることを望まれるのであれば、一番槍を務めましょう」

老人は、静かな瞳でミーアを見上げた。

「さぁ、臣に、姫殿下のお望みをお聞かせください」

――こっ、これは……いったい？

ミーアは混乱する。けれど、気を取り直してすぐに説明を始める。

なんだか知らないが、ともかく相手の気が変わらない内に、一気に話をつけてしまう構えだ。

機を見るに敏(びん)、どんなに小さな兆候であろうとも、自らを押し上げる波を見つけるのが上手い、ミーアは熟練の波乗り職人(ベテランサーファー)なのである。

「あなたには、わたくしが建てる学校の、学園長をしていただきたいんですの」

「学校……でございますか」

「ええ。ベルマン子爵領にできる予定の皇女の町を学園都市にする予定ですの。そこに帝国中の優秀な子どもたちを集めて……」

「優秀な子どもたち、と言いますと……」

「我が師よ。ミーア姫殿下は中央正教会の協力を取りつけ、孤児院の優秀な子どもたちを無料で学校に入学させようとされているのです」

「なるほど、確かに知恵働きは金のあるなし、身分の高い低いに関係の無き事……。さすがは姫殿下、ご慧眼でございますな……」

ルードヴィッヒの言葉に、感心の声を上げる老人。感嘆のにじみ出た視線を向けてくる。

対してミーアは……、

——ふふんっ！　もっと褒めても良いですわ！　どんどん褒めていいんですわよ？

褒められてご満悦なミーアは、ちょっぴり胸を張る。

「師よ……それだけではありません。ミーア姫殿下は、その子どもたち、帝国の次世代を担う若者たちによって、この国に巣食う悪しき反農思想を根底から改革しようとお考えなのです」

「おお！　なんと、それは……」

ルードヴィッヒの言葉に、驚愕の呻きを上げる老人。再び感嘆のにじみ出た視線を向けてくる。

対してミーアは……、

——はて？

思わず、首を傾げる。

ミーアとしては、聖ミーア学園の一番の目的はセロ・ルドルフォンの新型麦作りを実現させることだ。

なので、悪しき反農思想とか言われても、なにがなにやら……といったところである。

けれど……、

——まぁ、ルードヴィッヒが言っているのですし、とりあえず乗っかっておけば間違いはございませんわ。お師匠さまも感心している様子ですし。

瞬時の判断、波に乗ることを選択！　そう、ミーアは熟練の波乗り師なのである！

「そのとおりですわ」

そうして、再び、ぐぐっと胸を張る。

「そのために、すでにペルージャンの姫君を講師に迎えることをお考えです」

「なるほど……ペルージャン農業国……。確かにかの国の農業技術は帝国にとって非常に有益なもの。実現すれば、これは歴史を変える大偉業になり得ましょう」

そうして、放浪の賢者は、わずかばかり潤んだ瞳でミーアを見つめた。

「もはや死するばかりであったこの老骨めに、かような栄光に携わる機会をお与えいただけるとは……」

——なんだか、よくわかりませんけれど……。

盛り上がる男たちについていけないミーアであったが、とりあえず、確認しておくことにする。

「それでは、改めて放浪の賢者殿……」

「かの帝国の叡智に臣のような者が、賢者と呼ばれては面映(おもは)ゆうございます。どうぞ、ガルヴとお呼びください」

「そうですの？　それでは、ガルヴ殿……、改めてお願いいたしますわ。どうか、我が学園の長をしていただけないかしら？」

ミーアの問いかけに放浪の賢者、ガルヴは頭を深々と下げ、

「謹んで、拝命いたします」

そう答えるのだった。

そんなガルヴを見下ろしながら、

――ふふん、チョロイものですわ！

渾身（こんしん）のドヤ顔を披露しつつ、上機嫌にミーアは言った。

「あ、そうですわ。今日は一緒に食事をなさらない？　せっかくガルヴ殿にお会いできたのですし、お祝いしなくてはなりませんわ」


その夜、ルールー族の村にて、放浪の賢者を交えての大宴会が開かれた。

その日のメニューは、ミーアがお願いしていたウサギ鍋だった。

「臣の大好物のウサギ鍋をご用意していただけるとは……」

そのもてなしに感激した放浪の賢者は、改めてミーアへの忠誠を誓ったのだった。

第十五話　老賢者の最後の教え～ルードヴィッヒの相談ごと～

ルールー族の村での宴会が終わり、夜も更けたころ……。

族長の家に泊まっていた放浪の賢者ガルヴのもとに、ルードヴィッヒがやってきた。

「ふむ、お前か、ルードヴィッヒ」

巨大な木を組んで作られた族長の家、その入口は少し高い所にあり、そこに行くには丸太の階段を上っていく必要がある。

その階段の中ほどに、ガルヴが腰をおろしていた。

その手には濁った酒の入った木の器があった。森の木を透かして見える月を肴に、酒盛りの続きをしていたようだった。

その姿を見て、ルードヴィッヒは少しだけ驚く。

酒に強く、あまり酔ったところを見たことがないガルヴが、上機嫌に顔を赤らめていたからだ。

「飲みすぎではないですか、我が師よ」

眉をひそめるルードヴィッヒに、ガルヴは意地の悪い笑みを浮かべる。

「そりゃあ、お前のせいじゃ。お前が愉快な出会いをもたらしたせいで、ほれ、わしもまだまだ働かなくてはならなくなったじゃないか。はは、人知れず枯れて死ぬ予定が、とんだ計算違いじゃて」

言葉とは裏腹に、ガルヴの声は明るい。

それは良いのだが、こんなに酔っていては相談はできないだろうか、と、ルードヴィッヒは懸念する。

けれど……、

「なにか相談ごとか？　ルードヴィッヒ」

ふと見れば、師の瞳には鋭く明敏な光が宿っていた。

かなわないな、と苦笑しつつ、ルードヴィッヒは師の隣に腰かけた。

そうして、小さく息を吐いてから、

「実は私は、ミーアさまに女帝になっていただこうと……そう考えています。つきましては、師よ、ぜひとも協力をお願いしたいのです」

単刀直入に切り出す。回りくどいことを嫌う、師の性格を慮ってのことだ。

「ほう……女帝」

ガルヴは盃を満たした酒に目を落とし、思案げに瞳を細めた。

「なるほど。ミーア姫殿下は明敏な方。帝国の叡智の名に相応しいあの方であれば、国は良い方向に動き出すかもしれぬな……じゃが……」

それから、ガルヴは鋭い視線をルードヴィッヒに向けた。

「ルードヴィッヒよ、お前に一つ問いたいことがある」

「は、なんでしょうか、我が師よ」

姿勢を正すルードヴィッヒ。その耳に、かつて教えを受けていた時と変わることのない、深く静かな声が届いた。

「お前が、姫殿下を女帝に推すのは、あの方の叡智ゆえか？」

と。

その当たり前すぎる問いかけに、ルードヴィッヒは戸惑う。一瞬、何か裏があるのではないか？と不安にすらなりながらも、彼は大きく頷いた。

「その通りです、師よ。あの方の叡智はあなたにも匹敵する。女帝となれば、きっとこの国をよく導き、悪しき慣習を……」

「では、あの方に叡智がなければ、どうじゃ？」

続く言葉に、ルードヴィッヒは首をひねった。

「それは……どういう意味でしょうか？」

「そうじゃな……、別の聞き方をしよう。もしもあのお方が、その知恵を悪しきことに用いたなら、お前は、どうするつもりか？」

「そのようなこと、なさるはずがありません。あの方には優れた叡智がある」

「悪にも優れた叡智はあるよ、ルードヴィッヒ。愚者が悪を成すのではない。愚者には愚者の悪があり、愚者の善がある。同じように知者には知者の悪があり、善がある。叡智とは善きことにも、悪しきことにも使えるものなのだ」

重々しい口調で言ってから、賢者は静かにルードヴィッヒを見つめる。

「その上で問おう。ルードヴィッヒ。お前があの方に仕えるのはなにゆえか？　あの方の叡智のゆえか？　それともほかのものに由来するのか？」

「それは……」

ルードヴィッヒは答えることができなかった。

「なにゆえにあの方に従うのか……。それ次第では、お前はあの方と敵対することだってある。はっきりしておくべきであろうな」

そう言って、師は静かに笑うのだった。


その夜のことだった。

ルードヴィッヒは夢を見た。

それは、不思議な夢だった。

ティアムーン帝国が斜陽を迎える不吉な夢。

大飢饉、疫病によって財政は悪化し、官吏は次々に国を離れていく。そんな中でルードヴィッヒは、皇女ミーアのもとで国の立て直しに邁進していく……そんな夢だ。

不思議なことに、夢の中のルードヴィッヒは、ミーアのことを嫌悪していた。

無能なる帝室の姫、国を傾けておいて安穏と生きる唾棄すべき輩。本来ならば、助けてやる義理などまったくないのだが、国を立て直すためには仕方ない、と嫌々ながらに協力している状況。

その日、ルードヴィッヒはミーアとともに小さな村を訪れていた。

疫病の蔓延からは免れ、大飢饉の影響も比較的少ない村。にもかかわらず、村人たちは腹を空かせているし、人々は諦念に身をゆだね、あるいは貴族を憎悪し、運命を呪っていた。

ミーア一行に対しても、あまり好意的ではなかったが、かといって近衛隊に逆らってまで、剣を取ろうという者はいなかった。

そこで村の様子を見て、治安維持に腐心する兵士たちの慰問を終えた後、馬車の中で、ミーアは言った。

「ああ、ケーキが欲しいですわ、ケーキ。どこかにないものかしら。ねぇ、ルードヴィッヒ、パンはなくっても、ケーキはどこかに……あったりは……」

「ありません。ケーキもパンも小麦から作られておりますから」

「そう……ですの？」

ミーアはしょんぼり肩を落とす。それを見たルードヴィッヒは、少しだけイラッとする。

——小さなパンさえ手に入れるのが一苦労だというのに、言うに事欠いてケーキとはな……。

「ワンホールぐらいあればいいですわね」

――しかも、ワンホールとは……。どれだけ贅沢なんだ……。

苛立ちはすぐに呆れへと変わる。これだから、お貴族さまは……と、ため息を吐きかけたルードヴィッヒだったのだが……。

「それだけあれば、あの村の者全員とは言わないまでも、子どもたちには行き渡るでしょうし……」

「え……？」

続く言葉に……、一瞬だけ固まる。

「大きなケーキがいいですわね。みなにイチゴが行き渡るぐらい大きな……。そうしたら、イライラした気持ちだって落ち着きますわ」

――自分ですべて食べる気かと思ったのだがな……。

少なくとも、ルードヴィッヒのイメージするミーアはそういう人間だった。だからこそ、彼は不意に意地の悪いことを聞いてみたくなったのだ。

「姫殿下、もしも、私が一人分のケーキの用意ならできると言ったら、どうしますか？」

「本当ですのっ⁉」

「いいえ、仮にです。あくまで仮に……」

「え……う、うーん、そう、ですわね……。一人分……その一人というのは、巨漢の兵士一人分ということには……」

「なりません。あくまでもミーア姫殿下一人の分です」

それはあくまでも仮定の話。にもかかわらず、ミーアは実に真剣な顔で、うううーん、とうなった

後に、

「そ、その場合は、くっ、し、仕方ありませんわ。わたくしも、一口で我慢いたしますわ……。あっ、でも、イチゴって一口サイズではないかしら？　ということは、わたくしはイチゴがもらえるから、それで……」

眉間に皺を寄せて、ぶつぶつと何事かつぶやいているミーア。それを見て、ルードヴィッヒは衝撃を受けた。

――それを、悩むのか……。

偽善者ならば悩まない。すべて民に譲ると言えばいい。

高慢なる帝国皇女ならば悩まない。すべて自分が食べると、当たり前のように言えばいい。

にもかかわらず、ミーアは悩んだ。その挙句に、イチゴをもらうと言った。イチゴさえもらえれば、と言ったのだ。

自分が食べる分があれば、他者に恵んでやろうという人間はいる。それならばまだマシなほうで、貴族というのは、自分が今日、明日、明後日、一年後、十年後まで餓えずにいられる保証がない限り、民に施そうなどとは思わないもの。

ルードヴィッヒは、ミーアに対しても、そんな印象を持っていた。

ゆえに、ミーアの答えは衝撃的だったのだ。

「ん？　なんですの？　ルードヴィッヒ。なにか、言いたそうですわね」

怪訝そうな顔をするミーアに、ルードヴィッヒは小さく首を振った。

「いえ、ただ、少しだけ驚きました。てっきり、自分だけで独り占めするものとばかり……」

「まぁ！　ルードヴィッヒ、あなたはあの村の様子を見たわたくしがケーキを独り占めにすると、そう思っていたんですの⁉」

「ええ、まったく疑いもしませんでした」

ノータイムでの返答に、ミーアが歯ぎしりする。

「ぐぬっ……、このクソメガネ……」

ミーアは何事か、ぶつぶつつぶやいていたが、自分を落ち着けるように、はふぅっと大きくため息を吐き、

「わたくしが……知っていて、なおかつ手を差し伸べることができるにもかかわらず、倒れた者を放っておくと……そう思われるのは、いささか心外というものですわ。だって、そのようなことをしたら、とっても気分が悪いですわ」

やれやれ、と首を振りながら言った。そんなミーアに、ルードヴィッヒは、心から感心した様子で答える。

「なるほど……。ミーア姫殿下、あなたはどうやら、ある程度はまともな方のようですね」

「なっ⁉　ある程度はってどういうことですの？　このクソメガネ……、相変わらず口が悪いですわ！」

「どっちがですか……仮にも皇女たる方が『クソ』などと品がないですよ」

そんな風に毒づきつつも、ルードヴィッヒは思ったのだ。

この方は、主君として最善ではないのかもしれないが……仕え甲斐がある方かもしれないな、と。

そして、彼は知っていく。

なるほど、ミーアは高慢だ。そのくせ文句を言いつつも、ルードヴィッヒの進言によく耳を傾けた。

なるほど、ミーアは小心者だ。そのくせ逃げもせずに、帝国に踏みとどまり、国を立て直すために努力している。

なるほど、ミーアは頭が悪い。そのくせ、ルードヴィッヒに嫌味を言われて、泣きべそをかきつつ、必死に必要なことを覚えようとする。

そんな彼女を見るうちに、ルードヴィッヒは願うようになっていた。

どうか、この愚かな姫の頑張りが、少しでも報われますように、と。

そして、いつしか夢見るようになった。

もしも帝国がこの窮地（きゅうち）から脱することができたその日には……。

このどうしようもなく頼りない主君の傍らで、助言し、彼女のもとで働くことを。この国をよりよい形にするために、彼女の臣下として力を尽くすことを。

そんな未来を悪くないと思う自分を、ルードヴィッヒはきちんと自覚していた。

だからこそ、ミーアが断頭台にかけられた時、彼は……。

そこで、目が覚めた。

「今のは……夢、だったのか？」

ルードヴィッヒは冷や汗をかいていた。

つい今しがたまで見ていた夢……、それは記憶といっても差し支えがないぐらいにリアルで……。

「馬鹿なことを……。ミーア姫殿下があんなに愚かなはずがないのに……」

ありえない夢だ。帝国の叡智たるミーアに対して、ずいぶんと失礼な夢だった。

ルードヴィッヒは苦笑しようとして、けれど、笑うことができなかった。

彼の心の深い部分が、笑い飛ばすことを拒絶していた。

あれは、笑ってはいけないもの……決して忘れえぬ大切な記憶であったと……。

そして、同時に思っていた。

あれは、あの夢の中にいた者は紛れもない自らの主、ミーア・ルーナ・ティアムーンであると。

表面上はまったく違いながら、その芯の部分は、同じであったと……。

ルードヴィッヒの脳裏に、貧民街での光景が甦る。

薄汚れた子どものところに駆け寄り、それを介抱したミーア。

なるほど、目の前で子どもが倒れていたならば、それを助けるのは当たり前のことだ。

道義的にそうすべきだし、周りの目を慮り、打算的に判断してもそうすべきだ。

けれど、打算であれ、計算であれ、叡智であれ……、それがたとえ必要なことだと頭でわかっていたとしても……。

はたして、どれだけの貴族が、汚れた弱者を助け起こすだろうか？

平民の自分であっても、貧民街に入ることを躊躇ったのだ。

けれど、ミーアはそれをした。

それをするのが、ミーア・ルーナ・ティアムーンなのだ。

倒れている者がいると知り、手を差し伸べずにいるのは気分が悪いという、それこそがミーアの芯の部分であって……。

「……ああ、そうか」

ルードヴィッヒはようやく気付く。

あふれる叡智への尊敬の念はある。それは揺らぐことはない。

けれど、自身の忠誠の向かう先はむしろ……。

「それこそが、俺が忠義を捧げるべき、ミーアさまの本質か」

そうしてルードヴィッヒの胸に去来するのは、万感の思いだ。

ずっと忘れていた気持ちを……、かなわなかった夢を思い出したような気がした。

――ああ、俺は……帝国の叡智にではなく……ミーア姫殿下に仕え、その腕として働くことを、ずっと夢見ていたような気がする。

翌日、再びルードヴィッヒは師のもとを訪れた。

弟子の、どこか吹っ切れたような顔を見て、ガルヴは静かな笑みを浮かべた。

今日、その手には酒杯はない。

弟子の覚悟を聞くのに、酔っていては礼を失するからだ。

「答えは、出たようだな、ルードヴィッヒ」

「はい。我が師よ」

「ならば、問おう。ルードヴィッヒよ。お前はなぜ、ミーア姫殿下を女帝へと推すのだ？」

ルードヴィッヒは、投げかけられた質問を自分の中で消化するように、わずかな間、黙り込んで後

……、答える。

「ミーアさまは……知らずに間違うことがあったとしても、知っていて間違いを正さないことは、されぬ方ゆえに……」

倒れている者がいることを知らずにいることはあるかもしれない。されど、それを知ったならば、決してそれを放ってはおかない。それを放置することを嫌悪できる心を持っている。

ゆえに、ルードヴィッヒは己が忠誠、身命さえも捧げんと誓う。

「もしもあの方がその知恵を失ったとしても、私が知らせましょう。そうすれば、あの方は決して間違えたりはしないでしょう」

その答えに、ガルヴは満足したように頷く。

「見事……、己が道を見出したか、ルードヴィッヒ」

「はい。我が師よ。教えを感謝いたします」

「それはお前に対する我が最後の教えとなろう。ミーア姫殿下のために励めよ、ルードヴィッヒ」

「はっ。師匠も、ミーアさまのために、ご協力をよろしくお願い致します」

そうして、ルードヴィッヒは深々と頭を下げるのだった。

そのような極めて真面目な会合がもたれていたとは露知らず、

「ふふん！　ルードヴィッヒも大したことございませんわ！　あの程度の話をまとめること、わたくしにかかればチョロイもんですわ！」

ミーアは得意満面にベルマン子爵領の領都に帰還を果たすのだった。

ガルヴの呼びかけによって、彼の弟子たちを加えたことで聖ミーア学園の講師陣の問題は一気に解決する。

もっとも、この後、ペルージャンの姫君、アーシャ・タフリーフ・ペルージャンを講師に迎えるにあたり、ちょっぴり騒動が起きたりするのだが、それはまた別の話である。

第十六話　ミーア姫と忠義の者たち

「はぁ……なんだか、すっごく疲れましたわ……」

帝都に戻ったミーアは、ふかふかのベッドの上で気だるい朝を迎えていた。

ルールー族の村からもらってきた、ふわふわもこもこの寝間着に顔をすりすりこすりつけて、ミーアは「ううう～っ！」とうなる。

「まだ、寝ていたいですわ……」

聖ヴェールガ公国からティアムーンへの馬車旅、新月地区への訪問、そこからベルマン子爵領に行き、さらにはルールー族の村にまで足を延ばしての強行軍である。

さすがのミーアも、疲労の色を隠せないところだった。

「べっ、別に、森で立って待ってた疲れが数日遅れで来たとか、そういうことではありませんわ！　わたくし、まだまだ体も心も十三歳の若者ですし！」

などと……、誰に言うでもなくつぶやくミーアである。

……しかし、心は二十を過ぎているはずなのだが……。

「ミーアさま、朝食の準備ができたとのことなのですが、いかがいたしますか？」

起こしに来たアンヌに、ミーアはぽやーっとした瞳を向けた。

「なんだか、年々、朝が来るのが早くなるような気がいたしますわ」

などと言いつつも、ミーアは起き上がって、伸びをした。

寝ぼけまなこをこすりつつ食堂にずりずり歩いて行こうとして……。

「ミーアさま、お着替えを済ませてしまいましょう。さすがに、その格好で外に出るのは……」

アンヌはミーアを呼び止めると、素早く、その寝間着を脱がせた。露になった上質な肌着、さらには肌の状態を素早く確認、それほど汗をかいていないと判断すると、すぐさま、今日のドレスをセレクトする。

外に出た際に感じた気温、室内の気温、ミーアの行動範囲を予想し、一日を快適に過ごせるものを、なおかつ、自らの主を飾るのに相応しいドレスをセレクトする。

そうして取り出したるは、華やかな黄色のドレスだ。ゆったりとした室内用のドレスは、コルセットでお腹を締めずに楽に着られる仕立てのものだった。

それをミーアに着させていく。ぽーっと突っ立っているミーアの邪魔をしないよう、丁寧に、けれど、できるだけ素早く。

その動きは、まさに熟練のメイドの技術といえた。

基本的にあまり器用ではないアンヌが、これほどの技を身に付けられたのは、ひとえに反復練習の賜物である。

そうなのだ、馬の練習だけではない。

メイドとしての技術はもちろん、セントノエルでの勉学、さらにミーアの役に立つべく身につけた料理に至るまで……。

コツコツ努力を積み上げているアンヌは、今や、究極のメイドに至る道を一歩一歩、着実に歩み始めているのだ。

そんなこととは露知らぬミーアであるのだが……、アンヌはそれでいいと思っている。

着替えの時、やり方が上手くなった、下手になったなどと、意識されているようではまだまだなのだ。

自然に、当たり前に、主の身の回りの世話をしてこそのメイド……。

アンヌはそんな風に考えている。でも、だからこそ……。

「ふぁ……、うふふ、今日はすっかり甘えてしまいましたわ。いつもありがとう、アンヌ」

アクビまじりの涙目で、そんな風にお礼を言われてしまうと、なんとも嬉しくなってしまうのだった。

当たり前に自分の仕事をしているだけなのに、それを評価してくれる人がいることが嬉しくって……。

「はい、ありがとうございます、ミーアさま」

ついつい、わけのわからないお礼を返してしまうアンヌなのであった。

さて、黄色のドレスに着替えたミーアは、ずりずりと食堂に向かった。

――あー、もっと寝てたいですわ、だらだらしてたいですわ……。

などという心の声が漏れ聞こえてきそうなぐらいに、だらだら、ぐんにょりしつつ、食堂へ。

大きな机を前に、椅子の上に小さなお尻をちょこんと乗せて、もう一度、ふわぁ、っとあくびをする。

「おはようございます、姫殿下」

「おふぁようございまふわ……」

目尻に浮かんだ涙をこしこしこすりつつ、ミーアは料理長の方に目を向けた。

料理長は眉間にしわを寄せ、気遣わしげな顔で言った。

「だいぶお疲れのご様子ですね」

「そうですわね。皇女の町の視察にいったり、いろいろ忙しかったので、少し疲れてしまいましたわ。だから、今日はちょっとぐらいわたくしに優しくしてもバチは当たらないと思いますわよ？」

「優しく……、といいますと？」

「そうですわね、朝食代わりにお菓子を出すとか……」

そう言うと、料理長はむっつり黙ってしまった。

ミーアの言葉に呆れたのか、料理長はそのまま無言で踵（きびす）を返した。

それを見送り、ミーアはため息を吐いた。

「ま、さすがに、朝から甘いものは出てきませんわよね。ここのお料理は美味しいんですけど……クッキーとかケーキとか、朝から食べられたら元気が出ますのに……。まぁ、そんなこと、絶対にありえないでしょうけれど……」

などと言っていたミーアであったから……、料理長が手ずから机の上に置いたものを見て、驚愕の悲鳴を上げた！

「まぁっ！　こっ、これは、けっ、ケーキっ!?」

ミーアの前に置かれたもの、それは、ふかふかとした黄色い生地のケーキだったのだ！

立ち上るのは甘い香り。食欲をそそる果物の酸味と、香ばしい焼き菓子のような匂いがまじりあい、ミーアの嗅覚を刺激する。

思わず、じゅるり、と高貴な身分にあるまじき音を口から鳴らしつつ、

「こんな朝から、よろしいんですのっ⁉」

ミーアは瞳をまん丸くしつつ、料理長を見つめた。

「はい。姫殿下がお疲れのご様子でしたから……、その、作ってまいりました」

あまりにミーアが喜んでくれたので、少々照れくさくなったのか……熊のような料理長は気まずげに頬をかいた。

「で、でも、確か以前に、お菓子ばかり食べていては体を壊すと、あなたは言ってなかったかしら？」

そう言いつつ、ミーアはケーキ皿を抱え込む。

気が変わって、持っていかれては大変と警戒しつつも、それでも疑問は拭えなかった。

そんなミーアに、料理長は柔らかな笑みを浮かべた。

「ああ、覚えていていただけましたか……。はい、そのとおりでございます。あまり甘いものばかり食べていては、お体にさわります。ゆえに……」

そうして料理長は、少しだけ胸を張って言った。

「新しいメニューに挑戦してみました。そのケーキは野菜でできているのです」

「なっ、やっ、野菜で、ですのっ⁉」

ミーアは不思議そうに、そのケーキを眺めた。

見た感じ、どこからどう見てもケーキにしか見えない。野菜感はゼロである。

ミーアは恐々（こわごわ）とした様子でフォークをつかむと、その先っぽでつんつん、とつついてみる。それから、小さな切れ端を思い切って口の中に入れてみて……。

「ほわぁ……」

その顔が見る見る幸せそうにとろけた。

「甘くてとっても美味しい……。ああ、たまりませんわ」

満足げな吐息をこぼした後、ミーアは料理長の方を見た。

「もう、冗談がお上手ですわね、料理長。このケーキとっても甘いですわよ？　これが野菜でできているとおっしゃるんですの？」

「野菜とは、本来、とても甘いものなのです。このケーキは黄月トマトと黄月キャロット、さらにミニカボチャなどで甘みと酸味を出しています」

「まぁ、そのような野菜で、こんなに美味しいケーキができるなんて……」

感心のため息を吐（つ）くミーアであったが、次の料理長の一言には感動を禁じえなかった。

すなわち、

「そして、野菜で作ってあるため、健康のためにもなります」

「なっ!?　そっ、それはつまり、このケーキならばいくら食べても大丈夫ということですのっ!?」

そんな夢のようなものがっ!?　と、ミーアは驚愕の視線をケーキに向ける。

「いえ、さすがにいくらでも、というわけにはいきませんが……。それであれば、朝から食べても問題はございません」

苦笑しつつ答える料理長だったが、すでにミーアは聞いちゃあいなかった。

素早い動作でケーキを切り分けると、ひょいひょいと口の中に放り込んでいく。

ミーアにとって、ケーキは飲み物なのだ！

「ああ、素晴らしい……。素晴らしい仕事ですわ、料理長。あなたの腕前にわたくし敬意を表しますわ！」

と、フォークを握る手がふいに止まった。

「もしかして、ですけど、料理長……このケーキ、わたくしのために考えてくださったんですの？」

「皇帝陛下とミーア姫殿下のご健康を守るのも、臣下たる我々の務めなれば……」

静かに頭を下げる料理長に、ミーアは感動した！

「それは、ご苦労なことでした。改めてお礼を言わせていただきますわ、料理長。わたくし、心の底からあなたのお料理に感服いたしました」

ミーアは改めて料理長を労い、その勢いとドサクサに紛れてケーキを三回おかわりしようとして……、さすがにアンヌに止められることになるのだが……。

それもこれも、すべて穏やかなミーアの日常の一幕なのであった。

第十七話　ミーア姫、決死のプレゼンをする

——どうして、このようなことにっ⁉

目の前の現実に、ミーアは絶望に暮れる。

ミーアを呑み込まんとするもの、それは極めて巨大で、残酷な現実だった。

——なっ、なぜ、なぜなんですのっ⁉

目の前が真っ暗く染まっていくのを感じつつ、ミーアは事態の打開を図る。

時間は少し前にさかのぼる。

ベルとリンシャと合流したミーアは、後のことをルードヴィッヒらに任せて、セントノエル学園に帰還を果たした。

「これでようやくのんびりできますわ！」

などとニコニコしていたミーアは、久しぶりに生徒会室に顔を出した。

「お久しぶりですわね、みなさま。すっかり留守にしてしまいまして……ご迷惑をおかけしましたわ」

生徒会室に集まっていた面々に頭を下げた後、ミーアは溜まっていた仕事を片づけにかかる。

——といっても、ほとんど書類仕事ですし。ラフィーナさまがここまで上げてきたものは、わたくしがなにか言う必要もございませんわね……。

などと……油断をしていたのが悪かったのだろうか。

ラフィーナから手渡された資料を見て、ミーアは思わず目をむいた。

新たにやってきた問題、それは、ミーアにとっては、むしろ学園都市建設以上の深刻さを秘めていたのだ！　すなわちっ！

「え？　え？　な、なぜ、なぜですの？　どうして食堂のスイーツのメニューが減っておりますの？」

ラフィーナから渡された資料には食堂のスイーツのメニューを減らした刷新案が記載されていたのだ。

ちなみに、ミーアの大好物のフルーツタルトもなくなっていて……、

――なっ、なぜ、こんなことに？　どういうことですのっ⁉

ミーアはすっかり涙目である。

「ふふ、ミーアさんがいない間に、私たちで三人でしっかり調べたの。栄養学って楽しいものなのね」

ラフィーナとティオーナ、さらにクロエまでもが、にっこにこと笑みを交わす。

――えっ、えいようがく、って、なんですのっ⁉

一方、ミーアは混乱するばかりだ。

えいようがく、なるものがなにかはわからないし、なぜそれで甘いもののメニュー数が減らされるのかもまったくわからない。

それでも、なんとか態勢を立て直すべく、ミーアは気を取り直した。

「なるほど……えいよう、がく……」

「ええ、私も盲点だったわ。食べ物と健康の関係……、まさかこんな学問があったなんて……。だから、ミーアさんのご提案どおりに、生徒の健康を考えていろいろ栄養バランスを考えると、スイーツを減らして、その代わりにもっとお野菜を使ったメニューを増やしたほうがいいんじゃないかって思ったの」

――そっ、そんなことまったく提案しておりませんわ。わたくし、そんなこと一言も言っておりませんわっ！

抗議の言葉を飲み込み、ミーアは懸命に打開策を考える。

甘いものを守るため、帝国の叡智がうなりを上げる！

「ただ、いくら体によいからといって、甘いものを減らして野菜料理を増やすとなると……、やはり文句が出るのでしょうね。問題はそこね」

悩ましげなラフィーナの言葉に、ミーアは活路を見出した。

――そっ、それ！　それですわ！　その線で押していけば！

ミーアは思い切りしかつめらしい顔を作って頷く。

「そう。それは大変深刻な問題ですわ。ですから、ここは無理せずに現状維持ということも……。今後の継続課題ということにしておいて、とりあえずは……」

「いえ、せっかくミーアさんが打ち出した政策ですもの。なんとか実現したいわ」

ラフィーナは熱意にあふれる顔で言った。それに合わせて、クロエとティオーナも頷く。

――なんで、そんなに結託しておりますのっ⁉

友人二人の、ミーアに対する友情が、ミーアをゴリゴリ追い詰めていく。

「なるほど。たしかに、民の上に立つ者として健康を維持することは大切なことだが……。栄養学というのは俺も聞いたことがなかったな……。だから、キノコにあんなにこだわりを持っていたのか。さすがだな、ミーア」

シオンも珍しく感心した様子である。

アベルもサフィアスも頷いていて、特に反対意見はないようだった。

スイーツ男子がいなかったことが、この際は悔やまれる。

――う、うう……、なんとか、なんとかしなくては……。

大勢がほぼ決したような状況の中、ミーアは懸命に策を練る。

孤立無援であっても、逃げられない闘いがそこにはあった。

——わたくしのスイーツたちを生き残らせるための、妙案……、妙案はありませんの？　なにか、なにか……はっ！

刹那、ミーアの脳裏に、熊のような料理長の顔が思い浮かんだ。

『姫殿下のために、考案いたしました。野菜のケーキでございます』

「そうですわっ！　や、野菜のケーキっ！」

起死回生の妙案、来(きた)る！

瞬時に、ミーアは自らの思考を組み立てる。

甘いものを食べると冴えるミーアの思考が、甘いものを守るために冴え渡る。

そこに生まれたのは、美しい循環、まさに助け合いの精神である。

……そうだろうか？

やがて、ミーアは静かに語りだす。

「しっかりとお野菜を食べさせることと、スイーツのメニューを減らさないことの両立……。ラフィーナさま、わたくしは提案いたしますわ。体にいいケーキをメニューに加えることを」

「体にいいケーキ？　そんなものがあるの？」

びっくりした様子で、ラフィーナが聞き返す。それに、余裕たっぷりに頷き返し、ミーアは言った。

「帝国の技術力の粋(すい)を集めしもの……野菜ケーキなるものが、ございますわ！」

「や、野菜ケーキっ!?」

ミーアは熱心に、その利点を説く。

「まず、メニューの刷新ですが、甘いものはそのままでよろしいですわ。その代わり人気の低いこの野菜サラダと、濃厚グリーンスープをカット。そこに代わりの野菜ケーキを加えるのですわ」

「で、でも、ミーアさま！　スイーツのメニュー数を減らさなければ、甘いものを食べすぎてしまう問題は解決しないんじゃ……」

疑問を呈したクロエに、ミーアは静かな顔で首を振る。

「心配いりませんわ。クロエ。野菜のケーキは、思わず手が伸びてしまうほど美味しかったですし……」

その言葉に、ラフィーナは納得の頷きを見せる。

「なるほど。つまりミーアさんの提案はこうね。美味しいものをメニューからなくし、あまり美味しくない健康に良いものを食べさせるのではなく、健康に良い美味しいものをメニューに加える、と。

そして、そのあてがある、と」

「まさにそのとおりですわ。ラフィーナさま」

自信満々に頷くミーアに、ラフィーナは静かに頷き返した。

「さすがね、ミーアさん……。私には食堂のメニューと生徒の健康とを関連づける視点はなかった。しかも、そのためのメニューまで用意しているなんて……」

「私も、帝都に行ったことあるのに、そんなケーキがあるなんて知りませんでした」

「本でも読んだことがありません……。ミーアさま、すごいなぁ」

三人の少女たちの尊敬の視線を受けて、ミーアは鷹揚（おうよう）に頷いた。

「もしもわたくしの案を採用していただけるならば、すぐにでも帝都に手紙を書きますけれど、どういたしますかしら？」

偉そうに腕組みするミーアなのであった。

会議が終わってすぐに、ミーアは帝都に手紙を書いた。

遠い地にいる忠義のシェフ、料理長に野菜ケーキの作り方を教わるためだった。

ミーア考案のヘルシー野菜ケーキは、セントノエル学園の食堂の名物メニューとなり……。学園を卒業した後、ミーアはその料理長の功績を高く評価。自由ミーア勲章を授与することになるのだが……、まぁ、それは、どうでもいいか。

第十八話　ミーア姫、小心者に共感する

——ふぅ、なんとかなりましたわね……。

無事に野菜ケーキのプレゼンを終え、やり切った顔で紅茶に口をつけようとしていたミーアだったが……。

「さて……それじゃあ、ミーアさん。そろそろ本題に入りましょうか……」

ラフィーナの言葉に冷や水をぶっかけられる。

——はて、本題？　なんのことですの……？

首を傾げるミーア。それはシオンやアベル、サフィアスも同じで……。けれど、ティオーナとクロエはなぜだか、事情がわかっている様子だった。

みなの視線を受けたラフィーナは、おもむろに一冊の本を取り出した。

「これは、地を這うモノの書の写本……。邪教の秘密結社、混沌の蛇の聖典よ」

「なっ……」

告げられた言葉は衝撃的だった。

ミーアはとっさに、サフィアスの方に目をやる。

「ラフィーナさま、ちょっと、この場でそのお話は……」

大慌てで、アイコンタクトを送る眼力姫(ハイパワーアイプリンセス)！

――ラフィーナさま、正気ですのっ!? その混沌の蛇の一味の者が、そこにっ！ そこにっ！

などと……、懸命に訴えかける。と、ラフィーナは納得した様子で頷いた。

「ええ、大丈夫よ、ミーアさん」

その答えに、一瞬、安堵するミーアであったが、

「この際だから、サフィアスさんにも味方になっていただきましょう」

――ぜっ、全然、わかっておりませんわっ！

ミーアは心の中で悲鳴を上げた。

「サフィアスさんは、ミーアさんがいない間にとっても頑張ってくれたわ。もちろん、まだまだ頑張ってもらいたいけれど……、とりあえず信用してもよろしいのではないかしら。結局のところ、相手が蛇ではないという保証はどこにもないのだから……」

「それは……まぁ、そうかもしれませんけど……」

「ラフィーナさま……、この俺を信用してくださると……うう……」

サフィアスは感動したのか、うるうると瞳を潤ませていたのだが……、ふと首を傾げた。

「はて……？　邪教の秘密結社……、あの、つかぬことをお聞きしますが、それはここ最近、授業が終わってから神聖典の書き取りを山ほどさせられたり、得体のしれぬ男たちとともに、ラフィーナさまの説教を朝昼晩と聞かされたことと、なにか関係が……」

ラフィーナは静かな瞳をサフィアスに向けて、清らかな笑みを浮かべた。

「信用しておりますね、サフィアスさん」

「あ、はい……」

その笑みに、傍で見ていたミーアも震え上がる。

——おっ、恐ろしい。ラフィーナさま、こっそりサフィアスさんのことを、チェックしていたのですわね……。恐らく、身辺調査もきっちりと行っているのではないかしら……。

そんな疑いを、思わず抱いてしまうミーアであった。

「それで、その写本にはどのようなことが？」

気を取り直したように、口を開いたのはシオンだった。

「そう、ね……。簡単に言ってしまえば、国の滅ぼし方が書いてある。どういう手順で、どのように人の心を操って、被害を大きくするのか……とか」

「あ、悪質な本ですわ……」

ミーアは震える声で言った。

実際問題、被害者であるミーアにとって、それはシャレにならない本だ。

帝国の、あのどうしようもない状況の元凶が、まさに、その目の前にあるのだ。

「そして、これはあくまでも写本の一部らしいの。『国崩し』と呼ばれる章を写したもので、写本はほかにも何冊もあるみたい。かつて公国で入手したものとも、今回のものは違っていたから」

シオンは、受け取った本をパラパラとめくりながら、小さくうなる。

「それがすべて手に入れれば、蛇の全容が解明できるかもしれない、か……」

一方、アベルとティオーナから説明を受けたサフィアスは、

「混沌の蛇……そんなものが、我が帝国にも潜んでいる……？」

わずかに顔を青くしていた。

本来であれば、それは一笑に付すべき情報だ。現実離れしすぎているし、無条件に信じるには危険すぎるものだ。

けれど……、ここは生徒会だ。

セントノエル学園の生徒会で語られることは、時に小国を滅ぼしかねないほどの重みをもつことがある。

笑い飛ばすことは、決してできない。

それでも、信じられないのか、サフィアスは笑みを浮かべた。

「は、はは……。俺（おれ）をだまそうとしてるんじゃないでしょうね……」

ひどく怯えた様子を見せるサフィアスに、ミーアは思わずホッとする。

――ですわよねぇ。普通はビビるものですわ。なんだか、みなさん、ごく当たり前みたいな感じで落ち着いてますから勘違いしておりましたけど、やっぱりこれが普通の反応。ここにいる方たちの反応のほうがどうかしているのですわ。

ミーアは自分と同じくビビりなサフィアスに、ちょっぴり親近感を覚えた。

「別に気分が乗らなければ、逃げてしまっても構わないと思いますわよ、サフィアスさん。わたくし

はそういうわけにはいきませんけど……」

だから、ちょっとだけ優しい気持ちになる。

もともと彼は、混沌の蛇っぽいから、生徒会の役員に誘ったわけで……、別に、一緒に闘うことを期待していたわけではないのだ。

逃げたいならば、逃げてしまっても構わない。

そうだ。逃げたいならば、大好きな王子さまと忠義のメイドと、まぁ、少しばかり小うるさいけど、いろいろ任せられるメガネを連れて……逃げてしまってもいい。

——うう、むしろ、逃げてしまいたいですわ……。

ちょっぴり弱気になるミーアである。

が……、

「逃げる……？　ふ、ふふ、侮っていただいては困りますよ、姫殿下」

そう言って、サフィアスは小さく笑みを浮かべた。

「……はぇ？」

予想外の反応に、きょとりんと首を傾げるミーア。

そんなミーアの前で片膝をつきサフィアスは言った。

「ミーア姫殿下が先陣を切って闘おうとされているのに、旗を持ち、民を鼓舞(こぶ)しようとされているのに、四大公爵家の一角たるブルームーン家の者が闘わずして、なんとします！　それに、そのような危険な輩が跋扈(ばっこ)していては、我が愛しの人も安心できません。ぜひ、その戦列に加わることを認めていただきたい」

それは、堂々たる忠誠の誓い。ミーアの陣営へと加わるという宣言。

帝国四大公爵家の一角、ブルームーン家の嫡男が、ついにミーアの陣営へと加わろうとしていた。

そのような歴史的瞬間に、ミーアは……っ！

——ああ、わたくし、ついに先陣を切って旗を振らなければならなくなったのですわね……。今度は弓で射られて死ぬのかしら……。うう、痛そう……。

死んだ魚のような目で、深い深いため息を吐くのだった。

第十九話　ミーア姫、勉強論を熱く語る（圧倒的物量作戦！）

季節は巡る。

セントノエルに帰還し、溜まっていた生徒会の仕事を無難にこなしている内に、飛ぶように、時間は過ぎていった。

その日……、学生寮の食堂に顔を出したミーアは、メニューを見つつ夏の到来を実感していた。

「ああ、冷製スープが増えてきましたわね」

ちなみに、セントノエル学園の学生寮では、夕食のみ決まっていて、朝、昼はメニューの中から自由に選べるようになっている。

それは、いくつもの国からやってきているため、食の好みが多岐にわたるためであり、さらには、他国の文化を知る良い機会であるためであった。

やろうと思えば、この食堂は他国の食文化をかなり詳しく学ぶことも可能な場所なのだ。

……だからこそ、先日のメニュー刷新のような問題が出てきたりするわけだが。

「今年は涼しいですから、全然意識しておりませんでしたけど……、もうすぐ夏なんですのね……んっ？」

その時、ふいにミーアはなにか忘れているような……そんな予感にとらわれた。

「はて……？　夏……？　変ですわね。なにか忘れていたような……？」

うーんっと考えた末、ミーアは一つの答えを得た。すなわち……。

「ああ、そういえば、夏の試験がもうすぐでしたわね……。でも、まぁ別に……。ちょっと悪くても……最悪、進級さえできれば……」

セントノエルは、ラフィーナの方針により、貴族の子弟が通う学校にしては厳しいシステムをとっている。試験の結果が悪ければ、進級に響くことがあるのだ。

そこには一切の容赦はない。いかに身分の高い者であったとしても、進級できない時はできないのだ。

ともあれ……、それは非常に悪い点を取ってしまった時の場合だ。

ミーアは決して勉強ができるわけではなかったが……、頑張れば、なんとか乗り切れる程度の暗記力は持ち合わせているのだ。

「甘いものがあれば頑張れますし……、今回も、それで頑張ればいいですわね……」

などと、安直なことを考えていたから、バチが当たったのかもしれない。

食堂で出会ったラフィーナは、ミーアに衝撃的なことを言ったのだ。

「あっ、そういえば、ミーアさん、もうすぐ夏前の試験ね」

「もうそんな時期なのですね。時間が経つのが早いですわ」

そんな何気ない会話……のはずだったのだが……。

「今度、生徒会でも話題に出そうと思っているのだけど、最近、試験の結果があまり芳しくない方が多いのよ」

「まぁ、それは良くないことですわね」

ミーア自身、どちらかというと、その良くないほうに属する者なのだが、そこはそれ……。

まったく他人事のような顔で返事をするミーア。だったのだが……。

「それでね、ミーアさんが忙しくしているのは知っているから、とっても申し訳ないんだけど……、生徒会でキャンペーンを張ろうと思っているの」

「キャンペーン……？」

「そう。成績の良い生徒の試験結果を廊下に貼り出して、みなのやる気を高めるのよ」

「なるほど、そんなこともするんですのね……」

半分より下、最下層よりは上の位置、それが前時間軸でのミーアの定位置だ。

従って、そのキャンペーンなるものは、本来、ミーアにはまったく関係のないもの……であったのだが……、

「それで、一般生徒はそれでもいいのだけど、主導する立場の私たち自身の姿を示す必要があると思うのよ」

微妙にきな臭い話の流れを、ミーアは敏感に察知した。

「え、えーっと、それはどういう……？」

「端的に言ってしまうとね、例年、生徒会役員の試験の点数は、みなの前で発表されることになって

るのよ」

「……はぇ？」

ミーアは口をぽかーんっと開ける。

「えーっと、それは……、点数が良くても悪くても？」

「ええ、そうよ。まぁ、たぶんミーアさんなら大丈夫だとは思うけれど、最近、忙しかったから勉強、できてないかもしれないと思って一応念のためにね。あ、でも、別に点数が悪くても、進級できないぐらい悪くなければ、なにかあるわけじゃないから気にしないでね」

微笑みながら言うラフィーナ。けれど、ミーアは冷静ではいられない。

なぜなら、これでも、ミーアにだってプライドがあるのだ！

――も、もしも、わたくしが悪い点をとったら……、アベルは優しいから、調子が悪かったと思ってくれるかもしれませんけど、シオンが見たら……鼻で笑われるに決まってますわ。

言ってしまえば、それは恥ずかしいだけのことだ。

処刑につながるわけでもないし、地下牢に捕らわれるわけでもない。

『断頭台よりはマシ……』それは、魔法の言葉だ。

別に、なにか失敗して恥をかいても、断頭台よりはマシと考えるのはミーアの一番の逃げ道なのだ。

では、あるのだけれど……。

生徒全体の成績が悪いからキャンペーンを張り、叱咤激励しているにもかかわらず、その激励する立場の生徒会長自身の点数が悪い。

……まぁ、悪いとまではいかないにしても、パッとしない。

そんなことになった時にどうなるのか……？

——さっ、晒しものですわっ！　わたくし、恥ずかしすぎて死んでしまいますわ。

しかも、夏休み前には、例年、生徒会長が訓辞を垂れなければならないのだ。

原稿はラフィーナか誰かにお願いするにしても……、それを偉そうな態度で読むのはミーア自身なのだ。

そんな場に出なければならないというのに、直前のテストで悪い点など取った日には……。

——み、みなさんの視線が痛すぎますわ……。会長選挙の時の比じゃないぐらいの視線が突き刺さってきそうですわ！

断頭台よりマシな状況だからといって、我慢できるものでもないのだ。

そんな生き恥を晒すなど、まっぴらだった。

さらに……、そんな不甲斐ない態度をとってしまった場合、会長の座を渡してくれたラフィーナが、どんな反応をするのか……。

「ミーアさんなら、大丈夫だと思うけど……」

その笑顔に、ミーアは恐怖する。

それはもう、恥ずかしいとか、恥ずかしくないとか、そういう問題ですらない。

ことは、猛獣の尾を踏むか否かという話になってきている。

眠れる獅子、ラフィーナの尾を踏むか、否かの瀬戸際に、ミーアは立たされているのだ！

——こっ、これっ、下手なことできませんわ！

ミーアは、ラフィーナに余裕の笑みを見せて、

「もちろんですわ！　当然のことですわ」

強気に言って、どんと胸を叩く。けれど……、その背中には冷や汗が滝のように流れていた。

「うふふ、さすがはミーアさんね。あと心配なのはサフィアスさんだけど……」

そんなことをつぶやくラフィーナに一礼した後、ミーアは脱兎のごとく食堂を後にした。


自室に戻り、ミーアは改めて試験の範囲を確認する。

「う、うう、さすがに覚えることがいっぱいですわ……。ぐっ、これを全部覚えるのは不可能ですわ」

実のところ……ミーアの試験への向き合い方は勘や運に頼ったものではない。

なにしろミーアは、大帝国たるティアムーン帝国の皇女である。

ゆえに、その戦術は正々堂々、正面から。

圧倒的な物量によって押しつぶす。

そう、すなわち、丸暗記である！

出そうなところも、そうでないところも、一切の区別なく頭の中に叩き込む。

ケーキとクッキーを友として、ともかく、覚えて覚えて、覚えまくるのだ。

だが、まぁ……、当たり前の話だが、覚えまくれるならば苦労はない。

気力が続かず、ついついサボってしまい、いつも大事なところが覚えきれなくって、いい点が取れないのが前時間軸のミーアであった。

ちなみに現時間軸においては、アンヌの協力もあり、ミーアは前回のテストで上位四分の一の位置をキープしていた。

けれど、今回に関していえば帝国に帰っていたので、授業に参加できていなかったことが大きい。

「……これは、地獄ですわ」

いい点を取るならば、範囲をすべて覚えなければならない。

ごくり、と生唾を飲むミーアであったが、地獄を見たのはミーアだけではなかった。

ミーアが部屋に戻ると、ベルがうーうー、うなっていた。

セントノエルに無事に編入を果たしたベルであったが、そのレベルの高さに早くも悲鳴を上げていたのだ。

「う、うう、おかしいです。ここは、ルードヴィッヒ先生に教えてもらったはずなのに、全然、記憶にありません。絶対変です」

……お察しである。

「う、うう、ミーアおば……お姉さま、なにか楽に覚えられる勉強法がありませんか？　これ、全部覚えれば、たぶん何とかなるような……」

涙目で訴えかけてくるベルを見て、ミーアは思う。

——ああ、わたくしが目の前にいますわ……。

ミーアは、うぐうぐ泣きべそをかくベルを、死んだ魚のように、まるで感情の宿っていない瞳で見つめた。それから、

「ベル……、普段から勉強してないのが悪いのですから、楽をする方法なんてございませんわ」

実感のこもった重たい一言を伝える。

「それは自業自得というものですわ。人は……自分の蒔いた種を自らで刈り取らなければならないのですわ」

含蓄のこもった言葉を、底なしに暗い目をしたミーアが言う。

「うう、おばあさまは帝国の叡智だから、わからないのでしょうけど、勉強は、嫌いな人にとっては、拷問にも等しい過酷なものなんですよ」

「無論知っておりますわ。それでもね、ベル……」

ミーアは孫の肩をしっかりとつかむ。その手は、何かを堪えるかのように、プルプルと小さく震えていた。

「やらなければならないことがございますの……。闘わなければいけない時が、ございますの……」

それから、ミーアは首を傾げた。

「あら……？　というか、ベル……、あなたは別に、そんなにいい点とらなくってもよろしいのではなくって？　結果が貼り出されるわけでもございませんし……」

「この前の点数が十点だったので、次に悪い点を取ってしまうと夏休みなしだって、言われました……。セントノエル始まって以来の悪い点だって……」

「なっ⁉」

ベルの言葉に、ミーアは戦慄した。ちなみに、セントノエルのテストは基本的に百点満点だ。

「え？　じゅ、十点？　なんですの、その点数⁉」

勉強が不得手で、なおかつサボリ癖のあるミーアであっても、そのような点数を取ったことはない。というか、そもそもミーア、テスト期間に完全にサボるということができない性格なのだ。

みなが勉強して良い点を目指すのに、自分だけが寝て過ごす？　そんな勇気、あろうはずがない。授業中だってそうだ。適当にではあるが、話を完全に聞かない、なんて勇気はミーアにはないのだ。

ゆえに、テストでも、十点など取れないのだ。

——この子……、わたくしより豪胆(ごうたん)ですわ。テストの点数が貼り出されても平然としているんじゃないかしら……。

思わず、ミーアはベルに尊敬のまなざしを向け……ようとして慌てて首を振る。

——って、この子、ラフィーナさまにお願いして、編入させたんでしたわ。また悪い点を取ったりしたら、わたくしが睨まれてしまうかもしれませんわ。

それよりなにより、孫の将来が思わず心配になるミーアでもある。

「ここは、わたくしがなんとかしてあげないとダメですわね……」

そうして、ミーアはベルを連れて部屋を出た。

経験上、ミーアは知っているのだ。

自室、しかもベッドがすぐ近くにあり、息をするように寝転がれる環境にあっては、勉強など到底できないということを……。

さらに頼りになるメイド、アンヌも仕事に出ていて今はいなかった。

見守りの目がない環境で、自室で勉強をすることなどほぼ不可能である。

ここ一番、集中して勉強しようという時には、個室にこもっていてはだめなのだ。

「わたくしが、きっちりお勉強を教えて差し上げますわ。要は物量、どんな問題が出ても対応できるように、ともかく覚えることが……」

などと、勉強根性論を語りつつ、ミーアが向かったのは図書室だった。

「時々、甘いものを食べながら、テスト範囲をすべて覚える！　それこそが、勝利の……」

その時だった。

「やあ、ミーア、これから図書室で勉強かい？」

突然、話しかけられて、ミーアはそこで立ち止まった。

振り返ると、そこに立っていたのは……。

「まぁ、アベル、ご機嫌よう」

ミーアはニコニコ、明るい笑みを浮かべながら言った。

「わたくしは、ベルにお勉強させようと思ってきましたの。あなたもテスト勉強かしら？」

そう尋ねると、アベルは、なぜか気まずそうに頬をかいて、

「えーっと、まぁ勉強しに来たというのは、そうなのだが……。これを……」

そう言って、数枚の植物紙(パピルス)の束を渡してきた。

「あら、それは？」

「一応、君がいない間に授業でやった内容をまとめたんだ。教本には載ってないものもあったから、念のために……。まぁ、君には必要ないかと思ったんだが……」

気まずそうに、あるいは、照れくさそうにそっぽを向いているアベル……。ミーアはその手をぎゅっと両手でつかんだ。

「ああ……アベル。あなたは……」

感動に瞳を潤ませつつ、上目遣いに見つめる。

「お気遣い、感謝いたしますわ」

「い、いや、気を使わないでくれ。君ならば、そんなものなくたって……」

「気など使っておりませんわ。わたくし、本当に心から感謝しておりますのよ？」

そうして見つめあう二人を……、傍でじっと観察していたベルは、何事かを思いついたのか、わざとらしく、ぽんっと手を打った。

「あ、そうです。ボク、お邪魔みたいなので、失礼して……」

などと、もにゅもにゅ言い訳しつつ、その場から立ち去ろうとするベルの襟首を、ミーアは、がっしとつかんだ。

――この子、すごい判断力ですわ。

自身と同じスタンス、なおかつ迷いのない逃走力に舌を巻きつつも、逃げ出さないようにがっしりと。

しかしミーアは、別にベルに勉強させたいがためにベルを捕まえたわけではなかった。では、その心の中はどのようなことになっていたかというと……。

――あ、あら？　これってもしかして、アベルと二人きりで勉強することになるのでは……？

これである……。純然たる危機感からなのである。

少し前までであったならば、ミーアはこの状況にニンマリしていたかもしれない。

なんといっても、アベルは年下の男の子でイケメンである。

「大人のお姉さんの余裕で、リードしてあげますわ！」

などと、余裕ぶって状況を楽しめていたかもしれない。

……大慌てでアワアワいう確率と、半々ぐらいといったところだろう。

しかしながら、ここ最近、シオンと剣術に勤しむようになったアベルは、すっかりたくましい青年になりつつあったのだ。体も引き締まり、顔にも凛々しさが見え隠れしている。

そんな格好いい人に優しくされて、なおかつ二人きりでお勉強……などと想像しただけで、すでにだめだった。

――あら、変ですわね……。なんだか、胸が苦しくって、それになんだか熱っぽいような……。などと、フラフラしてしまう始末。

……重症である。ということで……。

即時撤退の構えを見せたベルを、ミーアは素早く捕まえたのだ。

「変な気を回さなくっても大丈夫ですわよ、ベル。あなたも一緒にお勉強しないとね」

「う、うう、ミーアお姉さまがルードヴィッヒ先生より厳しいです……うう」

べそべそ泣きべそをかくベルに、なんとなく自身の面影を見てしまい、複雑な気分のミーアである。

――でも今、ベルに行かれたら、アベルと二人きりになってしまう……。嬉しいですけれど、うう、そ、それは、まだ心の準備が……。そうですわ、まだ少しそういうのは早いと思いますわ！

〝どういうの〟が早いのかは不明だが、ミーアはそう判断したのだ。

いつもどおりヘタレなミーアなのであった。

そんなわけで、ミーアとベル、それにアベルは連れ立って図書室にやってきた。

「あっ、ミーアさま……」

図書室の片隅の席にはクロエが座っていた。

ミーアは軽く手を挙げて、そちらに向かう。

――ふぅ、これで二人きりになる危険性はほとんどなくなりましたわ。

などと思いつつ、チラリとアベルの方をうかがうと……。アベルは特に気にする風もなく、残念がるでもなく、ごく自然な仕草でクロエに挨拶していた。

——ちょっとぐらい、二人きりになれなくって残念とか、そういうところを見せてもいいんじゃないかしら？

実に、こう、面倒くさ……、いや、複雑なミーアの乙女心なのであった。

「今日はどうされたんですか？　ミーアさま」

不思議そうに聞いてくるクロエに、ミーアは気を取り直して答える。

「テストの勉強をしに参りましたの」

「あっ、ミーアさまもなんですね。私もです」

「あら、そうなんですの。それは奇遇……、でもないですわね」

なにしろテスト前である。勉強するのは当たり前のことだ。

「では、ご一緒させていただいてもよろしいかしら」

「あ、はい。どうぞ」

クロエは、少しだけ机の端に寄ると、

「うふふ……」

小さく笑みをこぼした。

「ん？　どうかなさいまして？」

「あ、すみません、こんな風にお友達と一緒にお勉強するの、はじめてで」

「あら、そうなんですの？　もしかして邪魔をしてしまったかしら？」

「いえ、そんなことありません。楽しいなって、嬉しくなっただけですから」

と、その時だった。

「あっ、こんにちは、ミーアさま」

そんな声が聞こえてきた。ふと顔を上げると、そこにはティオーナが立っていた。隣にはリオラ・ルールーの姿もあった。

「ご機嫌よう、です。ミーア姫殿下……」

「ああ、ティオーナさん。リオラさんもお久しぶりですわね。この前、わたくし、ルールー族の村に行ってきたんですのよ」

「なんと、そうだった、ですか？」

「ええ。族長さんが帝国語がすごく上手くなっていて。お孫さんのワグルくんとも仲良くやっているようですわ」

などと世間話モードに入ったミーアの脳裏に、突如、警鐘が鳴り響いた。

――あっ、これ、楽しくお話しちゃって、あんまり勉強できないやつですわ！

取り巻きとの経験上、ミーアは、なんとなく察してしまう。

図書室という、静かにするのが原則の場所。

けれど、仲の良い同年代の者たちが集まれば、必然的に始まるひそひそ話。

静かにしなければいけないというルールがあればこそ、それをちょっとだけ破る快感に、抗いようがあるはずもなく……。

――さて、どうしたものかしら……。

ミーアは考える。答えは、すぐに出た！

――あ、そうですわ、こうなったらシオンのやつも巻き込んでやるのがいいですわ！

熱い足の引っ張り合いである！

もっとも、引っ張っているのはおおむねミーアなのだが。

かくて、ミーアは巻き込んでいく。

シオンと……さらに、シオンの手助けもできないようにキースウッドまでも。

――生徒会メンバー全員の成績が悪ければ、ラフィーナさまだって、あまり言えないはずですわ！

被害の分散……ダメージコントロールである。怒られる対象を複数人に増やすことで、自分へのダメージを極力薄めていく。

「となれば……、そうですわ。サフィアスさんも誘って……」

先陣にて旗を振る皇女に、付き従わんと宣誓したのである。

旗振りの皇女が討ち死にする時には、当然、ともに命を散らせてもらわなければならない。

一蓮托生（いちれんたくしょう）である。

こうして生徒会役員による、図書室の一角を占拠してのにぎやかな勉強会が始まるのであった。

ちなみに……この時の試験でミーアは、学年十五位というミーア史上初の大記録を達成することに成功した。

アベルの作ってきたメモが、実に適切に押さえるべき場所を押さえていたのだ。さすがに努力の人である。さらには、アンヌの多大なる協力もあった。睡眠学習法の効果は、やはり大きかったのだ。

生徒会役員の中では最下位だったが……、それでも良いのだ。

「こっ、今回は少し忙しかったですし、学園を離れざるを得なかったから力を発揮できませんでしたわ」

ミーアは、ニヤニヤしそうになるのを必死に我慢しつつ、しかつめらしい顔で言った。

「本当であれば、もっと高い点数がとれたはずですのに残念ですわ」

頬をひくつかせるミーアを見たラフィーナが、

「よほど悔しかったのね……」

などと可哀そうに思って、もう一度、日を改めて試験を受けなおすか？　と聞いたところ、ミーアはそれを断った。

「いえ、それは卑怯というもの。わたくし、この結果で満足は決してしておりませんが、結果は結果。受け入れますわ」

そう言うミーアを見て、

「やっぱり、ミーアさんは高潔な人なのね……」

などと感心しきりなラフィーナであった。


……そして、ベルは四十点平均だった。

頑張ってはいたのだが、このままでは進級できないということで……。夏休みの間、学園に残って勉強することになってしまったのであった。

もっとも、ベルはそれほど嫌がってはいなかったのだが……。

廃墟と化した帝都に比べれば、この学園は楽園のようなもの。

「こんなに素晴らしい場所にいられるのですから、文句なんてあるはずがありません。毎日ココアさえ飲めるのに、文句を言っていたら、罰が当たります」

などと、キリッとした顔で言うのであった。

ちなみに当初、ベルはしょんぼりしていた。エリス母さまのもとで過ごせるとウッキウキだったのに補習で夏休みも帰れないとわかったからだ。

そんなベルに、とっさの機転を利かせたリンシャが、セントノエルにいれば毎日ココアが飲み放題と囁(ささや)いたらしい。実になんともミーアの孫なミーアベルなのであった。

第二十話　エメラルダ、イイコトを思いつく！

ティアムーン帝国、四大公爵家の親睦(しんぼく)を図るためのお茶会。「月光会(クレール・ド・リュンヌ)」

最近は、すっかり参加者が減ってしまったこの会では、今日も一人、エメラルダが紅茶をすすっていた。眉間にしわを寄せ、不機嫌そうにケーキを細かく解体している。

「あれ？　今日もサフィアスくんはお休みかい？」

現れたのは、涼しげな笑みを浮かべるルヴィだった。

「それに、イエロームーンの姫君もやっぱり欠席か……」

部屋の中を見回して、肩をすくめる。

「というか、今日もなんだか機嫌が悪いみたいだね、エメラルダ」

「別に、そんなことはありませんわ。ええ、この私が機嫌が悪い？　ありえませんことよ」

ほほほ、と笑いながら、エメラルダは紅茶に口をつけて、

「ああ、まずい。このお紅茶どこのものかは知りませんけれど、とってもまずいですわね……。次から仕入れ先は変えませんと」

「そう？　いい匂いだと思うけど……」

ルヴィは苦笑いを浮かべて、エメラルダの前に座った。

「で、なにをそんなに不機嫌になってるんだい？」

「サフィアスのやつ、ミーアさまと一緒に図書室で勉強なんてしてましたのよ？」

ぐぬぬ、とうなりながら、エメラルダは言った。

「テスト前だからね。生徒会の役員は一緒に勉強してたんじゃ……、って、そんなことが聞きたいんじゃないか……」

途中で、自分の言葉などまるで聞いていない様子のエメラルダに気付き、ルヴィはやれやれ、と首を振った。

「まったく、何を好き好んであんな連中とつるんでいるのやら……。しかも、平民や、ルドルフォンの小娘まで一緒でしたわ」

ギリッと歯ぎしりしつつ、エメラルダは吐き捨てた。

「姫殿下の平民びいきも本当に困ったものですし、それに取り入ろうとするサフィアスのやつも気に入りませんわ」

どぼどぼ、と紅茶に砂糖を投げ入れて、がちゃがちゃ、音を立てながらかき混ぜる。大貴族の令嬢

らしい品格は、そこには見られなかった。

「そういえば、話は変わるけど、君の狙いは失敗だったみたいだね、エメラルダ」

ルヴィは、自分の分のティーカップを持ち上げながら、話を向けた。

「……狙い？　はて、なんのことかしら？」

すまし顔で、きょとんと首を傾げるエメラルダ。

「ここでの話は他言無用が不文律……とはいえ、将来の政敵にそんなこと話さない、か」

「口にする必要もないことではなくって？」

嫣然とした笑みを浮かべて、それから、エメラルダは言った。

「それより、あなたのほうは動きませんの？　なにかやるようなこと言ってましたけど……」

「あはは、私はどうも裏工作って苦手だからね。正々堂々と姫殿下に挑む機会を待ってるんだけど……」

「あら、挑むだなんて勇ましい。殿方のように剣の勝負でも挑むおつもり？」

「私と姫殿下が剣で切り結ぶのか……。それはそれで楽しそうな気もするけどね。ふふ」

レッドムーン家は、軍部との繋がりの強い家柄だ。

幼き日より、ダンスより剣術に親しんで育ってきたルヴィは、かなりの腕前を誇っている。もちろん、シオンなどにはかなわないものの、並大抵の男子生徒であれば、太刀打ちできないほどには強いのだ。

「まぁ、でも手加減が大変そうだから、やめておくよ。うっかり姫殿下にケガでもさせたら、我が公爵家と皇帝陛下とで戦が起きてしまう」

冗談にならない冗談を、朗らかな笑顔で言うルヴィ。

「それより君のほうはどうするんだい？　緑月の姫君。まさか、学園都市の妨害失敗で諦めるわけじゃないんだろう？」

「あら、妨害だなんて、私がそんな品のないことするはずがないではありませんの？」

おほほっと笑ってから、エメラルダは言った。

「ともあれ、このまま黙っているのも業腹。なんとかしたいものですけれど、ふむ……」

考え込むエメラルダを見て、ルヴィはため息をこぼす。

「前も言ったけど、あまり騒ぎを大きくしないようにね。グリーンムーン家が皇帝陛下に反するようなことになったら、我がレッドムーン家は討伐に動かなきゃならないし」

「まぁ、同じ小さな星を身に帯びた四大公爵家なのに、冷たいこと……」

白々しい態度で驚いて見せてから、エメラルダは笑う。

「おや、緑月の姫君は、我がレッドムーンと組んで、帝国を二分しての戦がお望みかい？」

「あら？　危ないご発言。戦闘狂のレッドムーン家の願望に、我がグリーンムーン家を巻き込まないでくださらない？」

その物言いに、ルヴィはただただ苦笑を浮かべる。

「やれやれ、まったく。まぁ、戦に心躍るのは事実だけれどね。帝国軍を二つに分けての派手な戦であれば、それこそ言うことなしだけれど……。でも、まぁ、今は遠慮願いたいね。姫殿下の近衛隊とは、剣を交えたくないんだ……個人的な事情があってね」

「ふーん、そうなんですの」

「まぁ、なんにしても、早いところ動いたほうがいいんじゃないかな？　もうすぐ夏休みだし。今年の夏は涼しいようだけど、それでも夏にいろいろやるのは面倒だろう？」

「ああ、そういえば、もう夏休みなんですのねぇ。ああ、いやだいやだ。私、暑いの嫌いですわ。海にでも行って……海？」

ふいに、エメラルダは、顔を輝かせた。

「いいことを思いつきましたわ。これならば、ミーアさまと一緒に遊べ……じゃない、ミーアさまに恥をかかせることができるはず……。ふふふ、今から楽しみですわ、船遊び（クルーズ）……」

意地の悪い笑みを浮かべるエメラルダに、ルヴィは呆れ顔で首を振った。

「……素直に夏休みに一緒に遊びに行きたいって、言えばいいのに……」

「……へ？　船遊び……ですの？」

寮の部屋に訪ねてきた少女の話を聞いて、ミーアは瞳をまん丸くした。

その少女……、エメラルダの従者が語ったのは驚くべき内容だった。

すなわち……、

「わたくしを船遊びに誘う、というんですの？　エメラルダさんが？」

「はい。エメラルダお嬢さまは、毎年、夏休みにガレリア海に船遊びに出かけております。非常に穏やかな海で、無数に存在する島々は最高の避暑地にございます。詳しくはこちらの招待状をご覧くださいませ」

そうして、従者の少女は一礼すると、その場を後にした。

ミーアは手の中に残された招待状を眺めて、思わず苦笑いを浮かべた。

「なんとも、エメラルダさんらしいですわね……」

先日の、学園都市計画への妨害行為などなかったかのような態度に、ミーアは怒るより先に笑いのほうが出てきてしまうのだ。

「信じられません。ミーアさまの邪魔をしながら、こんなこと言うなんてっ！」

一方、傍らで話を聞いていたアンヌが激昂していた。温厚なアンヌの怒り顔に、ミーアは首を振って見せる。

「別に珍しいことではございませんわ。アンヌ、そんなに怒ることではありませんわ」

どうせエメラルダは、学園都市の妨害に関与していたということを認めないだろう。明確な証拠がない限りは知らぬ存ぜぬ記憶にないで乗り切るはず。

この程度の腹芸、貴族の社交場ではよくあることだった。

「でも……」

「大丈夫ですわ。そりゃあ、なんとも思わないというわけではございませんけれど……、大したことではありませんわ」

ミーアとしては、むしろこの手紙の扱いのほうにこそ、頭を悩ませる必要を感じていた。

「ミーアさま、それは、お断りになるんですよね？」

「そう……ですわね」

ミーアは、しばし考える。

前の時間軸でのエメラルダの人となりと照らし合わせてみると、恐らくこれは、なにか企んでいるのだろうが……。

――いや、でも案外、ただ単に遊びたいだけって可能性も捨てきれませんわね。

確率としては半々ぐらいな気がする。

――もしくは、この前のお詫びとか……。

素直についていくのは愚行というものだ。冷静に考えれば、エメラルダがなにか企んで罠にはめよう（その罠がどれだけ馬鹿らしいものであったとしても）としている以上、素直についていく必要はない。

お断りしてしまえば、なんの危険もない。確実だ。でも……。

――もしも、ただ遊ぶために誘っただけだったり、この前のことのお詫びの意味もあったら、ちょっとだけ気まずいようにも思いますわね。

なにかちょっかいをかけてきたと思ったら、そんなことはまったく忘れているかのように、普通に遊びに誘ってくる。

それがエメラルダという少女なのだ。

けれど、それ以上にもっと実際的な問題で、ミーアは悩んでいた。それは……。

――ミーア皇女伝の内容も、気にはなりますのよね。

ミーアの脳裏を過(よぎ)るのは、人食いの巨大魚をミーアが殴り倒すというエピソードだ。

もちろん、ミーアも、この話を本当だとは思わない。恐らくは盛った話だ。盛りに盛って、原形すら留めない話になっている可能性は決して否定はできない。

――さすがにわたくしでも、そんな怪物を殴り倒せるなんて思えませんけれど……でも、いずれ泳ぐ機会が訪れる可能性は否定できないのではないかしら……。

盛るにしても、なにかしら元になるエピソードは必要なはずなのだ。

そして、そのエピソードが「ミーアが海に落ちること」をもとにしたものだという可能性は大いにあるように思えた。

――その時までに、泳げるようになっておかなければいけないのではないかしら……？

知ってのとおり、ミーアは風呂好きではあるが泳げない。

もしも泳げたら、セントノエルの大浴場で泳いで、ラフィーナから怒られていたはずだ。

……入浴がトラウマにならないでなによりであった。

それはともかく、泳げないこと自体は別に珍しいことでもない。

ティアムーン帝国は海に面していない。海水浴など海で遊ぶような伝統はないのだ。だから、帝国貴族には泳ぐことができる者はほとんどいなかった。

だが……エメラルダはその例外。極めて珍しい、泳げる貴族だった。

幼き日より海で遊んでいたことが、その泳ぐ技術に大きく貢献していたのだと聞いたことがある。

――海は体が浮きやすいとか水が塩辛いとか、わけのわからないことを言っておりましたけど……。

はたして泳げる人間に教えてもらえる機会を逃してよいものだろうか？　今後、そんな機会はないかもしれないのに？

腕組みしつつミーアは考え……、一つの結論へと至った。

――まぁ、そうですわね。エメラルダさんがなにを企んでるか知りませんが、たぶん、その程度ならば大したことないんじゃないかしら？　よくよく考えたら、あの方が狡猾（こうかつ）な蛇とも思えませんし……。

そう、ミーアは信じることにしたのだ。

エメラルダのポンコツが……、サフィアスを大きく上回るということを。

――あれがポンコツのふりをしているだけとも思えませんし……、大丈夫なのではないかしら？

他人のポンコツぶりは冷静に分析できるミーアなのであった。

翌日、ミーアは念のために、生徒会のメンバーに夏の予定を伝えた。

結果……、思わぬところに影響が出ることになるのだが……。

かくて、ミーアにとって忘れられない夏が始まる！

第二十一話　同伴者と何かのフラグ……

「夏休みに、グリーンムーン家の令嬢と船遊び？」

ミーアの話を聞いた生徒会の面々は、一様に心配そうな顔をした。

「大丈夫なのかい？　ミーア、その……、四大公爵家の中には確か……」

眉をひそめ、気遣わしげな顔をするアベルに、ミーアは笑みを浮かべて見せた。

「ええ、覚えておりますわ。けれど、恐らく大丈夫じゃないかしら。エメラルダさんは、そうした陰謀に加担して平然としていられるような性格ではありませんし……」

「いえ、それでもやはり危険ではありませんか、ミーア姫殿下。そのように油断しては……」

横から苦言を呈したのは、サフィアスだった。

「どのように善良な顔をしていても、腹の中では何を考えているかわからないもの。それはあのエメラルダ嬢だって同じこと！」

……俗に言う「お前が言うな！」というやつである。

ラフィーナの笑みが、出来の悪い子に向ける母親のような色を帯びる。その視線の生暖かさが逆に怖いミーアであった。それはさておき……。

「ご心配でしたら、あなたも一緒にいらっしゃいます？　サフィアスさん」

エメラルダと同じ四大公爵家の者であるサフィアスであれば同行するのも問題ないだろうと考えて、ミーアは話を振ってみた。のだが……。

「うえ？　あ、あー、えーとですね。ご一緒したいのはもちろんですし、本来であれば姫殿下の傍らに侍る(はべる)のが、臣下の当然の務めではあると思うのですが、その……、実は許婚(フィアンセ)と遊び……じゃない。出かける予定がありまして」

ちょっと慌てた様子で、サフィアスは首を振った。

皇女の安全より許嫁との夏休みを優先するサフィアスであった。

――ふむ……、この方、ブレませんわね。こうして見るとサフィアスさんには、お父さまに近いものを感じますわ。

大好きな人に一途な想いを寄せる。一人の女性を何物にも優先してしまう、その一直線さ……。そこにミーアは、自身の父に通じる気質を感じ取っていた。

――まぁ、妻になる方にとっては浮気をされなくて良いかもしれませんが……娘でも生まれたら、きっとウザがられますわね……おかわいそうに……。

将来、娘にウザイと言われて、しょんぼりするサフィアスを想像して、ミーアは憐みの目を向けた。

「？　あの、なにか？」

「いえ、なにも……」

正直なところ、サフィアスが同行したからと言って、どうなるものでもないとミーアは思っていた。

――護衛として役に立つとは思えませんし……。

ミーアの生暖かい視線に耐えかねたのか、やがてサフィアスは用があると言って、逃げるように席を立った。

「まぁ、サフィアスさんのことはさておいて、近衛兵も何人か随行（ずいこう）いたしますし、大丈夫ではないかしら？」

ミーアがそう言っても、アベルはずっと難しい顔をしていた。

「……シオン、少しいいだろうか？」

それから、そっとシオンに耳打ちする。

「ん？　お二人とも、どうかしましたの？」

不審に思ったミーアが話しかけてみるが……。

「いや、なんでもないよ。大丈夫」

アベルが慌てた様子で首を振った。

「そうですの？　でも……」

ミーアが話しかけるのを無視して、二人は部屋の外に出て行ってしまった。

しばらくして、戻ってきたアベルは、早々にミーアに言った。

「ミーア、一つお願いがあるんだが、聞いてもらえるかい？」

「はて？　お願い、ですの？」

きょとりんと首を傾げるミーアに、アベルは真面目腐った顔で言った。

「我がレムノ王国とサンクランド王国から、それぞれ護衛を出させてもらいたいと思ってね」

「まぁ！　護衛を？」

驚くミーアに、アベルの隣で腕組みしていたシオンが頷く。

「君は大丈夫だと言っていたが、やはりグリーンムーン家の令嬢の件は気になる。護衛の人選はこれからになるが、ぜひ願いを聞いてもらいたい」

生真面目な顔をするシオンを眺めつつ、ミーアは、ふむ、と考える。

――シオンの信頼に厚い護衛というとキースウッドさんあたりになるかしら？　アベルのほうはよく知りませんけれど……あの槍の人ということはないでしょうし……。あるいは噂に聞く金剛歩兵団の兵員とかかしら……？　それはそれで、ちょっぴり楽しみかもしれませんわね。

ミーアは小さく首を傾げた。

――まぁ、でもキースウッドさんならば、確かに安心できますわね。見映えがするから、エメラルダさんも嫌とは言わないでしょうし……、レムノ王国のほうはわかりませんけど……。

実のところミーアも護衛に関しては、少しばかり頭を痛めていたのだ。

さすがに身一つでエメラルダの誘いを受けようなどとは思ってはいないが、かといって、遊びに行くのに護衛の兵団を連れて行くわけにもいかない。

なんといっても、相手は帝国の四大派閥の一角の長、グリーンムーン家なのだ。

当然、自前の護衛を用意しているだろうし、もしも過剰な兵をミーアが連れて行くとしたら、それは、相手を信用していないことになってしまう。

となれば、連れて行けるのは、せいぜい一人か二人……。

——ということはバノスさんあたりに同行してもらえればベスト。ですが、あの方、荒くれ者の見た目ですし、エメラルダさんは了承しないでしょうね……。となると……。

見映えと剣の腕を鑑みれば一番の候補はディオンなのだが、ミーアにとってその人選はありえない。

——あの方を伴って船遊びとか、恐怖以外感じませんわ……。

溺れでもしたら、面倒くさがって助けてくれないいんじゃないかとまで思ってしまうミーアである。

——とはいえ、そのお二人以外だと、剣の腕前がいささか不安なところもございますわね。

顔がいいだけの護衛など頼りないし、目の前で身を挺してかばわれでもしたら、寝覚めが悪い。

それゆえに、二人の王子からの提案は都合がよかった。特にキースウッドの腕前には、ミーアも一目を置いているのだ。

エメラルダのほうも、シオンやアベルの心遣いと言われては嫌とも言えまい。

それよりなにより、エメラルダは確か面食いだったはず。となれば……。

ミーアはキースウッドの顔を見て、

「ん？　どうかしましたか？　ミーア姫殿下……。私の顔になにか？」

「いえ、別に……」

そう答えつつも、心の中で、ふむ、合格！　と大きく頷くミーアなのであった。

その後、王子二人とキースウッドは用があるからと相次いで部屋を出ていき、室内は女子だけになった。

「ところで、ミーアさん……、ちょっといいかしら？」

そうして、おもむろにラフィーナが口を開いた。

第二十二話　ミーア姫、ＦＮＹる

「船遊びをするのであれば、もしかして、水着を仕立てる必要があるのではないかしら？」

男子たちが離れていったのを見て、ラフィーナがミーアに話しかけてきた。

「はて……？　水着、ですの？」

聞いたことのない単語に、ミーアは瞳をパチクリする。

「そう。泳ぐための服よ。さすがにドレスや普通の服で泳ぐのは難しいのではないかしら……」

ラフィーナは制服の裾をちらっと持ち上げながら言った。

「なるほど、確かに泳ぎづらかった覚えがありますわ」

川に落ちたり、湖に落ちたり……。溺れそうになった時のことを思い出し、ミーアは深々と頷いた。

「となると、なるほど。新しく服を仕立てる必要がございますわね……。ふむ……」

ミーアは、腕組みして考え込む。

ティアムーンには、あまり水遊びの文化がない。従って、そのための服というのも、恐らくほとんどないように思われる。

「ちなみに、ラフィーナさまは、そのような仕立て屋に心当たりが？」

「そうね……。ノエリージュ湖で遊ぶために、私も仕立ててもらったことがあるわ。その職人さんだったら、ミーアさんに紹介できると思う」

それから、ラフィーナは眉をひそめながら言う。

「しっかりとしたお店で仕立ててもらわないとね、いかがわしいデザインの服もあるみたいですし」

「いっ、いかがわしい、ですの？」

ミーアはビックリして声を上げた。

「ええ、なんでも、こう……お腹のところが丸出しになっていたりとか……」

「まぁっ！　お腹がっ⁉　なんていかがわしい！」

ミーアは無意識に、自らの腹部に手を当てた。

……心なしか、ふにょふにょしている気がする！

「実に、いかがわしいっ！　お腹が露出してるなんて由々(ゆゆ)しき問題、けしからんことですわっ！」

激しく同意するミーアに、ラフィーナは重々しく頷いた。

「泳ぐわけだから、多少は肌の露出はあると思うのだけど、過剰になれば貞節が損なわれるわ。慎重に仕立てなくては……」

「まったくですわ。お腹が出てるなんて、信じられませんわ！　そんな服、ありえませんわ！」

「そうよね。わかっていただけて嬉しいわ！　ミーアさん」

一見すると〝わかりあった二人〟に見えないこともないが……、致命的な部分でなにかがズレていることに、その場の誰も気付かなかった。

「だから、そうね……。もしよろしければ、今度、仕立て屋さんを呼びましょう。ちょうど私も新調しようと思っていたところだし……。あ、みなさんもよかったら……」

かくて、生徒会女子部のメンバーで水着を仕立てることになったのだが……。

ラフィーナ御用達の仕立て屋は、三日後にやってきた。

「本日は、よろしくお願いいたします」

キリッと鋭い顔をした女性の職人は、てきぱきと仕事を進めていく。

詳しい採寸をする前に、とりあえず、ということで、水着の試着をさせてもらうことになった。

「サイズの調整などは後でいたしますが、とりあえず、デザインなどをご確認いただければ幸いです。ラフィーナさまのご指示で、露出を控えめにするとのことですので……」

いくつか水着を取り出して並べる。

それは、ミーアがダンスパーティーの時に身に着けていたドレスのスカートを短くしたようなデザインだった。さらに、そのスカートの下に太ももの半ばぐらいまでの長さの半ズボンをはくようになっている。

「そうですね……。ミーア姫殿下は、お体が小さいので、このぐらいで……」

などと職人がズボンを取り出す。

「これを下に何も着ずに着ます」

「まぁ、下着のようですわね」

「そうお考えいただいてもよろしいかと。それとサイズですが、体にぴったりくっつくほうが泳ぎやすいので、少しきつめになっております」

その言葉に頷きつつ、ミーアは渡された水着をはいてみた。

——ちょっと……というか、ものすごくキツイですわ、これ……。コルセットと同じぐらいキツイけれど、こういうものなのかしら……？

首を傾げつつ、ぐいぐい、水着を着ようとするミーア。ふいに、その耳に、

「…………あら？」

と、仕立て屋の意外そうな声が聞こえてきた！

「……どうかなさいまして？」

「ああ、いえいえ、なんでもありませんよ。そうですか、それですと、少しキツイかもしれませんね……えーっと……」

焦ったような声を出す仕立て屋。

ミーアはそれを見て、ふむ、とうなる。

——この方、デザインの方はラフィーナさまのお墨付きをいただいているようですけど、サイズの見立てはいまいちみたいですわね……。

などと、思っていると、

「ああ、他のみなさまはちょうどいいみたいですね。では、姫殿下のみ、もう少し大きめのサイズで……」

などという声が聞こえてきた！

ミーアは一瞬、はて？　と首を傾げる。けれど……、ふと顔を上げた先、アンヌが衝撃を受けたような顔で……、

「……そういえば、最近、少しキツくなったっていうドレスがあったような……。ううん、違う。ミーアさまは成長期なんだから、そういうことも……」

などと、ぶつぶつつぶやいているのが見えた。

ミーアは、すとん、っと表情の消えた顔で、自らのお腹をさすってみた。

心なしか………、ふにょふにょしてるような気がする！！！

「……アンヌ、忌憚なき意見を聞きたいのですけれど、わたくし……少し太りまして？」

「い、いえ、ミーアさま、決して、そのような……。そう、成長！　ミーアさまは成長期だから、体が大きくなられる時期なので……」

「なるほど、確かに少しずつ身長が伸びていることはわたくしも知っておりますわ。けれど、アンヌ、身長と比較して著しく横に膨らんでいったら、それは成長ではなく、膨張ですわ！」

ちょっぴり上手いことを言って、ミーアはアンヌの顔を上目遣いに見つめる。

「アンヌ、もう一度聞きますわ。あなたはわたくしに嘘は言いませんわね？　あなたは、わたくしの忠臣ですから。ねぇ、アンヌ、わたくし……ちょっとだけ、太りまして？」

そう聞かれたアンヌは、わずかばかり、視線を逸らして……、

「少しだけ……ですが。最近、ケーキやお菓子を含めて少し食べすぎのことが続いておられたのが、気にはなっていたんですけど……」

自らの一番の忠臣に認められてしまった瞬間、ミーアは、ひぃっ！　っと息を呑んだ。

頭を過るいくつかの光景。

そういえば、馬に乗った時、馬が一瞬固まったような……。

ベッドに寝転んだ時、ギシギシ軋む音が大きかったような……。

それから、それから……。

「ミーアさま、あの……、運動とかすると痩せるって、本に書いてありました」

横からクロエが気遣わしげな声をかけてくる。

ちなみに、クロエは、仕立て屋が渡した水着を難なく着こなしている。

裏切り者に向けるような瞳を向けて、ミーアは言った。

「ああ……、そういえば、最近、ダンスの鍛練も少しサボり気味でしたし……、ああ、そういうことですのね」

悲しげに、ずーんっと沈んだ顔をするミーアに、クロエは、あわわ、と慌てた声を出す。

「わかりましたわ……。もっと馬に乗って、ダンスも頑張るようにいたしますわ」

「ああ、それはとても良い心がけですね、姫殿下」

傍で聞いていた仕立て屋が偉そうに言った。

「水着とは関係ございませんが、二の腕などにも、少しお肉がついてきています。今ならば、少し運動を増やすだけでもまだ間に合うでしょう。乗馬は足やお尻の引き締めにも効果があるかと思いますし……」

仕立て屋の説得力のある言葉に力を得て、ミーアはやる気を取り戻した。

「頑張りますわ。帝国に戻ってからも、毎日、馬に乗るようにいたしますわ。それにダンス……、頑張りますわよ！」

結局、ミーアは痩せることを見越して、結構キツめのサイズで仕立ててもらうことにした。

これからの短い時間で、どれだけ痩せられるかが勝負である！

番外編　小さな祈りが届く時

「どうか……、こんな不幸なことが、世界からなくなりますように……」

それは、ある少女の祈り。

とある国の姫だった少女は、飢餓に見舞われた村を訪れた時、死にかけた子どもが、助けを求めて伸ばした手を取ることができなかった。

その時の光景は、いつまでもいつまでも、彼女の心から消えることはなかった。

だから、少女は、その祈りを胸に抱いた。

けれど、幾度も祈ろうと、どれだけ強く願おうと、それが聞かれることはなかった。

神の気まぐれのごとく、飢饉は国を襲い、人々を痛めつけた。

いつしか、少女は思うようになっていた。

自分の祈りは、神に届いていないのではないか？

神は、自分の祈りなど、気にも留めていないのではないか？

ならば、仕方ない。

ならば、私は私の力で、その不幸をなくしてみせる。

少女は努力した。

自国を富ませ、民が飢えることのなきよう、ひたすらに努力を積み上げる。

そして、少女は自らの『祈り』を忘れた。


ペルージャン農業国の姫君は、夏休み前から母国へ帰国するのが習わしになっている。

それは、農作物の収穫をする先頭に立つため。

さらには、その収穫を神に感謝し、来年の豊作を祈る、収穫祭の巫女（みこ）を務めるためである。

中央正教会も公認の行事であるため、セントノエル学園のほうでも正式に、休みを取ることが認められている。

もっとも、そのせいで、夏前の剣術大会などのイベントには参加できないわけだが……。

学生時代、アーシャ・タフリーフ・ペルージャンは、そのことを一度も寂しいと思ったことはなかった。その年の収穫量次第で民が死に、国が傾く『農業国』の姫として、豊作を祈ることは大切な務めだからだ。

その考えに、少しだけ変化が生まれたのは彼女が十五の年になった時のこと。セントノエル学園で、植物学という学問に出会った日のことだった。

知識の有無で収穫量が大きく変わる。その事実は、アーシャにとって衝撃的だった。

農業国の姫でありながら、国民である農民たちがどのような研鑽（けんさん）を積み重ねてきたのか、知らなかったことを恥じた。

それと同時に、彼女は見つけたと思った。

農業国の姫としてできること……。

植物学の知識を生かして、より良い作物を作って、国を豊かにする。

貧しいペルージャンから、飢餓を一掃する。

以来、アーシャは勉学に力を入れるようになる。

努力のかいもあって、その知識は学園の講師にも匹敵するほどのものとなった。

身に着けたその知識を使い、国をもっと富ませる。農業を改革する。強い小麦を作る。

セントノエル学園を卒業する日、アーシャの胸には熱く燃える思いがあった。

そうして、希望を胸に帰ってきた彼女に、父親である国王は言った。

「折を見て、どこかの国の貴族と婚儀を結ぶように」と。

当然、アーシャは反発した。

自分は技術者として、研究者として、ペルージャンを支えていきたいのだ。どうして、それをわかってくれないのか、と。

けれど……、母から諭され、姉から諭される中で、彼女の熱意はしぼんでいった。

自分がやってきたことは自己満足にすぎないことで……、荒れ地に種を蒔くような不毛なことだったのではなかったか……。

そんな風に落ち込む彼女の唯一の味方になってくれたのは、妹であるラーニャ姫だった。

いつでも、アーシャの勉学の応援をしてくれていたラーニャであったが、セントノエル学園より帰って早々、アーシャに驚くべきことを告げた。

「ねぇ、アーシャ姉さま、ティアムーン帝国に新しくできる学園都市で講師の仕事をしてみる気はない？」

「えっと、どういうことかしら？」

詳しく聞いてみて、アーシャは納得する。

なるほど、ラーニャはティアムーン帝国の皇女ミーアと親しくしていると言っていた。

ラーニャは「アーシャ姉さまの見識を、ミーアさまがすごく評価してくださって」などと言っているが……。恐らく、今のアーシャの境遇を何とかしようと思って、ラーニャがお願いしたのだろう。

けれど……。

「王女であるアーシャ姉さまが皇女殿下の学園で講師をするとなれば、どこかの貴族と結婚するよりよっぽどいいコネを作ることになるわ。ペルージャンとティアムーンとの関係だって強まるし、それに……」

「残念だけど、ラーニャ。そのお話は受けられません」

ラーニャの話を途中で遮り、アーシャはゆっくりと首を振った。

「え……？」

まさか、断られるとは思っていなかったのだろう。ラーニャはポカンと口を開いてから、

「そんな……、どうして？」

「説明する必要があるでしょうか？　あのような屈辱を受けて……、ティアムーンの姫の下で働くなど、とても考えられないことです」

アーシャが企画した、ペルージャンの農作物披露パーティーにおける帝国貴族の子弟たちの振る舞い……。

弱小国の貧しい果物だ、家畜が食べるような野菜だ、と、彼らは散々にペルージャンを馬鹿にした。

あまつさえ、農民たちが苦労して作った野菜を、果物を、床に放り捨てたのだ。

あの日の屈辱を思い出すたびに、アーシャの腹の中に、ぐつぐつと熱い怒りが沸き上がる。

「あなたは上手く姫殿下と友誼を結べたようだけど、私には無理。協力する義理もありません。だから、姫殿下には正式にお断りすると、あなたのほうから伝えておいてください」


ラーニャからの手紙がミーアのもとに届いたのは、二日後のことだった。

ベルマン子爵領にて、ようやくルードヴィッヒの師匠、賢者ガルヴの勧誘に成功したミーアは、帝都でつかの間の休息を楽しんでいたところだったのだが……。

「って！　なにやってますのっ⁉　あいつら、ほんとに、なにやってますのっ⁉」

ベッドにうつぶせになって、ラーニャからの手紙を読んでいたミーアは、ぐあーーっ！　っと頭を抱えて、足をパタパタさせた。

それから、おもむろにベッドの上の枕を取り上げ、ポスポスと叩き始めた。

しばし暴れて、それからようやく落ち着きを取り戻し……、

「しかし……、とりあえず、そういうことでしたら、詫びを入れておくのが良いですわね」

必要とあらば、いくらでも頭を下げる所存のミーアである。むしろ、頭を下げるだけならば安いものだとさえ考えている。

……まぁ、実際、ミーアの頭は安いものであるが。

ということで、ミーアは早速、謝罪の手紙をしたためると、早馬に託してペルージャンに送った。

けれど、ことはそう簡単には進まないもので。

ラーニャから戻ってきた手紙を見たミーアは、思わずため息を吐いた。

「まぁ、そうですわよね……」

手紙には「別に、ミーアに謝ってもらわなくても構わない」という趣旨のことをアーシャが言っていると書かれていた。当然のことながら、それで納得して、講師の話を引き受けてくれるとはならない。ちょびっと謝っただけで、すべてが上手くいくならば苦労はないのである。

「やはり、当事者に心からの謝罪をさせる必要がございますわね……」

ということで、ミーアは一計を案じた。

要するに、パーティーの席でアーシャを馬鹿にした連中に、ペルージャンの農作物の味を認めさせ、そのうえで謝罪させればいいのだ。

「ペルージャンの農作物は美味しいものが多いですし、料理次第では、心を打つことなど容易な気がいたしますけれど……、でも、いくら美味しくても、あの方たちって、あんまり感動しなさそうな気がいたしますわね」

帝国には、農業に対して理不尽な嫌悪感を抱く貴族が多い。農作物に対しても同様に、どこか低く見るような傾向がある。だから、どれだけ美味しくて感動したとしても、それを素直に褒めない可能性が高い。

ならばどうするか？

「ただの農作物で褒めないなら、彼らが褒めざるを得ないようにすればよいのですわ」

ただの《美味しい農作物》では褒めない。

では《美味しい〝栄光ある帝国産〟の農作物》ならば、どうか？　あるいは……、

「《〝弱小国ペルージャンより〟美味しい帝国産の農作物》ならば……どうかしら？」

アーシャを馬鹿にしたのは、帝国中央の門閥（もんばつ）貴族の子弟だ。帝国に対するプライドで凝り固まった

彼らは、自国を誇り、他国を貶めることを至上の喜びとしている者たちである。

——そんな者たちを手のひらの上で転がすことなど、簡単ですわ！

などと、ミーアは、にんまりと策士っぽい笑みを浮かべる。あくまでも策士っぽいだけであって、別にミーアは策士ではないのだが……。

ともあれ、プランはすんなりと固まった。

まず、アーシャと、彼女を馬鹿にした貴族の子弟を、ミーアがお茶会に招待する。

そこにペルージャン産の農作物の料理を並べておくのだ。もちろん、どこ産とは言わずに。

そうして、そこでミーアが言ってやるのだ。

「このお料理に使われている野菜は絶品ですわ！」

と。

そうすると、呼ばれた方はミーアの言葉を聞き、次に招待されたアーシャを見て思うわけだ。

「なるほど、ミーア姫殿下は、帝国産の農産物がペルージャン農業国のものより優れていると言いたいのか！」

などと、勝手に誤解するのだ。

「ペルージャンの招待を受けておきながら、パーティー会場で悪しざまに言うような連中ですし、きっとそう考えるはずですわ。そして、恐らくわたくしの後について褒めるはず。そこでネタばらしということになりますわね。とすると場所は、やはり帝国内がよろしいですわね……」

基本的に、農業全般を低く見ている貴族たちではあるが、そこは比較の問題である。

ペルージャンの農作物と、帝国でとれる農作物との比較であれば、彼らはきっとこぞって、褒め称えるに違いない。そこで、実は、この農作物はすべてペルージャンで作られたものである、とネタばらしをして、一気に、アーシャに謝罪させるわけである。

「そのためには、最も良さそうな場所は……ルドルフォン辺土伯にお願いするのがベストの選択……かしら」

辺土伯もまた、帝国貴族には嫌われている存在ではあるが、それでも帝国貴族ではある。彼らが、属国と見下す小国ペルージャンよりは、仲間意識を持たれているだろう。

そこで豊富な農作物を振舞えば、きっと彼らは、それをルドルフォン辺土伯の領地でとれたものと誤解し、帝国の収穫物のほうが素晴らしい！　などと言ってくれるはず。

さらに場所的にも、ペルージャンに近く、聖ミーア学園の建設予定地にもほど近い。

そのままの流れで、学園の見学にどうぞ、などとやるには、場所としてはベストな立地といえる。

「正直、ルドルフォン辺土伯に頭を下げるのは少し癪ですけれど……」

まぁでも、自分が頭を下げれば解決するならば問題ない。

ミーアの頭など安いものなのである。

「あとは……、そうですわね。演出効果を狙って、学園に通う予定の子どもたちを呼んでおくのも、効果的かもしれませんわ」

ミーアはさらに、用意周到に思考を進めていく。

もし仮に貴族たちが謝罪したとしても、講師の話を引き受けてもらえるとは限らない。

ゆえに、講師の話を断りづらい環境を整える。

作戦は簡単だ。

アーシャに、教える対象の子どもたちを、実際に見せてやるのだ。

「セロくんは、見るからに賢そうな子ですし、呼んでおくとよさそうですわね。自由に質問してもらって、講師意欲を高めるのがよろしいですわね……」

質問内容を指定しないのは、当然、ミーアが全く知識がないからである。

わからない部分は詳しい人間に放り投げる。ミーアのスタンスである。

「それに、ワグルは、いい子だから、きっと気に入るはずですわ。あとは、あの孤児院の……セリアさんといったかしら？　あの子もせっかくですから呼んでおきましょうか」

セロ以外の二人については、境遇をアピールしてもらおうと考えている。

恐らく、アーシャ姫は帝国貴族に対して良い印象を持っていない。であるならば、生徒は貴族の子弟ばかりでなく、むしろ、平民からとりますよ、孤児院からも優秀な子を呼びますよ、とアピールするのだ。

ペルージャンの王族は民との距離が近しいという。ならば、二人の存在は必ずや、「依頼を断りづらい要因」になるはずなのだ。

戦いが始まる前に、すでに勝利を確定させてしまいたい。ミーアの小心（チキンハート）が、外堀をせっせと埋めさせていく。

こうして万全の態勢を整えて、ミーアはお茶会を開催した。

「ようこそ、おいでくださいました。アーシャ・タフリーフ・ペルージャン姫殿下。収穫祭の準備でお忙しいところを、お越しいただき、感謝いたしますわ」

にこやかに笑みを浮かべるミーアを見て、アーシャは招待に応じてしまったことを少しだけ後悔していた。先日、講師の話を断ってしまったこともあって、さすがに断りづらかったわけだが。

「いいえ、お招きにあずかり光栄です、ミーア姫殿下」

言いつつ、アーシャは招待客に目をやった。

そこに揃っていたのは、あの日、パーティーでアーシャを馬鹿にした者たちばかりだ。ニヤニヤと、今もアーシャを蔑むような眼で見つめていた。

――ミーアさまは、先日、私がお断りしたから、その腹いせに馬鹿にするつもりかしら？　けれど、ラーニャから聞いていたお人柄では、そういうことはなさらない方のはず。とすれば、逆に彼らに命じて、謝罪でもさせるつもりでしょうか……？

今さら謝ってもらっても、講師の話を引き受けるつもりはないのだが……、とアーシャは小さくため息を吐いた。

そうして始まったお茶会は、アーシャの目から見ると、いささか白々しいものだった。

供される料理、そのすべてに、ペルージャン産の野菜や果物が使われているのだ。

一口食べただけで、アーシャはそのことに気づいた。

そして、ミーアはその料理をあからさまに褒めた。褒めて褒めて褒めまくった。

いくらなんでも褒めすぎだろう、というぐらいに、それはもう、本当にほっぺたが落ちてしまうのではないか、というぐらいの勢いで食べて食べて、褒めまくる。

――見え見えのお世辞ですね。もっとも、あの演技は見事ですけど……。

心の底から料理を堪能（たんのう）しているように見えるミーアに、アーシャは半ば呆れ、半ば感心する。

「本当に、絶品ですわ。このケーキ。このフルーツがたまりませんわ！」

「そうですね。さすがは、我が帝国産の果物、どこぞの弱小の農業国とは比べ物になりません」

不用意に、一人の青年貴族が口にした一言……。それを聞いたミーアは、にんまりと笑みを浮かべて……、

「あら、実は……今日のお料理に使われている農作物は、すべて、ペルージャン産のものなんですのよ？」

猿芝居を始めた。

――なるほど、さんざん褒めていた野菜が馬鹿にしていたペルージャン産のものだと突きつけて、そうして謝罪をさせようということですか。

どこか白けた様子で、アーシャは、そのやり取りを見つめていた。

恐らく彼らはミーアの命令を受けて、謝罪するために呼ばれたのだろう。

――本当に下らないお芝居。もし本気で、そんなことを考えてるんだとしたら、ミーア姫殿下も大した人とは思えないですね……。

しかし、そこまで体裁を整えられてしまえば、アーシャとしても謝罪を受け入れないわけにはいかない。さらに、ミーアの要請にも応えなければならないかもしれない。

理由もなく、依頼を断れるほど、帝国の姫の権威は軽くはないのだ。

――それもこれも、我が国が弱いから……。貧しいから……。

暗澹（あんたん）たる気持ちで成り行きを見守っていたアーシャだったが……、そんな彼女の目の前で、予想外の事態が展開されていた。

自分たちが美味しいと褒め称えていたもの、それがあろうことか、馬鹿にしていたペルージャン産

のものだと指摘された貴族の子弟たちは……。

「ああ、なるほど、ペルージャン産のつまらない果物を使い、これだけ美味しいケーキを作るとは、さすがは我が帝国の料理人というわけですな！」

「つまり、今日の会は、いかに品質の劣る材料を使って味の良い料理を作るか、とそういうことなのですね」

予想の斜め上を行く、トンデモなことを言い出した。

「……はぇ？」

さすがに、その答えは予想外だったのか、ミーアもきょとんと瞳を瞬かせている。

一方のアーシャは、冷めた目で、貴族の子弟たちのことを眺めていた。

――ああ、なんて、つまらない人たちでしょう……。

この期に及んで、まだ自らの間違いを認めることができないなんて、謝ることができないなんて……、なんて愚かな者たちなのだろう……。そう呆れるのと同時に、アーシャは疑問を覚えた。

――でも、いったいミーア姫殿下はなにをしたかったのかしら？　あの人たちに謝らせたいなら、事前に命令しておけばいいのに……。

当然、それをすべきである。こんなことになることを予想できない者が、帝国の叡智などという大仰な名前で呼ばれるはずがないわけで……。

っと、その時だった。

「あの、アーシャ姫殿下……」

おずおずと、お茶会に参加していた少年が話しかけてきた。年の頃は、ラーニャよりも少し下だろうか。少年のそばには、同い年ぐらいの少年と少女もいた。ほかの参加者に比べて幼い印象の彼らのことは、アーシャも気にはなっていたのだ。

「なにかしら？　えーっと……」

アーシャは穏やかな笑みを浮かべつつも考える。

このお茶会が、アーシャに対する謝罪の場であるとするなら、この子たちはなにか？　と。

そんなアーシャの疑問を察したのか、少年は、セロ・ルドルフォンと名乗った。

どうやら、この地の領主の息子らしい。その隣の少年はワグル、さらにその隣の少女はセリアと名乗った。

「丁寧な自己紹介をありがとう。それで？」

「あ、はい。このパスタに使われている粉は、もしかすると……、冷月蕎麦（れいげつそば）の実ですか？」

「そうだと思いますけど……」

料理の材料をなんでこっちに聞きますかね？　と思いつつ、アーシャは頷いてみせた。

「それがなにか？」

「はい。もしも、これが冷月蕎麦の実だとしたら、すごいと思って」

「……あら、どうしてですか？」

アーシャの瞳が、すっと細くなる。じっと見つめる先で、セロは小さな声で言った。

「この蕎麦の実は、この季節には採れません。冬の間に収穫したはずです。だけど、このパスタ、採れたての新鮮な冷月蕎麦の風味がします。これはどうなっているんでしょうか？」

セロの言葉を聞いて、アーシャは驚愕した。

目の前の少年は……、ペルージャンの技術の高さを、しっかりと見抜いているのだ。

「よくわかりましたね。それは品種改良によって、少し温かい時期に実をつけるようにした冷月蕎麦です」

「えっ？　そんなものがあるのですか？　それはどうやって……」

驚きの声を上げるセロ。それから、次々に投げかけられた質問は、彼の植物への知識の深さを証明していた。

——この子は、いったい……？

そんな疑問を覚えたアーシャだったが、すぐに答えは提示された。

「僕たち、ミーアさまの学園に通わせていただく予定なんです」

——ああ、なるほど……この子たちが生徒になるのですね……。

そう思うと、少しだけだけど興味が出てきた。あの無礼な者たちへの憎しみなど、どうでもいいと思えるぐらいには……。

——そうか……。もしかして、ミーア姫殿下は、あんなつまらない連中の謝罪なんか意味がないって、それを見せたかったということでしょうか……？

アーシャはふと思った。

そもそも、それはアーシャ自身が言ったことだ。

『ミーアに謝罪してもらっても意味がない』と。

同じようにミーアの命令で、無理やり謝らせることにも、きっと意味はなくって。むしろ、愚にもつかない連中の謝罪なんか、もらったところで、なんの得にもなりはしないのだ。

そんなつまらない感情に捕われて、優秀な子どもたちに教育を施す、その機会を逸するのか？　と。

あるいは、意義深い研究を続けることを放棄するのか、と。

ミーアが、そんな風に問うてきているように、アーシャは思った。

けれど……、そうではなかった。

「それにしても、ミーアさまは、どうして、植物学を教える学校を帝国内に造ろうと考えられたのでしょう？」

疑問に感じたアーシャは、思わずつぶやいていた。

帝国では、農業やそれに関するものは低く見られがちな傾向にある。だから、わざわざ皇女の肝いりの学園に、植物学の授業を設ける必要はないのではないか？

その疑問に答えてくれたのは、ワグルという少年だった。

「ミーアさま、言ってました。飢えてさえいなければ、何事もなんとかなるものだ、って……」

より正確に言うならば「飢えてさえいなければ、何事もなんとかなるもの。革命も起こらないし、ギロチンにかけられる心配だってないのだから」という趣旨のことだったが……。当然、アーシャは知る由もない。

それから、ワグルは少しだけ恥ずかしそうな笑みを浮かべながら、ミーアとの出会いの話をした。

ワグルが貧民街で飢えて倒れているところを助けたというエピソードを。

それに次いで、セリアも口を開いた。彼女もまた、孤児院の出身で、飢えを知る少女だった。

「飢えてさえいなければ、何事もなんとかなるもの……。だから、食糧が必要……。たくさんの食糧を得るために、植物学の知識が必要。農業技術の向上が必要になってくる……そう言っておられました」

ミーアの言葉は、アーシャの胸に深々と突き刺さり、えぐった。

なぜならそれは、アーシャの原点とも言える言葉だったから。


かつて農業国と呼ばれるペルージャンも、飢饉に襲われたことがあった。

その年は雨が多く、日の恵みが足りないせいで、様々な農作物の収穫量が激減した年だった。

ペルージャンの王族は、国民たる農民と近しい間柄にあった。

それゆえに、アーシャは父である王について、各地の農村を巡り歩いた。

空腹に倒れる民を見て……、年端もいかぬ子どもが、助けを求めて伸ばす手を見て……。

こんなものは見たくないと。こんな不幸が、二度とあってはならないと思って……。

だから、こんな不幸が世界からなくなるように、と祈ったのだ。


アーシャは改めて、目の前の少年たちを見た。

一見すると、衣食が整えられた子どもたち。そんな彼らが、あの日見た、死にかけの子どもたちと重なって見えた……。

ペルージャン一国が豊かになっても意味がないのだ。

帝国を上回る力を得て、すべての国を席巻するほどに強くなったとしても、それは一国だけのことなのだ、と。

それでは、あの日の不幸な光景がなくなることは決してないのだ。

ペルージャンで見なくなるだけのことなのだ。世界のどこかでは、やっぱり同じような不幸が起きて、空腹に倒れる子どもたちがいる。

そして、それは、今、目の前にいる子どもたちであるかもしれない。

——私は、なんのためにセントノエルに行ったんだっけ？

農業国の農業技術を高めて、国を富ませるため？　ペルージャンの民の安寧(あんねい)のため？

否、そうではない。そうではなかったのだ。

あの不幸を繰り返したくないから……。誰もが空腹に倒れることがないような世界にしたかったから……。


——だから、私は、植物学を勉強しようって、思ったのでしたね……。


それは、幼き少女の小さな祈りだった。

どうか、この世界に、そんな不幸なことが起こらないようにしてください、と。

けれど、いくら祈っても、祈っても、収穫が減る時は減る。

飢えて死ぬ者はなくならなかった。

だから、祈りは聞かれないと、意味などないと、いつしか諦めていた。

だけど……。


目の前に差し伸べられた手があった。

小さくも気高き、帝国の姫殿下の手。

彼女は、ふいに気が付いた。

ずっと自分の祈る声は届いていないのだと思っていた。でも、もしかしたら、違うのかもしれない。

目の前の、この少女こそが、祈りへの答えなのかもしれない。

世界から、あのような不幸をなくす、そのための道が、今、目の前に開かれているのかもしれない。

——それなら、私は……。私は……！

ジワジワと、胸の奥から湧き上がる、不思議な感情に背中を押されて、アーシャはミーアに言った。

「ミーア姫殿下、あの、講師のお話なのですが、ぜひ引き受けたく思います」

「………ふぁえ？」

すっかり作戦が外れたと思い、ケーキのやけ食いをしていたミーアは、口いっぱいに入れていたケーキのせいで、うまく答えることができなかった。


アーシャ・タフリーフ・ペルージャン。

それは、歴史に刻まれるべき英雄の名。天才寵児セロ・ルドルフォンと共同で、冷害に強い麦を産み出し、大陸から飢餓を一掃した、偉大なる女性学者の名だ……。


かくて、先見性に優れた稀代の戦略家ミーアは見事にアーシャを口説き落とすことに成功した。

そう、準備の段階で、すでに帝国の叡智は勝利を確定させていたのだ。

戦いが始まる前から勝利を手にするという離れ業をやった〝先読みの人〟ミーアはすっかり上機嫌に、お腹一杯、ケーキやお菓子を楽しんだ。無計画に、甘いものをたくさんたくさん食べた……。

ミーアは忘れていたのだ。今が夏前の……割と大事な時期であることを……。

未来を読めなかったのだ。

まさか、一か月ほど先に、あのような屈辱的な出来事が待っているなんて……。

ミーアが自分がＦＮＹってることに気づくまで……、あと……四十日。

第二十三話　天秤王とミーアの忠臣

帝都の一角、主に貴族の子弟が乗馬練習をする練馬場「月馬庭（つきばてい）」にて。

ミーアは乗馬訓練に勤しんでいた。

「はいよー！　シルバームーン！」

ノリで、適当に馬の名前を呼び、手綱を操る。

走り出した馬の背に揺られつつ、ミーアは上機嫌に笑った。

「ああ、なんだか、わたくし、だんだんと馬に乗るのが上手くなってきたように思いますわ。どうかしら？」

馬に話しかけると、ぶふふん、っと馬が鼻を鳴らした。

『くだらないこと言う前に、もう少し軽くなれや』

と言われているように感じて、ミーアはムッとする。

……被害妄想もいいところである。

帝都ルナティアに帰還して以来、ミーアは毎日、乗馬練習を繰り返していた。

一日二時間みっちりと馬に乗り、さらにダンスの鍛練も欠かさない。

かつて、ミーアがこれほど勤勉であったことがあるだろうか……？　いや、ない！　などと思ってしまいそうなほどに、ミーアは運動の夏を満喫していた。

「ああ、やはり体を動かすのは気持ちいいですわね……あら？　あれは……」

ふと、練馬場の入口に目を向けたミーアは、小さく首を傾げた。

そこには、更衣室で待機しているはずのアンヌの姿があった。

「アンヌ、どうかしまして？」

「ミーアさま、サンクランド王国ならびにレムノ王国から使者の方がいらっしゃいました」

「ああ、例の……。やっぱりキースウッドさんでしたでしょう？」

馬から降りつつ、ミーアは言った。アンヌが差し出してきた、ふわふわのタオルで汗をぬぐいつつ、ふうっとため息を吐く。

「それが……」

アンヌは、困ったような顔で、後ろを振り向いた。

そこにいたのは……旅用のフードを被った三人の者たちだった。

――ふむ……、思っていたよりは小柄ですわね。

ちょっぴり残念そうなミーアである。

ミーアは大男と相性がいいのだ。

――まぁ、キースウッドさんはさほど大柄な方ではないと思っておりましたけど……、他の方も同じぐらいですわね。レムノ王国からは金剛歩兵団の方ではありませんでしたわね。残念……。

などと、余裕を持っていられたのは、けれど最初だけだった。

「ご無沙汰しております。ミーア姫殿下」

先頭の一人がフードを取ると、そこから現れたのは予想の通りキースウッドの顔だった。

「キースウッドさん、ご機嫌よう。この度は感謝いたしますわ。よろしくお願いいたしますわね」

それから、後ろの二人に目をやった。

「そちらの方々は、はじめまして、かしら？」

完全無欠の愛想笑いを浮かべつつ目を向けるミーア。であったが……、

「ふふ、夏休み中も乗馬練習に励んでいるとは、やっぱり君は勤勉だね、ミーア」

聞き覚えのある声に、思わずギョッとする。

「え？　え？　ど、どういうこと、ですの？　これは？」

混乱の声を上げるミーア。その目の前で、フードをとったのは……、

「アベル？　それにシオンまで？　なぜこんなところに？」

驚くミーアを見て、二人の王子は悪戯っぽい笑みを浮かべた。

「実はボクがシオンに相談したんだ。ミーアが少し心配だったから、なんとかしたいってね」

「え……？　えっと、それは、つまり……え？」

「つまり、ボクらも護衛としてミーアに同行させてもらおうと思ったんだ。いや、こんな風に国を抜け出す方法があるとは思ってもみなかったよ」

「だけど……、大丈夫なんですの？　そんなことして……」

少しだけ心配そうな顔をするミーアであったが、そんな彼女に、シオンは小さく肩をすくめた。

「もちろんお忍びだが、まぁ、問題はないだろう。君やグリーンムーン公爵令嬢といっしょに、船遊びに行くだけだからな」

悪びれる様子もなく、そう言うシオンの後ろでキースウッドが遠い目をしていた。

「シオン殿下はいろいろやんちゃをやってますからね。お忍びで外国に来るぐらいならば、まぁ……よくあることと言いますか……」

まるで、自分に言い聞かせるように、ぶつぶつ言っている。

――ああ、この方もいろいろと苦労しておりますのね……。おかわいそうに……。まぁ、主がシオンじゃ仕方ありませんわね……。

かつての弁当作りのことなど完全に忘れて、ミーアはキースウッドに同情する。

ミーアは、他人のことはよく見えるのだ。

「失礼いたします。ミーアさま……、お話の最中に申し訳ありません」

その時だった。

ルードヴィッヒが急ぎ足でやってきた。

「ミーアさま、本日のご予定なのですが……」

「やあ、久しぶりだね、ルードヴィッヒ殿。レムノ王国で会って以来だ」

声をかけられたルードヴィッヒは一瞬虚を衝かれたように瞳を瞬かせていたが……、

「なっ！　し、シオン殿下……？　なぜ、我が帝国に？」

驚愕に固まるルードヴィッヒに、傍らに控えていたキースウッドが説明する。

「ああ、そうでしたか……。ミーアさまのために……」

「まぁ、今回は半ば遊びのようなものだと思っているが、これからは、ともに戦うこともあるかもしれないから、改めてよろしくお願いする」

快活に言うシオンに、ルードヴィッヒは深々と頭を下げる。

「いえ、こちらこそ、よろしくお願いいたします。名高きお二方の王子殿下が味方にいるというのは、実に心強い」

そんなルードヴィッヒを見て、シオンは不思議そうに首を傾げた。

「ああ、なんだか……。ふふ、君にそう言われるのは、少しだけ感慨深いな。なぜだろうな。レムノ王国で少し顔を合わせただけだと思ったが……、君に認めてもらうのが、なんだか嬉しく感じる」

「それは私としても光栄なことです。どうかこれからもミーア姫殿下のこと、そしてこの帝国のことを、よろしくお願いいたします」

ルードヴィッヒは、シオンとアベルの目を見つめて、再び頭を下げるのだった。

ここに帝国の叡智の忠臣、ルードヴィッヒ・ヒューイットと後の天秤王シオン・ソール・サンクランドとの間に縁が結ばれることになるのだった。

前の時間軸において、ついには交わることのなかった二人が、今、帝国の叡智ミーアのもと、固く結び合わされたのだ！


……ちなみに、その、絆を結び合わせた張本人、ミーアはなにをしていたかというと……。

「あら……？　ですけど、護衛として同伴ということは、一緒に船遊びをするということですわね？　ということは、あの水着姿も…………あら？」

ミーアは、無意識に自らのお腹に触ってみた……。

……心なしか……、ちょっとだけ！　ふにょふにょしてる気がする！

ミーアの乗馬練習とダンスレッスンに一層の熱が入ったことは、言うまでもないことであった。

第二十四話　ミーア姫、考察する

白月宮殿、白夜の食堂にて。ミーアは少し遅めの昼食をとっていた。

ちなみに、シオンやアベルの姿は、そこにはない。

本来であれば他国の王族が自分を訪ねてきた以上、もてなすのが礼儀ではあるのだが、お忍びで来ている彼らを、あまり大っぴらにはできない。

「せっかくだから、帝都見学をさせてもらうよ」

そう言って去っていった三人が、実は新月地区に赴き、ミーアの建てた病院やら教会の様子を見学に行ったことなど、まったくもって知らないミーアであった。

さてそんなわけで、ミーアは優雅に昼食を楽しみつつ、ルードヴィッヒからの報告を受けていた。

それは、夏休みの旅程についてのことだった。

ティアムーン帝国は海に接してはいない。だから船遊びをする場合、近隣の友好国まで行かなければならない。

これから向かう先の国名を聞いた時、ミーアは小さく首を傾げた。

「はて、この国の名前、どこかで……」

グリーンムーン公爵家の保有する帆船「エメラルドスター号」が停泊しているのは、ガヌドス港湾国という小国だった。

ティアムーン帝国西部と国境線を接するこの小国は、古くから帝国に恭順を誓う友好国だった。国力、軍事力ともに帝国とは比べるべくもない弱小国、ガレリア海という内海に接している以外には、なんの特徴もない国。

門閥貴族の中には、帝国の庇護を受ける属国扱いする者も多かったが……、帝国の崩壊を目の当たりにしたミーアは知っている。

この国からの豊かな海産物が、ペルージャン農業国の収穫物とともに、帝国の食糧供給に大きな影響を及ぼすのだということを。

――ルードヴィッヒと一緒に頭を下げに行きましたわね……。

思い出されるのは苦い記憶。

きわめて重要で、けれど従順なはずだったこの国との交渉は頓挫することになるのだ。

「それもこれもグリーンムーン公爵家がとっとと逃げてしまったからですわ」

ミーアは恨めしげにうなった。

古くから、グリーンムーン公爵家は外国、海外に目を向けていた。そこから得られる富の巨大さに目をつけた公爵家は、海に接した外国と積極的に交流を図り、影響力を行使してきた。

そして、このガヌドス港湾国も、その一つなのであった。

――あの時の苦労をもう一度ということになるのは避けたいところですわね。革命が起こらなければ、グリーンムーン公爵家が国外に逃げることはないのでしょうけれど……。

万が一の可能性もある。

来年には、あの恐ろしい大飢饉が帝国に襲いくるのだ。

——グリーンムーン公爵家以外にも、顔つなぎをしておくのは必要なことですわね……。食糧が不足してからだと足元を見られるでしょうけど、今ならば皇女の名を使えばチョロイはず……。

安全策を幾重にも張り巡らせるのが小心者の真骨頂。

フォークロード商会から得られる穀物とペルージャンとの友好関係、新型小麦の開発と積極的な食糧備蓄。

それに加えて、ガレリア海の海産物の供給を確実なものにできるのであれば、まさに万全の態勢といえる。

加えて、自身が遊んでいる間にやっておいてもらえるのであれば、これほど素晴らしいことはない。

ミーアはルードヴィッヒの方に視線を向けた。

「ルードヴィッヒ、今度の船遊びですけれど、あなた、ガヌドスまで同行なさい」

「はっ。かしこまりました。ガヌドスとの交渉の口を設けると、そういうことでしょうか？」

「ええ、そのとおりですわ」

それから、ミーアはふと首を傾げる。

パンに甘いジャムをたっぷりつけて、一口。

——それにしても、ガヌドスは帝国が持ち直した時にはどうするつもりだったのかしら……？

ティアムーンが革命によって滅びたからよかったものの、飢饉を乗り切り、国を立て直した場合……。食糧の輸入を渋ったガヌドスに制裁が加えられないはずがないというのに。
――まさか、帝国に対する捨て身の攻撃だったということはないでしょうけれど……。少し気になりますわね。あるいは案外、グリーンムーン家が蛇の関係者という、みなさんの危惧が当たっている可能性もあるのかしら……？

エメラルダ自身は関係ないにしても、グリーンムーン家の者が関係していないとまでは言い切れないかもしれない。
――エメラルダさんもろともに海に沈められる……とはさすがに思いませんけれど……どれほど小さくても可能性の芽はつぶしておく必要がございますわね。

もぐもぐ……、甘くて柔らかいパンを飲み込んでから、ミーアは紅茶に口をつける。

その香りをゆっくりと楽しんでから、改めてルードヴィッヒの方を見た。

「付け加えますわ。わたくしたちが船で遊びに出た後、ディオンさんも呼んで合流。ガヌドスでは行動をともにするようにしてくださいまし」

「ディオン殿ですか？　それほどの事態が起こると？」

「あくまでも念のため、ですわ。皇女専属近衛隊やバノスさんのことを信用しないわけではございませんけれど……、荒事になった時にディオンさんほど頼りになる方もなかなかいないでしょう？」

一緒に船遊びなど、もっての外ではあるのだが……、何かあった時のためにはそばにいてもらったほうが良い。

ディオンのことが苦手ではあっても、信頼はしているミーアなのであった。

――帝国から船の上に呼び寄せるよりは、ガヌドスにいていただいたほうがはるかに来やすいでしようし……。

自らの身の安全には抜け目のないミーアである。

「あちらでの行動はあなたたちに一任いたしますわ」

最後にそう言って、ミーアは昼食を終えるのであった。

第二十五話　エメラルダの作戦

エメラルダ・エトワ・グリーンムーンは、ミーアたちに先駆けてガヌドス港湾国にやってきていた。

国の重鎮(じゅうちん)たちの挨拶を面倒くさげに聞き流しつつも、優雅な毎日を過ごしていた。

そもそもが国力でいえば帝国の足元にも及ばず、財力に至っては四大公爵家にも劣る弱小国である。

それでも、唯一見るべき点があるとするならば、それは船舶建造の技術だった。

グリーンムーン家が保有する帆船、エメラルドスター号は、この国で建造された船だった。毎年、夏にエメラルダが使う以外、ずっと港に停泊したままのこの船は、極めて美しく、優美な姿を誇っていた。

鮮やかな緑に染め上げられた船体、二本の立派なマストと船首に取りつけられた芸術的な船首像(フィギュアヘッド)、その完成されたシルエットは、さすがのエメラルダといえども文句のつけようもないものだった。

そのエメラルドスター号の船長室で、エメラルダは上機嫌に鼻歌を歌っていた。

「ほほほ、まんまとはまってくださいましたわね、ミーアさま」

自身の企みが上手くはまったのが嬉しくてたまらないエメラルダである。

ゆらゆらと揺れる船体さえ、なんだか楽しくって、笑いが止まらない。

そんな彼女のもとに、一人の少女がやってきた。それは、幼き日より、ずっと身の回りの面倒を見てくれている、エメラルダより二歳年上の少女で……。

「失礼いたします。エメラルダさま」

「あら、何か御用かしら……。えーっと……」

「ニーナです。エメラルダさま」

表情を変えることなく、ニーナは自らの名前を告げる。

「ああ、そう。ごめんなさいね、いちいち使用人の名前は覚えないようにしておりますのよ」

それを当然のこととして、エメラルダは思っている。

あたかも、味さえ良ければ紅茶の産地など興味を持たぬかのように。

自分は選ばれた者で、最良のものを与えられるのも当然で……。

だから、それは使用人も同じこと……。身の回りの世話を完璧にするならば、誰であれ関係ない。

高貴な者はかくあるべしと、エメラルダは教え込まれているのだ。

「はい。存じ上げております。エメラルダさま」

「それで、なにかあったの？」

「はい、ミーア姫殿下が港に到着されたのですが……」

ニーナは、困惑した様子で続ける。

「少し、気になることが……。姫殿下がお連れの護衛のことなのですが……」

「護衛……？」

「はい。皇女専属の近衛兵団を帯同されておられるのですが……」

「あら、それは当たり前のことではなくって？　皇女殿下なのですから、驚く必要はどこにもございませんでしょう。高貴な血筋なのですから、そのぐらいの意識でいてくださりませんと……」

なんでもない、といった様子で首を振るエメラルダ。だったが……、

「船遊びにも、五人ほど帯同されたいとのことですが……」

「あら、そんなに？」

これにはさすがに、眉をひそめる。

「一人、二人であればわかりますけれど、五人は少し多い気がいたしますわね。当家でもきちんと護衛の準備はしておりますのに」

そもそも、グリーンムーン公爵家は皇帝の臣下である。

敵対的な外国の船に乗るならばいざ知らず、乗組員全員が味方といってもよい状況のはずなのだが……。

「ははぁん、さては、海賊なり海の魔物なり、恐ろしいものが出てくると思っておりますのね。ほほほ、案外、ミーアさまもお気が小さい」

まさか、自分が疑われているなどとは、まったく思わないエメラルダである。

「まぁ、そのぐらいなんでもございませんけれど……。ああ、でも、ちょっぴりお気の毒かしら？　無様なところを自分の近しい護衛に見られるなんて……ほほほ」

エメラルダは、意地の悪い笑みを浮かべて言った。

「楽しみですわ。とっても……」

こうして、ミーアはエメラルダの恐るべき企みの中に足を踏み入れることになるのだった。

ちなみに、エメラルダの恐るべき企みは二段構えになっていた。

まず、泳げないミーアの姿を見て、笑ってやること！

別に溺れさせようなどと、危ないことは思っていない。多分、水に顔をつけることもできないんだろうなぁ、などと思い、その無様を笑ってやろうというのだ……。

そして、そんなミーアに、お姉さんぶって泳ぎのレッスンをしてあげるのが企みの第二段階である！

先日、してやられた復讐（ふくしゅう）をしつつ、一緒に楽しく遊べるという素晴らしい作戦だったのだ。

基本的にはミーアの親友のつもりであるエメラルダなのだった。

ちなみに、いかにミーアといえども水に顔をつけることぐらいはできる。そう、お風呂好きなミーアが、浴槽に頭から潜ってみるという誘惑に勝てるはずもないのだ！

まぁ、そんなことはどうでもよくって……。

「おほほ、楽しみ楽しみ。とっても楽しみですわ」

歌うように笑って、エメラルダは船長室を後にした。


……さらに、ちなみになのだが……、エメラルダは、きちんと抜かりなくミーアの分の水着も用意してあった。

専門の仕立屋に作らせた最新式のデザインのもので、なんとお腹が露出しているいかがわしいやつだ！

そして、エメラルダとお揃いでもある……。

……ミーアは、ものすごーく嫌がるだろうが別に嫌がらせではない。

あくまでも、親友としての好意なのであった。

第二十六話　雌雄の決する時！

「あれが、エメラルドスター号……ですのね」

港に停泊しているひときわ美しい帆船、エメラルドスター号。

様々な技術を駆使して洗練された造形、無数の島々が浮かぶガレリア海の特性を考慮した、小回りの利くコンパクトさを実現した素晴らしい船を見て……、ミーアは、

「なんだか予想していたよりもチャチですわね……」

小さく感想をこぼした。

ちなみに、ミーアが知る船というのはセントノエル学園が誇る巨大船……のみである。

ミーアにとって船とは馬車を何台も載せて移動する、恐ろしく巨大なものなのだ。

堂々としていて、息を呑むほどに大きくて立派なものだ。

それに比べれば、エメラルドスター号は、せいぜい馬車の二、三倍といった大きさである。

「エメラルダさんが自慢げに話しておられましたから、てっきり、ものすごーく大きいものだと思っておりましたのに拍子抜けですわ」

……ミーアは基本的に、なんでも大きいものが好きなのだ。

スケール感が大事なのだ。大きさこそ迫力、大きさこそ感動なのだ。

それからすると目の前の船は、なんだかオモチャみたいで、若干ガッカリ感があるのである。

用途的にいえば、エメラルドスター号は遊ぶための船である。

大量に荷を運ぶ商船ではないので、それほど大きくなくてもよいし、軍艦ではないので、大砲を積む必要もない。むしろ、必要な機能を維持した上で可能な限り小型化した、きわめて先鋭的な船なのだが……。

そんなこと、知ったこっちゃないミーアなのである。


腕組みして、偉そうに船を見上げるミーア。

その彼女を守るように護衛の兵団が立ち並び、ミーアの後ろには、すぐにでも前に出られるようにアベルが控えていた。

それを遠巻きに眺めながら、シオンはルードヴィッヒに声をかける。

「ところで、ルードヴィッヒ殿、ミーアはなにを考えて今回の船遊びに来たのだろうか？」

「さて……、なにを考えて、とは？」

「いや、別にただ遊びに来たということなら、それでも構わないんだ。彼女とて人間だからな。ただ……」

シオンは、少しだけ瞳を細めて続ける。

「混沌の蛇という、正体不明の危険な組織が暗躍しているこの状況だ。はたしてそんな時に、彼女がただ遊ぶためだけに出かけたりするだろうか？」

そんな問いかけを受けて、ルードヴィッヒは静かに頷く。

「さすがはシオン殿下。ご慧眼ですね……。実はミーアさまは、近いうちに大きな飢饉が大陸を襲うと、そのように予想しておられるのです」

「飢饉……？」

「はい。それも大陸全土を襲う、極めて深刻なものです」

それから、ルードヴィッヒは、そのための備えとして、ミーアがしてきたことを一つ一つ丁寧に説明した。

「それは、初耳だな……」

「話されなかったのは、恐らく、確実性のない話だからでしょう。私とて、そのことには半信半疑だったのです。未来を見通すようなことが人間にできようはずがない。だから、それは、帝国の食糧供給体制の不備を指摘するための比喩であると、そう思っていたのですが……」

そこで、ルードヴィッヒは言葉を切った。

「今年の夏は、とても涼しい。こういう年の収穫物は減る傾向にあります」

それから、ルードヴィッヒは、キラキラと日の光を反射する海に目をやる。

「それゆえに、このガヌドス港湾国からの海産物の輸入は、きわめて重要なものになる。けれど、この国との交渉を一手に握っているのは、グリーンムーン公爵家です。その状況を姫殿下は危険視されている、そういうことなのだと私は理解しています」

そんなルードヴィッヒの話を聞いたシオンは、思わず驚愕した。

「俺は、まだ彼女のことを見誤っていたようだ。そこまで民草のことを考えて動いていたとは」

評価はしているつもりだった。けれど、それでも足りなかった。

「飢饉が起きた時の備蓄まではわかる。貧困地区への働きかけも見事としか言いようがなかった。が、クロエ嬢の実家を使った海外からの輸送網の確立、学園都市計画による啓蒙(けいもう)活動……。そこまでのことをしているとは思いもしなかった」

それからシオンは、ふと何か思いついたように瞳を瞬かせた。

「では、ルードヴィッヒ殿は、ミーアが海に出ている間に、この国の政府と交渉をされるつもりなのか?」

「できる限りのことはするつもりですが……。いずれにせよ、グリーンムーン公爵家の協力を取りつけないことには交渉は容易ではないでしょう。そして、それがわからない姫殿下ではない……。ゆえにこそ、ミーアさまは、エメラルダさまの誘いに乗ったのでしょう」

それから、ルードヴィッヒはミーアの背中に目を向けた。

「ミーア姫殿下が星持ち公爵令嬢(エトワーリン)エメラルダと雌雄を決されるのをお待ちしつつ、私は私にできることをするつもりです」

「ご機嫌よう、ミーアさま」

「ああ、エメラルダさん、ご機嫌よう」

船から降りてきたエメラルダに、ミーアはドレスの裾を持ち上げて、ニッコリと笑みを浮かべる。

非の打ちどころのない、完璧な愛想笑いである。

「この度は楽しい旅行のお誘い、感謝いたしますわ」

「なにを言っておりますの、ミーアさま。私たち親友でしょう?」

対して、エメラルダは嬉しそうに、ニッコニコな笑みを浮かべる。ちなみに、こちらに裏表はない。

割と本気で、ミーアと遊ぶ気満々なエメラルダなのであった。

「ところで、ミーアさまは護衛をたくさん連れていらしたとか……」

「ええ、そうですわ。五名の同行を許可いただきたいのですけれど……」

「うーん、許可したいのはやまやまですけれど、わたくしの船に乗る男性は、みな容姿端麗(たんれい)でなければなりませんのよ？」

そう言ってエメラルダは両腕を広げた。すると、その後ろにずらりと彼女の護衛たちが並んだ。みな見目麗しい青年たちである。

「いかがかしら？　私の船に相応しい華麗なる護衛たちの姿は……」

エメラルダは、それから、くすり、とミーアを小馬鹿にするような笑みを浮かべた。

「確かミーアさまの皇女専属近衛隊(プリンセスガード)は、荒くれ者の方たちも多いとか？　近衛としての風格といいますか、そういうものをもっと気にされたほうが良いのではないかしら？」

そんな彼女の態度に、近衛たちが一斉に剣呑(けんのん)な顔をした。背後から沸き立つ圧のような感覚に、ミーアは察した。

——ああ、これは……、戦わざるを得ない場面ですわね。

ここで黙っていては、近衛たちの士気に関わるだろう。

いったい誰が、自身の名誉を守ってもくれない主君のために命を張ろうとするだろうか？

ミーアにとって近衛兵は、前の時間軸以来の数少ない味方である。編入されたディオンの元部下たちも前の時間軸ではすでにいなかったため、ミーア的に含むところはなく。むしろ無駄な戦いから、ミーアの手で救われた彼らの士気は、なかなかのものである。

それをわざわざ下げる必要もない。降りかかる火の粉は払わなければならない。

ミーアは毅然(きぜん)とした顔で、口を開いた。

「あら？　わたくし、別に彼らが近衛に相応しからぬ者だなどとは思っておりませんのよ？　わたくしの身を守る護衛は強者揃いですし、頼りになる方々ですわ」

まず、近衛隊の面々に対するヨイショを見せる。その上で、

「それに、近衛隊から同行していただくのは二人だけですわ。あとは、わたくしの友人の方たちですの」

マウントを取りに行く！

「は？　友人？　それは……？　なっ⁉」

きょとんと、目をまん丸くしたエメラルダだったが……、直後、ミーアの後ろに立つ三人の姿を見て、驚愕の悲鳴を上げる。

「この方たちならば、エメラルダさんのお眼鏡にもかなうのではなくって？」

「なっ、なっ、なぜ、シオン王子が？　それに、そちらにいるのは、レムノ王国の王子殿下ではございませんのっ⁉」

ミーアが連れてきた二人のイケメン王子に、エメラルダが悲鳴を上げた。

ミーアが評したように、エメラルダはイケメン好きである。ゆえに、きちんとセントノエルの男子生徒の情報を仕入れている。

年下だけど、シオン殿下は、アリ……ですわね！　あの従者のキースウッドさんもなかなかですし、これは、狙い目ではないかしら⁉　などと思っていたのだ。

……ミーアと似た者同士なエメラルダなのである。

ともあれ、そんな彼女にとってシオンとアベル、さらにはキースウッドの揃い踏みは刺激が強すぎた。

ふらふらーっと、倒れそうになるエメラルダ。それを慌てた様子で支えるイケメン護衛たち。

それを見たミーアは、ちょっぴり優越感に浸っていた。

――ふふん、雌雄は決しましたわね！

ドヤァ！　っと調子に乗った笑みを浮かべつつ、ミーアは言った。

「実は、アベルとシオンは、わたくしのことを心配して護衛を買って出てくださいましたのよ。船遊びにご一緒することを許していただけるかしら？」

第二十七話　ミーア姫、充実する（なにかのフラグ……）

ミーアたちを乗せたエメラルドスター号は出港した。

いっぱいに張った帆が、程よく吹いた風をつかまえて、船はどんどん加速していく。

天気は晴天。雲一つない青空からは、さんさんと日の光が降り注ぐ。

今年の夏は涼しい日が続いているが、そうは言っても日差しはそれなりには強い。

そんな強烈な日差しを受けて、ミーアの髪がキラキラ煌（きら）めいていた。

甲板を吹き抜ける潮風、その少し強めの風に、白金色の髪を躍らせながら、ミーアは船首に立っていた。

両腕を大きく広げて、体いっぱいに風を受けて、朗らかに微笑んだ。

「うふふ、素晴らしいですわ。わたくし、まるで飛んでいるようですわ！」

乗る前まで感じていたエメラルドスター号への不満は、記憶の彼方に、ぽーんっ！　っと放り投げてしまっている。ミーアの記憶の彼方はとても近い位置にあるのだ。

そんなわけで、ミーアは実に上機嫌だった。

ここ最近、ずっと運動と痩せることに明け暮れていたミーアは、若干のストレスがたまっていたのだ。久しぶりの解放感に身をゆだねてしまうのは、仕方のない話だろう。

それでも、いささか調子に乗りすぎではあったが……。

ひときわ高い波が、船の横からたたきつけてきた。

ばっしゃん、としぶきが飛び散り、船が、まるで丘か何かに乗り上げたようにぽーんと上がったかと思うと、次の瞬間には、落ちた。

「……はぇ？」

当然、そんな急激な動きについていくことなどできるはずもなく、身を乗り出していたミーアの体は簡単に投げ出され……そうになったが！

「危ないっ！」

声とともに、ミーアを抱きとめる者がいた。

「あ、ああ、助かりましたわ。えーっと、うひゃあっ！」

振り返り、思わず悲鳴を上げるミーア。そう、背後から優しくミーアを抱きしめた人物、それはっ！

「あっ、あ、あ、アベル!?」

すぐそば、アベルの顔を見た瞬間っ！　ふんっ！　と気合を入れて、ミーアはお腹を引っ込めた！

ミーアの乙女心の塊が、素早い反射行動の姿をとったのだ。

それに気付いた様子もなく、アベルは、ほぅっと一息吐いて。

「ミーア、君は意外と子どもっぽいところがあるのだな……」

思わずといった様子でつぶやいた。

「なっ、あ、アベル、見ておりましたの？」

先ほどの自身の行動を思い出し……、ミーアは頬を赤く染める。

「も、もう、意地悪ですわ！　見ていたなら、声をかけてくださっても……」

「いや、見ていたというか。見とれていたというか……」

頬をかきつつ、アベルはそっと目を逸らした。

「君がその、あまりに綺麗だったから……」

「——っ⁉」

ミーアは、アベルの言葉を聞いて……照れた。体がカッと熱くなり、心臓の音が先ほどの高波以上の高まりを見せる。

——なっ、なな、なんてこと言いますの？　やっぱり、アベル、ちょっと天然ですわっ！　そんな恥ずかしいことを平然とっ！

大いに心の中で悶絶して後、自分を落ち着けるために、ほふぅっと小さく息を吐く。

それから、

——わたくしはお姉さん。アベルはすごく年下、年下、年下年下……。

などと心の中で唱えて後、

「あら？　レムノ王国の王子さまは、キザなことをおっしゃいますのね？」

大人のお姉さんの余裕たっぷりの口調で言った。

……普段どおりの口調で返せず、ちょっぴりふざけた口調でしか返せなかったミーアを責めてはいけない。今の彼女は大人の余裕たっぷりなのではなく、そう装わなければ、まともにアベルに向き合えない精神状態なのだ！

そんなミーアに、アベルはおどけた口調で返した。

「おや、帝国の叡智たるお方がご存じないのかな？　ボクはこう見えても、結構キザな性格なんだ」

そう言って、アベルはミーアの腰に手をかけて、

「失礼。お嬢さん」

「はぇ？　ひゃあああああっ！」

ひょいっとミーアの体を持ち上げた。

先ほど立っていたところよりもさらに前、舳先（へさき）の一段高くなったところに、ミーアを立たせる。

「なっ、なな、なに、なにをっ⁉」

「ほら、ミーア、前を見てみたらどうだい？」

アベルに誘われるように視線を前に向けたミーアは小さく歓声を上げた。

「ふわぁ……先ほどより、さらに良い眺めですわ……」

青一色だった空には、もくもくと白い雲が浮かんでいた。真っ白な雲から零れ落ちる日差しが複雑な模様を作り出し、絵画のような、なんとも幻想的な光景を生み出していた。

先ほどよりも少しばかり高くなった波。白く弾ける飛沫（しぶき）が日の光を反射して、きらきら宝石のように輝いた。

「どうだい？　先ほどより、飛んでいる気分が味わえたかな？」

「ええ。堪能いたしましたわ」

ニコニコ笑みを浮かべるミーアであったが、ふいに、何かに気づいたようにうつむいた。

「ん？　どうかしたかな？」

「あの、先ほどわたくしを持ち上げた時、その……重かったのではなくって？」

もじもじするミーアに、アベルは思わずといった様子で笑みを見せる。

「君が？　重い？　ははは、それはなにかの冗談かい？」

「え？　え？　でも……」

「ボクがこうして君をつかまえているのは、君が飛んで行ってしまわないようにだよ。君は、羽毛のように軽いから」

「まっ……まぁっ！」

その、あまりにも甘い言葉に、ミーアは頬を真っ赤に染めた。

「あ、アベル、そんな歯の浮くようなお世辞を……あなたやっぱりキザですわ……」

「ふふふ、それならば、君の叡智にしっかり刻み込んでおいてくれ」

そんなアベルとのやり取りを経て、ミーアは思った。

——わたくし今、すごく……充実しておりますわ！

未だかつてないほど充実を見せる自らの人生に、ミーアは幸せをじんわり噛みしめる。

そんなミーアに応えるように、遠くの方……、白い雲が徐々に黒さを帯び始めていたのだが……。

ミーアが気付くことはなかった。

第二十八話　その高慢の流れ着く場所

船首にて、ものすごく楽しそうにキャッキャするミーアを見て、エメラルダは満足げな笑みを浮かべた。

「ふふふ、ミーアさま、お楽しみいただいているようでなによりですわ。高貴なる血を持つ者にとっては、生涯の伴侶探しは義務ですものね……。てっきり、シオン殿下のほうが好みなのかと思っておりましたけど、レムノ王国の王子殿下……確かアベル王子でしたかしら？　あちらのほうがお好みなんですのね。ふむ、どちらにしても面食いですわ。うふふ」

そんな風に満足げにつぶやいていた……のだが……。

「でも、私のことを放っておくのは、少しだけ気に入りませんわね。後でしっかりいじめて差し上げないと……。お顔に水をかけて差し上げますわ！」

気合いの入るエメラルダである。

と、その時だった。

「失礼いたします、エメラルダさま」

彼女のそばに、音もなくメイドのニーナがやってきた。

「あら、ニ……ではなく、メイド、なにか御用かしら？」

「はい、実は船長が、今日、明日中に嵐が来るので、島に停泊するのは控えるべきだ、と申しておりまして……」

「まぁ、嵐が？」

エメラルダは、怪訝（けげん）な顔で空を見上げた。

「こんなに晴れているではございませんの。船長の気のせいではないのかしら？」

「ですが……」

「それに、この私が船遊びに来ておりますのに？　そのように良くないことがおこると、あなた本当に思っておりますの？」

チラリ、とニーナをにらむエメラルダ。それを受けて、ニーナはそっと頭を下げた。

「申し訳ございません。過ぎたことを申しましたことを、ご容赦ください」

「わかればいいのですわ。それでは、船長には予定どおりにするようにと伝えてちょうだい」

そう指示を出すと、エメラルダは楽しげな歩調で、船首に向かっていった。

その背を見つめて、深々とため息を吐くニーナに気付くこともなく。


「ミーアさま、楽しんでいただけておりますかしら？」

アベルとイチャイチャしていたミーアは、その声にハッとした。

いつの間に来たのか、エメラルダがそばに立ち、ニコニコ機嫌の良さそうな笑みを浮かべていたのだ。

アベルに支えてもらって、船首に立って大はしゃぎ！　などという……、後から思い出すと悶絶（もんぜつ）ものの所業を行っていたミーアは、若干の気恥ずかしさを覚えつつ、エメラルダに笑みを見せた。

「ええ、まぁまぁですわ。この船、少しチャチかなと思いましたけれど、こうして乗ってみるとなかなかに快適ですわ」

「おほほ、ミーアさまにそのように評していただけるなんて、光栄なことですわ。父にもそのようにお伝えしておきますわね……」

「ところで、エメラルダさん。船遊びというのは、こうして船に乗って移動するだけなんですの？」

ふと、なにかを思い出したような顔をして、ミーアが言った。

「ん？　どういうことですの？」

「いえ、てっきり泳いだりするものだと思っていたのですけど……」

というか……、泳ぎ方を教えてもらえなければ来たかいがないというものである！

——いえ、まぁ、それならそれで……、いろいろと堪能できそうですけれど……。

先ほど生まれたラブラブ空間を思い出し、ミーアは、ほうっと切なげなため息を吐く。

——あれはあれで良きものでしたわね。むしろ、泳ぎの練習とかなくっても問題ないかも……。

などと、なんともふぬけたことを考えるミーアに、エメラルダは、心得たとばかりに頷いて見せた。

「もちろん、泳ぐ時間もございますわ。今向かっているのは島なんですの。そこの浜辺で泳ぎますのよ」

「へぇ、島ですか。島というとセントノエル島ぐらいしか想像できませんけど、どのような場所なのですか？」

横で聞いていたアベルが口を開いた。

エメラルダは会話に入ってきたアベルを見て、頭のてっぺんからつま先までを視線でねめつけてから、大きく一度頷いた。

「あいにくとセントノエル島ほどの広さはございませんわ。アベル王子殿下。ただ、泳ぐにはちょうど良い入り江がございますの。白い砂浜、星の砂粒、青く澄み渡る海水、まさにパラダイスのような場所ですわよ」

ニコニコと笑顔で応対する。どうやらアベルの顔は、エメラルダ的に合格だったらしい。

「それにしましても、ミーアさまには、とっても良いお友達がいらっしゃいますのね。うらやましいですわ」

「ふふ、まぁ、そうですわね」

自慢のアベルのことを褒められて、ミーアはちょっぴりご満悦である。

「お話し中のところを失礼いたします、ミーアさま」

「ああ、アンヌ。どうしましたの？」

「はい。ラフィーナさまから、お預かりしている水着の準備を……」

「あら、ミーアさん、きちんとメイドの名前なんか覚えてますのね？」

ちょっぴり小馬鹿にした様子で、エメラルダが笑った。

「ええ、彼女はただのメイドではなく、わたくしの大切な忠臣なので、当然覚えておりますわ」

「み、ミーアさま……」

その言葉を受けて、一瞬、感動に声を震わせるアンヌだったが、すぐに、エメラルダに顔を向けた。

「ご挨拶が遅れてしまい申し訳ございません。私はミーアさまのお世話をさせていただいております、アンヌ・リトシュタインと申します」

「まぁ！　別に聞いてませんけど？　それにしても、ミーアさまからそのような分不相応な評価を受けている割に、なんか貴女、どんくさそうですわねぇ。おほほ」

エメラルダは冷たい声で言った。

「一応、言っておきますわね、ミーアさまのメイド。私は、いちいち下々の者の名前は覚えないようにしておりますの。だから、あなたのことも名前で呼ぶことはないと思うけれど、悪く思わないでちょうだいね」

大貴族の令嬢に相応しい高慢な笑みを浮かべて、エメラルダは続ける。

「それにしてもミーアさまは、いちいちご自分の従者の名前まで覚えるなんて、変わってますわね。高貴な血筋はもっと堂々と、細かなことを気にしないようにしていないと、体がもちませんわよ。おほほ」

そんなエメラルダを、ミーアは複雑な表情で見守っていた。

ミーアはすでに知っている。

その高慢さがどこに繋がっているのかを……。

——忠告しても聞いていただけないでしょうね……。なにかあって気付いていただければいいのですけど……。

大貴族のやらかしは、皇帝一族の連帯責任にされる可能性が高いので、ミーア的にはできるだけエメラルダにはきちんとしてもらいたいところである。

それに、エメラルダが処刑でもされたら、それはそれで後味が悪そうだし……。

第二十九話　転覆！　～ミーア姫、魔性の妙技を披露する～

ミーアたち一行は順調に海を進んでいった。

エメラルドスター号は、とても足の速い船だった。

波を切り裂く刃のように尖った船首、海上を吹く風を極めて効率的に推進力へと変えるマスト。

しかも、船底に施されたいくつかの細工によって、揺れもかなり軽減されている。

結果、ミーアは極めて快適な船旅を満喫していた。

「あ、ほら、見えてきましたわよ。あれが私が毎年夏を過ごす無人島ですの！」

甲板に敷いた敷物の上で、ダラダラ昼寝をしていたミーアは、エメラルダの声で目を覚ました。

「……あら、着きましたのね……」

こしこしと目元をこすって起き上がる。と、ボヤけた視界の中に、その島が映り込んできた。

大きさは、セントノエル島よりも、だいぶ小さいだろうか。

それでも、住民がいても不思議ではない規模の島だった。山のように中央部がせり上がっていて、島全体を濃い緑が覆っている。

白い砂浜も見えはするが、その途中には、まるで船の侵入を拒むかのように、海面からそそり立つ岩がいくつも見えた。

そのだいぶ前で、エメラルドスター号は錨（いかり）を下ろした。

島までの距離はおよそ三百ｍ（ムーンテール）といったところだろうか。

当然、泳いで行ける距離ではないので、小舟を出していくことになるのだが……。

「結構、離れておりますのね……」

ミーアは少し心配そうに、小舟につかまる。

エメラルドスター号に搭載されている小舟は三艘あった。

最初のものにエメラルダとミーア、ニーナとアンヌ、さらに漕ぎ手とエメラルダの護衛が一名同乗する。

二艘目にシオンとアベル、キースウッド、さらにミーアの護衛と漕ぎ手が、三艘目は少し大きくて、そこには島で滞在中に使う荷物が載せられている。

こうして、島への上陸が開始されたわけだが……エメラルダはここで仕掛ける！

そう！　作戦の一つ目。泳げないミーアに無様な姿を晒させるために！

「ほら、ミーアさま、あれをご覧になって！」

ふいに、エメラルダが身を乗り出して島を指さす。

「はて？　なんですの？」

きょとーんと首を傾げ、エメラルダに身を寄せるミーア。

「ほらほら、あれですわ、あれ……」

近づいてきたミーアを見て、エメラルダは意地の悪い笑みを浮かべる。

――おほほ、小さい舟ってバランスをとるのが難しいんですのよね。だから……。

直後、ぐらりと舟がバランスを崩した。

「……はぇ？」

間の抜けた声を上げながら、ミーアはどっぼーんと海の中に投げ出された！

「ひっ、ひぃいいっ！　お、おぼれますわ。お、おぼれ……がぼぼっ……」

「ミーアさまっ！」

アンヌの悲痛な叫びが響く中、ばっちゃばっちゃ、と海面を叩き、パニックに陥っているミーア。

それを見て、けれど、エメラルダは余裕を崩さない。

——島までは遠浅ですし……落ち着けば足もつきますわ。ですから、存分に慌てふためいた無様なお姿を晒すとよいですわ！

ここまでは、見事にエメラルダの作戦は当たっていた。

さすがに王子たちが同乗していれば、そんなことはできないが……、彼女たちの乗る舟には、エメラルダの手の者とミーアの従者であるアンヌしかいない。

従者のことなど完全に無視したエメラルダの、自ら海に落ちることも覚悟の捨て身の作戦に、ミーアは見事に陥り、無様な姿を晒して……。けれど……。

直後、エメラルダは目にすることになる。

かつてキースウッドが小悪魔と評したミーアの魔性の妙技を！

「だっ、誰か、たたた、助け、がぼぼ……」

「ミーア、今行く！」

「落ち着け。すぐに助ける！」

勇ましい声と同時に、小舟に乗っていた二人の王子が一斉に海に飛び込んだのだ。

どうやら王子たちはどちらも泳げるらしく、見る間にミーアへと近づいていく。

「ミーア、落ち着け。ボクの方を見るんだ！」

正面から近づくアベル。けれど、その直後、ミーアに抱き着かれてバランスを崩す。

溺れる人間に正面から近づいてはいけない。鉄則である。

一方のシオンは、ミーアの後ろから近づいて来て、ミーアを支えるように腕を伸ばした。

「ミーア、落ち着け。力を抜け。人間は浮くようにできてい……、ん？」

っと、ふいに何かに気付いたのか、シオンが動きを止めた。

それから、小さくため息を吐いて首を振る。

「おい、二人とも、本当に落ち着け。どうやら、足がつくようだぞ」

「……はぇ？」

その声に、ミーアが動きを止めた。それから体の力を抜く。と、その靴の先が海底について……。

「ま、まぁ、本当ですわね……。お、おほほ、いやですわ、わたくしったら……」

などと笑っていたが……、その顔を上げた時……、

「…………っ！」

とてもとても真剣なアベルの顔が見えた。しかも、ものすごく近い！

それでようやく、ミーアは気付いた。

自分が、思いっきりアベルに抱き着いているということにっ！

しかも、後ろからはシオンが身を寄せている。つまり今のミーアは、水も滴るイケメン王子二人に抱かれて、海の中にたたずんでいるのだ！

かつて、これほどまでにミーアの人生が充実していたことはあっただろうか？　いや、ない！

そのあまりの豪華さに、一瞬、ミーアはクラッとして……。それを慌てて王子たちが支える。

シオンはアベルの方に目を向けて、

「これは、このまま俺たちがエスコートしたほうが良さそうだな。舟の他の者たちはキースウッドに任せて、俺たちはミーアを浜辺まで連れて行こう」

「ああ、そうだね。それがいいだろうな」

それから、アベルはミーアの方を見て言った。

「しかし、ミーア、あまり心配をかけないでくれたまえ」

「ええ、申し訳ありません。お二人とも……」

シュンとうつむくミーアであったが、その頬は未だに紅色に染まっていた。

——アベルもシオンも、なんだか、前よりさらにたくましくなってますわね……。

などと……、まったく反省していないミーアなのであった。


それを遠くで見ていたエメラルダは混乱の中にあった。

「どっ、どういうことですの？　ミーアさまは無様な姿を晒したはず……。それなのに、なぜ、あのようにいい雰囲気に……、ニー……じゃない、あなた、説明してくださらない？」

エメラルダはそばで眺めていたニーナに説明を求める。

ニーナは生真面目な顔で言った。

「……僭越ながら、エメラルダさま。殿方というのは、女性のできない部分にもときめいてしまう生き物なのだと聞いております」

「それは、どういう意味ですの？」

「なるほど、エメラルダさまは泳げます。ですから、このように舟が転覆しても慌てずにいられますし、顔に水がかかっても動じずにいられます。ご立派なお姿です。が……」

ニーナはそこで言葉を切ってから、小さく首を振った。

「それならば、別に助ける必要がないではありませんか？」

「……あ」

意表を突かれたように、口をぽかんと開けるエメラルダ。そんな彼女に追い打ちをかけるように、ニーナは言う。

「適度に隙を見せることも大切なことなのです。ゆめゆめ、お忘れになりませぬように」

その助言は、なんちゃって恋愛軍師のアンヌとは違い、実に的を射たものだった。

エメラルダは考え込むようにうつむいてから、改めてミーアの方に目を向けた。

ちゃぽちゃぽと波を受けつつ、二人の王子に支えられるようにして進むミーア。

輝くような笑みを弾けさせるその姿に、エメラルダはすごみのようなものを感じてしまう。

「……なるほど、あれが、お二人の王子たちを誑し込んだ魔性の魅力……。くぅ、ミーアさま、やりますわね」

ミーアのすさまじさを改めて実感する（一人で勝手に……）エメラルダであった。

その後、海に投げ出された者たちは、キースウッドの指揮する二艘目の小舟に引き上げられて、救出されることになるのだった。

第三十話　二人の小心者(チキン)

二人の王子に付き添われて、ミーアは無事に島に上陸を果たした。

サクサクと音を立てる白い砂浜に、ミーアは思わず歓声を上げた。

「まぁ、素晴らしい景色ですわ……」

サラサラ、キラキラ光る砂粒は、よく見ると星の形をしていて、実になんとも幻想的だ。

あまり人が立ち入った形跡のない、処女雪のような砂浜に、ミーアはちょこちょこ走り出した。

振り返れば、エメラルド色の海と、たなびく夏の雲が浮かぶ青い空。

ちゃぷん、ちゃぷんと音を立てる波は穏やかで、平和そのものだった。

「ここは、まさに楽園ですわね」

「ふふん、気に入っていただけたならば、なによりですわ」

いつの間に上陸したのだろうか。振り返れば、長い髪から水を滴(したた)らせたエメラルダが、浜辺に立っていた。腰に手を当てて、胸を張り、清々しいまでのドヤ顔を浮かべていた。

「私、毎年夏はここにきて、バカンスを楽しんでおりますのよ」

「ふむ……、ちなみに、エメラルダさん、夜はどうしておりますの？」

「少し離れたところに即席の幕屋を作らせますわ。虫の声を聴きつつ眠るというのも、なかなか風流

なものですわよ?」

意外とアウトドアなエメラルダである。

普通の貴族のご令嬢は外で寝ることを嫌うが、大貴族の娘であるエメラルダは一周回って、自然を楽しむことを知っているのだ。

そして、その余裕は、ミーアも持ち合わせているものでもある。

――なるほど……、虫の声を聴きながら、星空を見上げながら、あるいは焚火を囲んでアベル王子と愛を語らいあう……、悪くない趣向ですわ。とてもステキなシチュエーション……、ああ、でも、やっぱりまだ少し早いのではないかしら?

船に乗って以来、恋愛脳全開のミーアなのである。

もろもろの場面を妄想して、思わず頬を染めて悶絶してしまう……。ちょっと怖い。

「さ、とりあえず、幕屋ができたらそこで水着に着替えますわよ。ミーアさまの分も用意してきたんですのよ?」

「…………ん?」

突如、耳に入ってきた不穏な言葉に、ミーアは一気に現実に引き戻される。

「エメラルダさんが用意した水着……ですの?」

嫌な予感を覚えるミーアであった。

浜辺から少し離れた場所に急遽(きゅうきょ)作られた即席の幕屋。

その中には、四人の少女たちの姿があった。

ミーアとエメラルダ、それに従者のアンヌとニーナである。

当初、エメラルダが用意したと聞いて嫌な予感を覚えたミーアであったが、それでも、せっかくだから試着してみようかしら……、などと思い直して着替えてみた。

のだが……。

「まっ！　なんていかがわしい！」

ミーアは水着を身に着けた自らの姿を見て、悲鳴を上げた。

「この水着、お腹が出てますわ！」

そうなのだ。エメラルダが用意してきた水着は上下で水着が分かれたセパレートタイプのものだった。ミーアの白いお腹と小さなおへそが完全に露出している！

……ちなみに、心配されたミーアのお腹ＦＮＹ問題ではあるが、一応は、春先の頃の状態にまで持ち直していた。不断の努力が実を結んだのだ。流した汗（九割）と涙（一割）はミーアを裏切らなかったのだ！

それはさておき……、下の水着（ボトム）も問題だった。ラフィーナの紹介で作ったものより短いのだ！

ミーアが持参したものは膝のすぐ上までが覆われているが、エメラルダのは太ももの半ばまでが露出してしまう。大変なことである！

「こんな恥ずかしいものを着ろというんですの？　しかも、スカートがついていませんわ！」

そう、ミーア持参のものには腰の部分から短くも、ひらひらしたスカートがついているが、エメラルダのものは、ただの半ズボンのような形をしているのだ。

別に、それで露出が増えるわけでもなく……。ミーアが外で活動的（アクティブ）に行動する際に着るような、半ズボンと大差ないものではあるのだが……。

けれど、それは気分の問題なのである！　ミーアにとって水着とは、水に入るときに身に着ける下着なのである。スカートがついていないなど、ありえない！

「大変、いかがわしいですわ！　却下ですわ！」

そう断言するミーアに、エメラルダは、きょとんと首を傾げた。

「あら、ですけど、泳ぎづらいと思いますわよ？　そんなのがくっついてると」

当然、抵抗は少ないほうがいい。

エメラルダが選んだ水着はデザインはもちろん、表面の素材に魚の皮の構造を応用した、水の抵抗を出来る限り少なくした、極めて機能的なものだった。

泳ぎ方を教えることについては、割と真面目にやるつもりのエメラルダである。

水着選びも、ガチなのだ。……まぁ、お揃いなのは趣味だけど。

「とっ、ともかく、お二人の王子がいらっしゃいますのに、あまりはしたない格好はできませんわ。今日のところは、わたくしは持参した水着を使いますわ！」

それを聞いたエメラルダは、ちょっぴり残念そうな顔をした。

「まぁ……、ミーアさまがそうおっしゃるなら、私も以前まで使っていたものにいたしますわ」

そう言って、エメラルダが身に着けた物は……、なんとお腹が出ていないおとなしい水着だった！

しかも、スカート状のヒラヒラもばっちりついている！

……自分一人では、攻めたデザインのものを着る勇気のないエメラルダなのであった。

ミーアに負けずに、小心者である。

「王子殿下がお二人もいらっしゃるなんて、聞いておりませんでしたし？　こういうのは、心の準備がございますしね。ねぇ、ニー……、あなた、そう思うでしょう？」

尋ねられたニーナは、一瞬エメラルダの姿を眺めて、しばし視線を宙にさ迷わせた後、

「あ、はい。ごもっともな判断かと……」

深々と頷くのだった。

第三十一話　忠臣たち、暗躍する

ガヌドス港湾国は一つの首都といくつかの小さな漁村によってなる、ごくごく小さな国である。

一応の王家はあるものの、貴族はおらず。代わりに、いくつかの商工業組合（ギルド）の長による議会、元老院を設けている。

ギルドの中でも海運ギルドと船舶職人ギルドは規模が大きく、グリーンムーン公爵家との関係も深い。ゆえに、ルードヴィッヒはその二つを避け、別の元老議員にコンタクトを取ろうとしたのだが……。

「困りますな。ルードヴィッヒ殿。そういうお話はグリーンムーン公爵を通していただかなければ」

結果は散々なものだった。さすがに面会自体はかなうものの、反応はまるで芳（かんば）しくない。

——いや、散々というよりは、これはむしろ……。

「どうでしたかい？　ルードヴィッヒの旦那」

館の主の部屋を出たルードヴィッヒにバノスが尋ねてくる。それに、ルードヴィッヒはただただ苦

笑を浮かべて肩をすくめた。

「ダメだな。取りつく島もない」

グリーンムーン公爵家への配慮もあり、できるだけ彼らとの繋がりの薄そうな、味方に引き入れることができそうな者たちを選んだはずであったが。

それにもかかわらず、まともに話ができた者はほとんどいなかった。

「そいつはまた……。よほど、グリーンムーン公爵の影響がデカいってことですかい」

そうつぶやいたバノスだったが、すぐに思案げな表情を浮かべた。

「……いや、しかし、そいつはちっと妙な話か」

「やはり、そう思うか？」

眼鏡の位置を直しつつ、ルードヴィッヒは、バノスの顔を眺めやる。

「そりゃあそうでしょう。なにせ、うちらは非公式にしろ皇女殿下の遣いだ。どこぞの弱小貴族ならばともかく、皇帝の一人娘の使者を軽く扱うのは、ちょいと引っかかりますな」

帝国四大公爵家の一角、グリーンムーン公爵家。

保有する財力も、武力も、小国にとっては敵に回したくない存在ではあるだろう。だがそれを言うならば、ミーアも同じことなのだ。

皇帝の娘たるミーアの影響力は計り知れない。ゆえに腹の中ではどうであれ、表面上は友好的な関係を築いておいたほうがよいはずなのである。

にもかかわらず……、この扱いなのだ。

さすがに奇妙と言わざるを得ないところではあるのだが。

「……しかし、まぁ、絶対にありえないとも言えないんだ。それは」

「へぇ？　そうなんですかい？」

「保守的な政治家はいるわけだしね。今現在、利益を得ている者は現状を変えることを望まない。グリーンムーン公爵との関係で利益を受けている者は、当然、その状況を変化させたくはないはずだから、我々は歓迎されないだろう。下手をすると公爵の怒りを呼ぶ結果になるからね……。だが……」

「だが……？」

「それでも、ここまで強硬に拒絶されるのは、やはり不自然だ。帝国との繋がりをグリーンムーン家のみに絞ることの危険性に気づかぬ者ばかりではないだろう」

現在のガヌドス港湾国は、グリーンムーン家の気分次第で帝国との繋がりが絶たれるという、極めて不安定な状況にあるのである。

足元を見られて、不利な取引を持ち掛けられることだとて、きっとあったはずなのに。

「ガヌドス港湾国にとって、帝国は良い取引先のはずだ。にもかかわらず、この状況を放置していることは気になるな……」

ルードヴィッヒは、瞳を閉じて顎に手を添える。

「これは……、取引の維持、あるいはそこから得られる利益自体が目的ではない、ということか？　グリーンムーンのみに取引を集中させる、その意味は……」

ぶつぶつと、つぶやいていたルードヴィッヒだったが、やがて、小さく首を振った。

「ダメだな……。これは、なにかのパラダイムシフトが必要だ」

つぶやいて、ルードヴィッヒは歩き出した。

その後を追いながら、バノスが首を傾げる。

「それで、どうしますかい？　宿に戻って明日に備えますかい？」

「いや、このままでは明日も同じことだろう。だから、そうだな……。とりあえず、いろいろと調べてみるのがいいだろうか……。皇女専属近衛隊の他の者たちは？」

ミーアに随伴して来た近衛の数はバノスを合わせて三十名。二人がミーアと共に船遊びに同行しているため、残りは二十八名だ。

「全員、宿で休ませてまさ。旦那の護衛は俺がしっかりやらせていただきますんで、ご安心を」

どんと胸を叩くバノスに、ルードヴィッヒは苦笑を浮かべた。

「そうか。付き合わせてすまない。本来ならば、バノス殿にも、休んでいてもらってもいいのだが。都でなにかあるとも思えないしね……」

「けど、ミーア姫殿下がディオンの旦那を呼べって言ったんでしょう？」

バノスは、ヒゲをじょりじょり撫でながら言った。

「そんじゃあ、警戒の必要はあるんじゃねぇですかい？　なんせ、ルードヴィッヒの旦那も、ミーア姫殿下にとっちゃ替えの利かないお人でしょう？」

「どうだろうな……。ミーア姫殿下にとっては、バノス殿もディオン殿も、近衛のひとりひとりも、すべてかけがえのない存在なのではないかな？」

そう言ってから、ルードヴィッヒは悪戯っぽい笑みを浮かべた。

「そういうお方なんだよ。あの方は……」

「なるほど。確かに、そうでしたな。まったく仕えがいのあるお姫さまですな。はは」

バノスは豪快な笑い声を上げるのだった。

第三十二話 〝下弦の海月〟のミーア

着替えを終えたミーアは、もじもじしながら幕屋の外に出た。

そこには、すでに水着に着替え終えたアベルとシオンが待っていた。

下は膝丈の半ズボン、上半身は裸という格好でだ。

剣術の鍛練によって引き締まった少年の筋肉に、普段のミーアであれば舌なめずりをするところだったが……、今はそんな余裕はない。

もじもじ、もじもじと、わずかに体をよじりながら、うつむき加減でミーアは言った。

「どう……でしょう？　これ、似合っておりますかしら？」

ちらっと上目遣いに見つめつつ、そんなことを聞いてくるミーア。

そのミーアの格好は端的に言って、こう……もっさりしていた。

上下一体型の水着は、下は膝のすぐ上までが覆われているし、腰の周りには飾りなのか、スカートのような布が巻かれていて、少々野暮ったい印象が拭えない。

上半身を覆うのは、袖なしのシャツのような形状の水着だった。鎖骨やら肩やら、ちょっぴりフニッ！　とした二の腕やらは露出しているが……、ぶっちゃけそれがどうしたという話である。

そんなもの、以前、ダンスパーティーで着たドレスだって同じだったのだ。別に露出が増えるでもなし、見栄えがするわけでもなし、なのである。

ということで、その水着、普通に考えれば地味なデザインの……はずだった。むしろ、恥ずかしげにモジモジすることがおこがましいというものである。おこがましいというものなのである！　まったくおこがましい話だ！

……そのはずなのだが！

「あ、ああ、うん。いいんじゃないかな？」

そう答えたアベルは頬を赤くしながら、チラッとミーアを見て、それからすぐに目を逸らしてしまった。照れている！　とても照れている！　しかも……、

「と、とっても似合ってると思うよ……、君もそう思うだろう、シオン」

アベルに話を振られたシオンもまた、ほんのり頬を赤くしていた。それからアベルと同じように、ちら、ちらとミーアを見てから、

「あ、ああ、そうだな……。似合ってると思う」

わずかにかすれた声で言った。

そう、この二人の王子殿下は……剣の腕では大人の騎士にも引けを取らず、勇に優れたこの二人の若者は……、ミーアの水着姿に見とれてしまっていたのだ。

まさにそれは魅了の魔法にかかってしまったかのよう、あるいは、夏の砂浜マジックに騙（だま）されているようなものであった。

海辺で会う同級生の少女の普段は見せない姿に、二人の審美眼は大きく歪められてしまったのだ。

今の二人は、ミーアの背景に照り輝く後光が見えている……、ミーアの白い肌にキラキラと美しい

輝きを見出してしまっているのだ。

そんな二人の反応を見たミーアは、

「まぁ！　ありがとうございます。お二人とも、ほめていただいて嬉しいですわ！」

そうして満面の笑みを浮かべた。

ミーアにしてはたいそう可愛らしい微笑み、無意識の追撃に二人の王子は、呆気なく胸を撃ち抜かれてしまうのであった。

それはさておき……、水着の披露が一通り終わったところで、ミーアは早速、エメラルダから泳ぎを習うことにした。

「ところで、ミーアさま、お顔を水につけるのはできまして？」

お腹の部分まで水に浸かるぐらいの深さまで海に入って、エメラルダは言った。

「あら、そんなことできない方がおりますの？」

などとすまし顔で言いつつ、ミーアはエメラルダに借りた水中眼鏡を物珍しそうに眺めていた。

「では、それをつけて水に浮くところから始めてみましょうか。ミーアさま、こう、腕を思いっきり挙げて、頭の後ろにつけて」

エメラルダの指示どおり、ミーアは腕をぐいいーっと持ち上げる。

「そうそう。で、そのまま、水の上に倒れる感じですわ」

そう言って、エメラルダは見本を見せるように、水の上に身を投げ出した。

すっと伸びた体、綺麗な蹴伸びの姿勢に、近くで見ていたニーナが拍手した。

「マーベラス！　さすがはエメラルダお嬢さま。まるで伝説の人魚姫のようです」

そばで見守っていたエメラルダの護衛たちも、それに続いて拍手を始める。

「マーベラス、マーベラス！　さすがはエメラルダお嬢さま！」

万雷の拍手の中、ぱっしゃっとキラキラ輝く水しぶきを上げて顔を上げたエメラルダは、長い髪をかき上げながらミーアの方に顔を向けた。

「こんな感じで、足もきちんと伸ばすんですのよ？　では、どうぞ」

「ふふん、こんなの簡単ですわ！」

意気揚々と、ミーアは海に身を投げ出した。

そうして公開されたミーアの初蹴伸び！　海面にぷかーっと浮いた、その姿は実にこう……残念なものだった。

一瞬、呆気にとられた顔をしたアンヌが、それでも懸命に拍手をし、それに次いでまばらな拍手の音が響く。

やがて、ぱっしゃっと水しぶきを上げつつ顔を上げたミーアは、キラキラ輝く笑みを浮かべて、周りにいた人々の顔をうかがう。

「どうでした？　わたくしも、人魚姫のようでしたかしら？」

そう問われた者たちは、一様に困った顔を見せる。

自然、ミーアの視線は二人の王子の方に向いた。

二人の王子たち……、ミーアの魅了の魔法をかけられて、審美眼を大きく歪められている、この二人の王子の目には、ミーアの姿は……たいそう素晴らしいものに映って……、

「う、うーん、そ、そうだな。えーっと……」

いなかった！

ミーアの問いかけに、王子たち二人は微妙に目を逸らした。感想を言うのを一瞬だけ躊躇したのだ！

そう、この二人のピントをずらされた審美眼をもってしても、あるいは、二人にかけられたナニカの魔法ですらも、まるで修正が間に合わぬほど、ミーアの姿は残念さにあふれていたのだ。

ピンとまっすぐに伸びていなければならないはずの体は、けれど微妙なカーブを描いていた。

例えていうならば、それは弦を下にした弓のような形。お尻を突き出すような、なんとも残念な形だった。それが、さながら海月（くらげ）のように、ぷかぷかーっと、脱力して浮いているのだ。

ミーアに新たなる称号「下弦の海月のミーア」がつけられてしまうほどに、それは残念な姿だった。しかも、潜るのが怖いから、足のほうが沈んでいるために……、さらに絶妙に残念な格好になってしまっていたのだ。

けれど、その残念さを指摘できる胆力は、残念ながら男子たちにはなかった。

剣の試合において、一歩たりとも引かない、王子二人は大いに狼狽（うろた）えていた。

「う、うん、なかなかのものだった。そ、そうだね？　シオン？」

「あ、あ、ああ、うん、そう、だな……。人魚……のように、見えないこともなかったような気がするかな……？」

アベルから振られて、珍しく歯切れの悪いことを言ってから、シオンはキースウッドの方に目を向けた。

それを受けたキースウッドは爽やかな笑みを浮かべて、

「はい、あまりの美しさに、目がつぶれてしまうかと思いました。ミーア姫殿下」

シレッとお世辞を言った。それから、立ち尽くす二人の王子に耳打ちする。

「偽証は悪徳。されど、女性を喜ばすための嘘は許されるものですよ」

若い王子殿下より、圧倒的に経験豊富なキースウッドであった。

そんな中……、ただ一人、ミーアに否(いな)を叩きつける人物がいた。

「ミーアさま、そんなのでは、全然駄目ですわ」

他ならぬエメラルダである。

エメラルダは怒っていた。

自身がライバルと認める大切な妹分の姫君が晒した無様な姿に、下弦の海月のミーアに腹を立てていたのだ！

……そもそも、泳げないミーアに無様な姿を晒させようと考えていたのは、他ならぬエメラルダなのだが、そのようなことはとっくに、記憶の彼方に放り投げている。

エメラルダの記憶の彼方は比較的近くにあるのだ。

「ミーアさま、足を下にしてはかえって体は浮かぬもの。もっと思い切って頭を深くまで潜らせるべきですわ」

元よりエメラルダは、ミーアに泳ぎを教えることに関しては一切手を抜くつもりはない。

つまりは、ガチである。

そして……。

「まぁ！　では、なにができておりませんの？」

ミーアもまた、ガチだった。

その瞳には、真剣みを増した光が宿っていた。

なにしろ、ミーアはいつになるかはわからないが、海に落ちるであろうことが確定しているのだ。

小舟での出来事が、ミーアの危機感に火をつけていた。

我が身の安全のためであれば、全力を尽くすことに躊躇のないミーアである。


この日、エメラルダの熱血指導によって、ミーアは蹴伸びとバタ足、さらには背泳ぎのように、仰向けで水に浮かぶ術をマスターした。

「……あら？　仰向けに浮いていれば、息継ぎとかいう難しいのをマスターしなくっても息ができますし……、溺れることはないのではないかしら？」

……などと、しょーもない事実に気付いてしまったりもした海月のミーアなのであった……。

第三十三話　ミーア姫、とっておきの怪談を披露する

パチパチと火の粉がはぜる音がする。

浜辺に作った巨大な焚火（キャンプファイヤ）は、ゆらゆら風に揺られながらも、あたりをぼんやり赤く照らしていた。

その炎を見ながら、砂浜に敷いた敷物の上に膝を抱えて座り……ミーアはぼんやりしていた。

昼間の水泳トレーニングによって体力を削られたミーアは、落ちてくるまぶたと懸命に闘っていた。

とはいえ、すでにやるべきことはすべて終えている。海水でベタつく体はすでに清めてあるし、さ

すがはグリーンムーン公爵家というディナーに舌鼓を打ったので、すでにミーアのお腹は充実していた。

あとは、浜辺から少し離れた場所にある幕屋に戻って寝るばかりではあるのだが……、この寝る前の微睡の時間、焚火の淡い明かりに照らされて過ごすこのひと時が、幕屋に入って寝ようというミーアの気持ちを鈍らせるのであった。

――それでも……、そろそろ限界ですわ。戻って休もうかしら……。

などと、ミーアが立ち上がろうとした、まさにその時、

「では、そろそろ始めましょうか」

静寂を破って、エメラルダの少し低い声が響いた。

「始める？　はて……なんのことですの？」

きょとんと首を傾げるミーアに、エメラルダは意味深に頷いてから、意地の悪い笑みを浮かべる。

「もちろん、怪談噺、ですわ」

「……はぇ？」

「夏の夜、無人島にバカンス……、とくれば、当然やるべきイベントではありませんの？」

「まぁ！　そんな馬鹿なことをするつもりでしたの？」

エメラルダの予想外の返答に驚きの声を上げつつ、ミーアは暗い海を見て、次に、ざわざわ風に揺れる森の方を見た。

……どちらも、なにか得体のしれないバケモノが潜んでいそうな……なんとも不気味な雰囲気だった。

ミーアは、別に幽霊やらオバケやらを信じていない。だから、別に怖くなどない。

――むしろ、そう。怪談などバカバカしいですわ、そんなのが楽しいなんて、とんだお子さま！

別に聞いてるだけならどうということもございませんけど？　でも、一緒にされたくありませんし？　反対しておこうかしら？　少し強めに反対しておくのがよろしいのではないかしら？

ミーアは、微かにひきつった顔で、懸命に笑顔を作り、

「そっ、そんなのが楽しいだなんてエメラルダさんは、とんだお子さま……」

「あら、ミーアさま、もしかして怖いんですの？」

「こここ、怖くなんかないですわ。そんなの、ぜんっぜん怖いなんて思わないですわ」

「では、問題ないですわよね？　どうぞ、子どもっぽいお話を聞いて、お笑いになってくださいまし」

「うぐ、ぐぬぬ……」

かるーく丸め込まれてしまうミーアである。

「では、早速ですが提案者である私から。とっておきの恐ろしいものを……」

「お待ちになって、エメラルダさん」

ミーアは慌てて口を挟んだ。

——こんなことを言い出したということは、エメラルダさん、相当、怖い話が好きなはず……。きっと学園の同期生からもとっておきの恐ろしい話を聞いているに違いありませんわ……。そんなもの聞いたら……、眠れなくなってしまいますわ……、アンヌが！

エメラルダは、船の上でもアンヌに辛く当たっていた。きっとこのこわーい話で、アンヌを怖がらせていじめるに違いない。

ミーアは自らの大切な忠臣を守るべく、敢然（かんぜん）と立ち上がる。

……決してミーアが怖いから、聞きたくないから……ではない。断じてないのである。

──かといって、他に話を振れそうな者は……。

ミーアはその場の皆の顔を見比べる。

──シオンは、なんでもそつなくこなしますから怪談だって上手いはず。キースウッドさんは……、ふむ、この人もモテそうな顔をしてますわね。女性にせがまれてこういった話をされる機会も多いかもしれませんわ。あとは、アベル……。アベルも、レムノ王国伝来の怪談を知っている可能性がございますわ。

怪談といっても、筋書きを知っているものであればそこまでは怖くない。けれど、未知の恐怖話など聞かされた日には、間違いなく眠れなくなってしまう。

──もちろん、アンヌが……ですけど。でも、アベルも船の上でのことを思い出すに、割と茶目っ気がございますし……。わたくしやエメラルダさんを怖がらせるために、張り切って、すごーく怖い話をするかもしれませんわ。油断できませんわ！

となると、ミーアができることは一つだけである。

「僭越ながら、わたくしがさせていただきますわ」

ミーアが立てた作戦は極めてシンプルだ。

自分の創作怪談を長くすることで、他の者が語る時間を削ること。

さすがに自分で作った話であれば、ミーア自身は怖くない。夜もたっぷり眠れることだろう……もちろん、アンヌが。

……最後のほうは若干、論理が破綻(はたん)しているように感じないではなかったミーアであるが、細かいことは気にしない。器の大きいミーアなのであった。

──でも、困りましたわ。わたくし、怪談なんかあまり聞きませんし……。もちろん、別に怖いわけではなく、あくまでも下らないお話が多いからですけれど……。

ふーむ、としばし悩んだ末、ミーアは静かに話し出した……。

自らの体験談を！

「これは、そう、ギロチンにかけられて殺されたお姫さまのお話ですの」

若干の脚色を交えつつ、過去の自身の経験を語る。

長く語らなければならないため、懸命に思い出して、語る、語る、語る。

お城に現れる首なし幽霊が語る物語。

その幽霊が残した血まみれの日記帳。

ギロチンにかけられるまでの恐怖と、ギロチンにかけられた瞬間の絶望感……。

時に哀しげに、時に恐ろしげに……。

語っている内にミーアは気付いた。

その場に集う一同の顔が、一様に恐怖にひきつっていることに。

──あら、わたくしの話を聞いて、みなさん怖がってるみたいですわね。うふふ……。

そうとわかってしまうと、ミーアは興が乗ってきた。なんというか、他の人を怖がらせることが、なんだかちょっぴり楽しくなってきてしまったのだ。

より一層、感情を込めに込めて、語る、語る、語る。

やがて、話し終わった時、その場は静まり返っていた。

──ああ、わたくしのお話、よっぽど怖かったのですわね……。

などと、満足感に浸っているミーア。だったのだが、

「まるで、実際にギロチンにかけられたことがあるような話しぶりだな……」

シオンの指摘にハッとさせられる。

それから、改めてみなの顔を見て、ミーアは自身の勘違いに気付いた。

そう……彼らは恐怖していたのではない。引いていたのだ！

それも、どん引きである！

なにせ、ミーアの話したギロチン体験記はどこまでも真実なのである。

刃が落ちる瞬間の気持ち、その音や匂い、処刑場の空気感などなど。あまりにもリアルすぎて、若干、えげつなくって、高貴なる者たちはいささか以上に引いていた。

「ま、まぁ、ミーアさまは物語がお好きということでしたし……。想像力が豊かなのですわね」

その場を取り繕うような、エメラルダの声が響いた。


——ああ、なるほど。ミーア姫殿下は、たとえ話をされているのか。

ミーアの語る怪談と呼べるか微妙な話。それを脇で聞いていたキースウッドは、最初、首を傾げていたのだが、何のことはない。ミーアはいつもどおりのことをやっているだけだった。

——エメラルダさまの行動を諫めるために、怪談の形でたとえ話を創って、語りかけているのか。

理解力のない相手に、難しい諭しを行う際、有効な手段の一つがたとえ話だ。

中央正教会の神父やラフィーナも、神の教えを説く際には、よくたとえを用いているが、ミーアもまた、エメラルダを諭すために、それを使ったのだ。

そもそも、すべての人間を見捨てず、その可能性を伸ばそうというのがミーアの本質である（とキースウッドは思っている）のだから、友人であるエメラルダの行動を見ていられなかったというのは、十分に理解できることだった。

——高慢なる姫君、あの話の愚かな姫のように民衆を顧みずにいると、いずれこうなると、そういうことが言いたいのか。ふふ、それにしても、ミーア姫殿下もなかなか辛辣だな。いくらエメラルダさまとはいっても、パンが手に入らないのにケーキをよこせ、なんて言わないだろうに。一応、国が傾いた後は努力しているという部分で、善性をアピールしてバランスをとっているのだろうが……。

ミーアの話を興味深げに聞いていたキースウッドはエメラルダの方に目を向けた。

——問題は、この話をエメラルダさまが自分のこととして聞いてくれるかどうかだが。

彼が視線を向けた先、エメラルダは意気揚々と声を上げた。

「では、次は、不肖この私が。そうですわね、島にまつわるこわーいお話をいたしますわ」

胸に手を当ててエメラルダは、嬉しそうに話し出す。

……どうやら、ミーアの思惑は外れてしまったらしい……とキースウッドは苦笑して、肩をすくめるのだった。

一方、別の意味で思惑を外されてしまったミーアは、頭を抱えたくなるのを懸命に堪えていた。

時間配分を間違ってしまったために、エメラルダが怪談を話すことを阻止できなかったのだ。

——う、うう、痛恨の失敗ですわ。

などと思うものの、もうエメラルダを止めることはできなかった。

けれど……」

「題して……、さ迷い歩く邪教徒の幽霊……これは、ガヌドス港湾国に古くから伝わるお話なのです

そうして、エメラルダは話し始めた。

「昔、それはもう、私たちの帝国ができるよりも前のお話。海の向こうのさる国を追われた邪教の徒がおりましたの。国を憎み、人々を憎みながら彼らは、今、私たちがいるような無人島に隠れ住みましたの。そうして、密かに、その島の地下に邪神の神殿を築きましたの。いつの日にか国に戻ることを、憎い者たちに復讐をすることを心に誓って、日々を過ごしておりましたの……。けれど」

ここで、エメラルダは言葉を切った。それから、全員の顔をじろぉり、と見つめてから……。

「残念ながら、戻ることはできなかった。深い恨みを残して死に絶えた彼らは、未だに島をさ迷い歩いているんですの……。その島、もしかしたら、今、私たちのいるこの島かもしれませんわ」

瞬間、ひょおお、っと悲しげな声のようなものが聞こえてきた。

煽られた焚火がぼおおっと勢いを強くし、それに驚いたミーアが、

「ひぃいっ！」

っと、小さく息を呑んだ。

それから、こっそりと、すぐ後ろに控えていたアンヌのスカートの裾をつかんだ。

アンヌが眠れなくならないように配慮してのことだ。アンヌもミーアの行動に気付いたのか、そっとミーアの手に自らの手を添えた。

「どうやら、風がだいぶ強くなってきたようだね」

少しだけ心配そうなアベルの声。護衛の者たちも心なしか不安げな顔をして、あたりを見回していた。

「この分だと海のほうも荒れるだろうが、君の船は大丈夫なのか？」

「御心配には及びませんわ、シオン王子。あの船は、ちょっとやそっとでは沈みませんし、船長も熟練の者を乗せておりますのよ」

そう言って胸を張るエメラルダだった。

第三十四話　エメラルダ、やらかす

その日、ミーアは眠れぬ夜を過ごすことになった。

即席の幕屋の中……、バタバタと布が煽られる音、ガサガサ、葉っぱがこすれる音。

その中にも、時折、ひょおおおおっと悲鳴のような音が鳴り響いて……。ついつい怖い想像が頭を駆け巡って、ミーアは寝袋に入ってから、なんと一時間近くも、ゴロゴロ寝返りを打っていたのだ。

ちなみに船旅の疲れもあるからということで、今日のミーアは普段より一時間以上早く寝袋に入っていたのだが。

……まぁ、それはさておき、眠れぬ一夜を過ごしたミーアは、翌日、激しい風音で目を覚ました。

バサバサと幕屋が軋む音に、ミーアは思わず飛び起きた。

「なっ、なんですの、これは……。いったいなにが⁉」

あたりをキョロキョロ見回すと、すでにエメラルダとニーナの姿はなく、アンヌが一人、ミーアの目覚めを待っていた。

……ちなみに、ミーアが起きる割と前から風はものすごい音を立てていた。

ということで、ミーア以外のメンバーはみな目を覚ましていたのだが……、すさまじい風音の中でもスヤスヤ、気持ちよさそうに寝るミーアを起こさずにおいてくれたのだ。

ミーアの周りは優しい人で満ちていた。

「おはようございます。ミーアさま。早々に大変申し訳ないのですが、何事か異変が起きたようです。すぐにお着替えを済ませてしまいましょう」

「ええ、わかりましたわ。よろしくお願いしますわね」

ということで、アンヌに手伝ってもらい、素早く着替えを済ませたミーアは幕屋の外に出て……、瞬間、ぶわわっと風に煽られて、危うくすっ転びそうになった。

すんでのところをアンヌに支えてもらい、なんとか体勢を立て直す。

「すごい風ですわね。これはいったい……?」

ミーアたちが一夜を過ごした幕屋は、浜辺から少し離れた高台に設置されていた。

近くには大きな木が何本も生えていて、そこに括りつけるような形で設置したのだが……。その、お城の柱にも使えそうな太い木が、ぎし、ぎしと軋んでいた。

空を見上げれば、灰色の雲がものすごいスピードで流されていく。

雨こそ降ってはいないものの、遠くの空は時折、白く瞬いていて……、なんとも不穏な雰囲気を醸し出していた。

「大変でございますわ！　ミーアさま！」

と、そこに血相を変えたエメラルダが飛んできた。

「まぁ、どうしましたの？　そんなに慌てて……」

余裕をもってエメラルダを迎えたミーアだったが、彼女の答えに、一瞬、呆然としてしまう。

「ありませんの……。エメラルドスター号が」

「…………はぇ？」


エメラルダの後について、浜辺へと向かったミーアは、あんぐりと口を開けた。

浜辺の様子は、昨日とは一変していた。荒々しく波が打ちつける砂浜、その面積は昨日の三分の一もない。

そして、問題のエメラルドスター号がいるはずの沖合からは、その姿は忽然と消えていた。

「もしや、海賊にでも襲われたんじゃ……」

エメラルダは蒼白な顔でつぶやく。けれど、

「いや、恐らくは、この風を避けるためにどこかの島陰に避難したと考えるべきでしょう」

キースウッドの冷静な声が、エメラルダの危惧を否定する。

それから、キースウッドは空を見上げた。その視線の先には、黒い雲が渦巻いている。

「昨日から、少し心配していたのですが……嵐が来るようですね」

「ともかく、ここにいるのは少し危険だな。どこかに雨風を防げる場所を探してみよう」

シオンの言葉に、キースウッドとアベルが頷く。

「エメラルダ嬢、どこか、この島で安全な場所はあるか？　洞窟でもあればいいのだが……」

「え、あ、いえ、その……、私もこの浜辺しか知りませんので」

「なるほど。つまり、島の奥に何があるのかは、わからないいか」

「シオン殿下、ミーア姫殿下かエメラルダさまの護衛をお借りして、斥候に出てもらうのはいかがでしょうか？　あるいは、私がそれをしても構いませんが」

「いや、今はバラバラになるのは危険だろう。動くならばみなで一斉に、だ」

ふと、そこで、シオンがあたりを見回した。

「というか、それ以前に護衛の者の姿が見当たらないが……、ミーア、君の専属近衛隊の者はどこに行かせているんだ？」

それで、ミーアもようやく気付く。

いつもそばに侍り、ミーアを守るべき、皇女専属近衛兵の随行員二人の姿が、どこにも見当たらなかった。さらに言えば、エメラルダの護衛の姿も見当たらない。

すなわち、今この場には、二人の王子とキースウッド、ミーアとエメラルダ、それにアンヌとニーナという、七人しかいないのだ。

護衛たちの姿が……、忽然と消えていた！

──これは、どういうことですの……？

ミーアの脳裏に、昨日、エメラルダが披露した怪談が甦ってくる。例の、島をさ迷い歩く幽霊の後に、嬉々として語られたものだ。

たしか船の上から忽然と人がいなくなり、幽霊船が生まれる話……みたいな話だったような……。

ぶるる、っと思わず背筋を震わせたミーアだったが、直後、微妙に気まずそうな顔をしているエメラルダを見てピンときた！

「……エメラルダさん、あなた……やりましたわね？」

ミーアはジトッとした瞳で、エメラルダを見つめた。

「や、やった？　はて、なんのことですの？　なんのことだか、わかりかねますわね」

思い当たることはありませーん！　という顔をするエメラルダに、ミーアはずずいっと詰め寄る。

「とぼけるものではございませんわ。エメラルダさん、あなた、護衛を夜のうちに船に帰しましたわね？　しかも、わたくしの護衛も上手く言いくるめて……」

「そそそ、そんなことするはずがないではありませんの？　この私が、そのような……」

ミーアは無言でじぃいっとエメラルダを見つめる。見つめる、見つめ続ける……。

「う、うう、だ、だって、ミーアさま、もしかしたら、護衛には聞かせられないような睦言（むつごと）とか、交わされるかもしれませんでしょう？　他の者がいたら聞かせられないような話を、王子殿下たちがされるかもしれないじゃないですの？　私の気遣いは常識的ですわ」

つまり、着替えや身の回りの世話をさせるためにニーナとアンヌは残らせたが、護衛連中は邪魔っぽいから帰らせたということだ。

アベルがミーアに何らかのアプローチをかけて、こう……いろいろあるかもしれないし！　などとエメラルダが余計な気を利かせたのだ。

否……、それだけではあるまい、と、ミーアはエメラルダを見つめる。

――たぶん「私にもシオン王子が話しかけてこないかしら？」なんて、思ってるに違いありませんわ。まったく、エメラルダさんは……。

呆れ気味に首を振るミーア。

――そんな都合のいいことが起きるはずがありませんのに。呆れたものですわ。

前時間軸の自らの行いなど、完全に記憶の彼方に放り投げているミーアなのであった。

ミーアの記憶の彼方は……以下略。

「話は後だ。ともかく避難しよう。キースウッド、先導を頼む」

シオンの指示のもと、一行は動き出した。

第三十五話　最弱・最古の最後の公爵

日暮れまでの間、ルードヴィッヒはガヌドスの王都を練り歩いた。

市場や町の商店などで、様々な噂話を聞いて回った後に、宿に戻り、付設された酒場で遅い夕食をとることにした。

席について早々に、バノスはおもむろに手を挙げて二人分の酒を頼んだ。

それから、ふと何事か思い出したように、

「……そういや、姫さんたちは、楽しくやってますかね」

「ん？　なにか心配事でもあるのか？」

「いやね、同行した部下が少し……。ああ、誤解しないでくださいよ？　腕っぷしに関しちゃ一級品でさ。ディオン隊長に鍛えられましたからね。戦働き（いくさばたら）きに関しちゃ疑いようがない。あのグリーンムーン公爵のところの護衛なんざ、二人で十分にさばけるぐらいの腕前ですから、賊が現れても問題なく、姫さんを守りおおせますぜ」

ルードヴィッヒは、増強された皇女専属近衛隊（プリンセスガード）の者たちを思い出した。

荒くれ者揃いではあるが、確かに、戦場では頼りになりそうな者たちだった。

「帝国への忠誠に関しちゃちょっと怪しいもんですが、姫殿下には恩義がありますからね。戦いになったら命を張るってことには疑いはないんだが……」

バノスは苦笑いを浮かべた。

「いかんせん、ガラがよろしくないもんでね。姫殿下への忠誠と酒とを比べっちまうと、ちょっと怪しいところがありやしてね」

……お察しである。

「まぁ、それをここで心配しても詮無（せんな）き事だろうな。ミーアさまのご学友の王子殿下お二人は腕が立つということだし、従者のキースウッド殿もいるのだ。今は我々にできることをしよう」

ルードヴィッヒは小さく肩をすくめてから、少しだけ表情を引き締めた。

「情報を整理しておこう。あくまでも短時間、話を聞いて回っただけの印象だが……グリーンムーン公爵家の評判はあまり良くないようだ」

「ですなぁ。必死でかばわれるようなこともしてねぇみたいだし、これなら、うちの姫殿下のほうが人徳があろうってもんです」

腕組みし、うんうん、と頷くバノス。

「にもかかわらず、交渉はすべてグリーンムーン家を通すように、だ。国の上のほうはなんらかの利益供与を受けている可能性はあるが、それにしても不自然だ……」

上層部すべてを買収できるほど、グリーンムーン公爵家が太っ腹だとも思いにくい。にもかかわらずのこの状況。これはいったい、どういうことか……。

「おたくさん方、ガレリア海の向こうの国から来なさったんで？」

っと、店の主人が声をかけてきた。わずかに腰の曲がった老人だったが、料理を作る腕前は遠目に見ただけでも熟練のものとわかるほど見事なものだった。

「いや、我々は大陸の……、帝国から来たんだ」

「ああ、帝国の……。したら、今、イエロームーン公爵さまのお家は、どうされておるんかいね？」

老人の問いかけに、ルードヴィッヒは小さく首を傾げた。

「ん？　ああ、グリーンムーン公爵家のことでしょうか？　それでしたら……」

「違う違う。じゃなくって、イエロームーン公爵さまよ。おいらの婆さまに、大昔に聞いたところじゃ、港湾国は、その昔はお世話になりっぱなしだったんだって話だよ？　それがある時期からパッタリ聞かなくなったから、ずーっと心配してたんだ」

「イエロームーン公爵家、ですか……ええ、公爵さまはご壮健ですよ。ご令嬢はセントノエル学園に通っていて……」

などと話しつつも、ルードヴィッヒは戸惑う様子を見せていた。

イエロームーン公爵家とガヌドス港湾国の繋がりなど、今の今まで聞いたことすらなかったからだ。

老人との話を終えた後、考え込んでしまうルードヴィッヒに、バノスは肩をすくめてみせた。

「……妙な話になってきましたな。最古にして最弱の星持ち公爵、イエロームーンの名をここで聞くことになるとはねぇ」

などと言いつつ、バノスはやってきた酒に口をつけた。強い酒精にくぅうっと旨そうな声を上げ、それから、つまみの肴に手を伸ばす。

ガヌドス名物の新鮮な生魚は、近隣に名を轟かすほどに有名なものだった。

舌の上に乗せた瞬間にとろける甘い脂に、バノスは思わず顔をほころばせた。

「美味い……へへ、こいつは役得ですな」

と、そこでバノスは手を止めた。ルードヴィッヒが深い思考に沈み込み、一向に食事に手をつけようとしないからだ。

「なにか、気になることでもありましたかい？」

「気になること、か。そうだな……バノス殿は我らの帝国のルーツについて聞いたことがあるか？」

「いやぁ、あいにくと歴史には詳しくねぇもんで」

「肥沃なる三日月地帯、そこで作物を育てていた農耕民族に、精強な狩猟民族が攻め込んだ。そうして、多くの農奴と領地を確保した。それが帝国の興りだと言われている」

広く世に知られた常識、帝国の始まりを諳んじてから、ルードヴィッヒはわずかにうつむく。

「だが……、実は我々の先祖は海を渡って来たとする説がある。一定の信憑性もあって、すべてではないにしろ、少なくとも民の一部は海の向こう、すなわちガレリア海の向こう側から渡ってきた者たちだというのが有力な説として提唱されているんだ」

「はぁ、まぁ、そいつはわかりましたがね。それが一体なんだっていうんです？　今、関係ないんじゃ？」

疑問の表情を浮かべるバノスにルードヴィッヒは首を振った。

「海を渡ってきたとして……その者たちはどこを通るだろう？　ガレリア海から肥沃なる三日月地帯、

今の帝都がある場所まで行くのに、どのような進行ルートを通る？」

「ああ、なるほど。つまり、帝国のご先祖さまたちは、このガヌドス港湾国を通ったはずだと、ルードヴィッヒの旦那は、そう言いたいので？」

「ああ。もちろんその頃には、まだ国としての形をとってはいなかっただろう。帝国と港湾国の建国時期は、ほぼ同じころだと言われているからな……。けれど……、帝国とガヌドス港湾国とは建国時から付き合いがあったと考えるべきなのかもしれない。そして、その交渉役を任されていたのは、四大公爵家最古にして最弱と言われている……、イエロームーン公爵家だったとしたら……」

「それがいつの間にかグリーンムーン公爵家が交渉を一手に担うようになっていて、その内に、それが当たり前のことになっている、ねぇ。なるほど、なんだかきな臭いことになってきましたな、ルードヴィッヒの旦那」

「情報が必要だろう。すまないがバノス殿、明日も元老議員との面会の後、少し付き合ってもらうことになりそうだ」

「なにか思いついたので？」

「まだ、何とも言えないんだが……」

腕組みをし、思案顔でルードヴィッヒは続ける。

「俺の知る限り、良からぬことを考えるのは表立って名前の出ている方ではなく、裏で隠れている方だ」

「奇遇ですな。俺の知ってる常識でも、そういうことになってますぜ」

ニヤリ、と笑うバノスにルードヴィッヒは肩をすくめた。

「なんとなくイエロームーン公爵家のことは、この国の中では秘匿（ひとく）されているような感じがするな。

だから、それを中心に調べたいんだが……」

「話を聞きに行って、はいそうですか、と教えてはくれなさそうですけど、どうしやすかい？」

「この手の記録をとっている場所というのは通常は二つ。国と教会だ。国のほうが信用ならないのだとするなら、別のほうを当たってみるまでのことだ」

かくて、翌日、二人は中央正教会の教会堂へと向かうことになった……。

第三十六話　暴風雨……

ポタリ……ポタリ！

頭に小石が降ってくるかのような感覚。反射的に顔を上げたミーアに大粒の雨が叩きつけてきた。

「ああ、降ってきましたわね……」

ミーアの声に意地悪なナニモノかが応えるようにして、見る間に雨の量が増えていく。

豪雨は吹き荒れる暴風に煽られて、さながら、たなびくカーテンのように視界を遮った。

「す、すごい雨ですわね……」

両手で顔にかかる水をぬぐいながら、ミーアがつぶやく。それから小さく笑みを浮かべた。

――ふふ、まぁ、泳ぐ練習に来たんですから濡れるのは覚悟してましたけど、こんな風に島の上でも濡れるとは思っておりませんでしたわ。

身に着けた服は水を吸い、肌にまとわりついてきて、微妙に重くなった。

けれど、それが服を着たままで水浴びをしているような、なんだかヘンテコなことをやっているような感じがして、ちょっぴり楽しくなってきてしまうミーアである。

「みんな、絶対に離れるなよ。アベル、後ろを頼めるか？」

「心得た。殿(しんがり)はボクに任せたまえ」

そのやり取りだけで、役割分担を済ませる二人の王子。

キースウッドに先行させ、先頭にシオンが、そこから、ミーア、アンヌ、エメラルダ、ニーナが続き、最後にアベルが殿を守って、一行は慎重に幕屋への道を急いだ。

ぬかるむ地面に足を取られないよう、ミーアは懸命に足を動かす。ぐしゅぐしゅと、水を吸った靴が音を立てて、なんとも歩きにくかった。

何度も転びそうになりつつも、なんとか幕屋へと辿り着いた。

見えてきた幕屋の布は、強風にバタバタと音を立てていた。今にも風に吹き飛ばされそうだ。

「たっ、大変ですわ！　幕屋が飛ばされますわ！　早く荷物を運び出さないと！」

慌てて、中の物を持ち出すようにニーナに指示しようとするエメラルダだったが、

「それはやめておいたほうがいい。危険だ」

横からシオンが制止する。

「そうだね。この風の中、荷物を運ぶのは現実的じゃないな。避難を優先しよう」

アベルが同意し、シオンに頷いて見せた。

「どこか、風を避けられる場所を探そう。キースウッド、頼む」

「ですね。島の中央に向かいましょう。お姫さま方もしっかりついてきてくださいよ」

キースウッドを先頭に、一行は島の奥へと足を踏み入れた。

しばらくすると、背の高い木々が繁茂する、深い森が現れた。

そのまま、森の中に足を踏み入れる。わずかながら風は収まったものの、木々の葉を叩く雨音は、かえって強まったように感じられた。

バタバタ、ボタボタ……。葉が揺れ、こすれ、叩き合わされる音。

その音に、一瞬、仲間たちの声がかき消された。

激しい雨音の中で生まれた刹那の孤独、ふと、頭上に目をやったミーアは黒々とした木々の葉に、思わず記憶を刺激された。

——ああ、未だに森に入ると、あの時のことを思い出してしまいますのね……。


革命軍に追い回されていた時のこと……。

メイドに見捨てられたミーアは、一人で森の中をさ迷い歩いたのだ。

——早々に転んでしまって、足を怪我してしまったんでしたわね。それで、別れ際には足手まといだなんだと言われたんでしたわ……。

足を伝い落ちる雨粒の感触で、あの日、擦りむいた膝から流れ落ちた血の感触を思い出してしまう。擦り傷がひりひり傷んで、流れ出た血がぬるぬるして、気持ち悪かったなぁ……なんてことをぼんやり思い出して、油断していたからだろうか。

「あっ……」

ずるっと、足元が滑った。

前のめりに倒れつつ、ミーアは我が身の迂闊さを呪う。

――ああ、あの時と同じように……ここでケガをしたら足手まといに……。

「危ないっ！」

直後、声が響き、体が後ろから抱き留められるのを感じる。

「み、ミーアさま、大丈夫ですか？」

ふんわりと柔らかな感触に振り返れば、心配そうな顔をしたアンヌが、ミーアの体を抱きしめていた。

「あ……え、ええ、問題ございませんわ」

あの時になかったもの……今の自分が持っているものを思い、ミーアは少しだけ微笑んだ。

本当なら、不安に震えなければならないようなこの状況でも、何とかなると思えてしまうのが、不思議だった。

「気を付けていかなければなりませんわね。アンヌも、足元には十分に注意するんですのよ」

そう言って、改めて歩き出そうとした、まさにその時、

「この先に洞窟があります。しばし、そこで雨風をしのぐのはどうでしょうか」

雨に煙る前方より、キースウッドの声が聞こえた。再び、先行し、周辺を探っていたようだ。

「でかした、キースウッド。みんな、キースウッドの後についていくんだ。絶対はぐれるなよ」

シオンの叱咤激励を聞きながら、ミーアたちはさらに、森の奥へと向かった。

木々をかき分け、茂みをくぐったその先に、それは静かにたたずんでいた。

コケの繁茂した岩肌に、唐突にぽっかりと口を開けた洞窟。屈まなければ入れないような小さな穴に見えるが……。

「中は広くなっております。どうぞ、お早く」

そうして、キースウッドの後を追い、ミーアは洞窟に足を踏み入れた。

——なんだか、バケモノのお腹の中に入っていくみたいですわね……。不吉な場所って感じがしますわ。

ミーアの時々当たる勘が、この時、見事に的中していた。

彼らが踏み入った場所、歴史の流れに忘れ去られたその場所は……。

第三十七話　形勢逆転！　アベル、後の先をとる

キースウッドの言葉通り、洞窟は思ったよりも広く深かった。

入口がすぼまったように小さくなっているし、わずかに曲がっているから風も入ってこない。少し奥まで行くと快適だった。

それは良いのだが……。

洞窟の途中で、キースウッドはシオンに耳打ちした。

「シオン殿下、この洞窟……少し妙な感じがしますね」

「ん？　どういう意味だ？」

「確実なことは言えませんけど、人の手が入っているんじゃないかな、と」

それからキースウッドは洞窟の壁を手のひらでなでる。

「……警戒が必要か？」

「どうでしょうね。人がいるという感じではないのですが……。どちらかというと、いるのは骸骨とか歩く死者とか、そういう類じゃないかと思いますよ」

新しい痕跡という感じではない。ここまで来るにも道らしい道もなかったし、もし人がいたとしても、かなり昔のことではないか。

おどけて見せるキースウッドに、シオンは外に目をやった。

「そうだな……。どちらかというとこの嵐のほうが難敵か……。いや、だが、警戒するに越したことはないだろう。なにしろ、俺たちは帝国の叡智を守り奉らなければならないからな」

そう言って、シオンは洞窟の入り口近くで、外の様子をうかがうミーアに目を向けた。

「そうですね。全員に情報を共有しておきましょう。それと単独行動は避けるべきですね」

などと、シリアスな会話が繰り広げられる一方……、洞窟の入り口の方では……。

「すごい豪雨でしたわね。びしょ濡れになってしまいましたわ」

そう言って、ミーアは水を吸った服をぎゅっと絞った。

ボタボタ、音を立てて垂れる水に、先ほどの雨のすさまじさがうかがえた。

「夏とはいえ、風邪でもひいてしまいそうですわね」

「……ああ、そうだね」

「……ん？」

ふと、ミーアは違和感を覚えた。アベルの返事があるまでの、微妙な間に……。

ちらりとアベルの方に視線を送ったミーアは……、微妙に頬を赤くして、目を逸らすアベルを見つけた。

それから、改めて自らの体を見下ろす。肌に張りついて、ちょっぴり肌着が透けてしまっている服を見て……、ミーアはピンときた！

——あらあら、もしかしてアベル、照れてますのね？　わたくしの姿に、ちょっぴりときめいてしまってますのね？

にんまり、と小悪魔めいた笑みを浮かべるミーア。先ほどとは打って変わって、余裕の態度である。

それもそのはず、ミーアにとって水着は水に入るための下着である。いくらデザインがもさーっとしてても、露出が少なくても、恥ずかしいものは恥ずかしい。

けれど、現在のミーアは服を身に着けている。若干、肌が透けていようが関係ない。余裕の態度をとることができる。そうなのだ、ミーアの中身はお姉さん！

アベルが少しだけ成長して、体が引き締まって凛々しくなってきてはいても……それはそれ。

まだまだ、年上のアドバンテージというものがあるのだ。

ということで……、

——うふふ、もう、アベルったら、なかなか可愛らしいですわね。

ミーアはちょっぴり、アベルをからかってみることにした。

そう、ミーアお姉さんはからかい上手なのだ！

それはもう完全なる優位。

大人のお姉さんが、ウブな反応を見せる可愛い少年をからかうという完全無欠な上から目線で……、ミーアは、からかってみようと口を開きかけた……のだが……。

「少し失礼するよ」

そう言ってアベルは、とてもとってーも優しい手つきで……、自らの羽織っていた薄手の上着をミーアの肩にかけた。

「…………はぇ？」

突然のことに、ぽっかーんと口を開け、首を傾げるミーア。

その一瞬の隙に、アベル、気合の踏み込み！

「先ほどから、その……、ふ、服が透けていたからね。ボクの服も濡れていて申し訳ないんだが……」

極めて紳士的に、上着のボタンを留めていき、それから実に生真面目な顔をしてから、

「ミーア、君は……少し自分の魅力を自覚するべきだ。君の美しい肌は、すごく魅力的だから、無防備でいてもらうと……その、困るんだ」

そう言って、アベルは、再び気まずそうに目を逸らした。

「…………はぇ？」

ミーアはなんとも間の抜けた声を上げて……、それから、アベルの姿を改めて見た。

上着を脱ぎ、半袖のシャツ一枚になったアベル、剣術で引き締まった二の腕がちらりと覗く。

実に凛々しく、たくましくって……もう、ともかく格好良かった！

なので、ミーアは思わずキュンとしてしまった！

余裕ぶっていたミーアお姉さんは、アベルの返す刀で見事に撃退されてしまったのだ。

完全なる形勢逆転である！

──なっ、なっ、なっ、なんなんですの、アベル、ほんとにもう、なんなんですのっ⁉　そ、そそ、そんなキザで恥ずかしいこと、なに、サラッとやってくれちゃってますのっ！　もうっ、もうっ‼

頬を真っ赤に染め、あわあわと口を震わせるミーア。であったのだが、幸いなことに、アベルはすでにシオンたちの方に行ってしまっていて、それに気付いていない。

羞恥に染まった顔を見られずに済んだミーアは一安心である。

そう、一安心ではあるのだが……。

──っていうか、アベル⁉　なんで、わたくしのことをシレッと恥ずかしがらせて、そのまま放置しておりますのっ⁉　こっ、この、心のモヤモヤをわたくしは、どうすればいいんですのっ⁉

胸の奥、なんともこそばゆい感情を持て余し、ミーアは、うがーっと叫びたくなるのを懸命に我慢するのだった。

そんな中で、

「あら、湿気がこもってるからかしら？　この洞窟、なんだか入り口と奥の方とで温度差がありますわね。ねぇ、ニー……、じゃない。あなたもそう思わない？」

エメラルダの声がのんきに響くのだった。

第三十八話　一粒の麦、一枚のクッキー

幸いなことに、嵐は翌日には過ぎ去っていた。

洞窟の中で、ミーアが石の数を数えつつ、ぽけーっとしている間に通り過ぎていたのだ。

風が弱まったのを確認すると、シオンの命を受けたキースウッドがすぐさま周辺の探索に出かけた。

その際、サバイバル巧者なミーアから、

「キースウッドさん、どこかに湧き水か小川がないか、探してきていただけるかしら？」

という追加注文が入った。

飲み水の確保は、サバイバルの基本中の基本である。

一人で森に潜み、革命軍からも逃げられるよう、知識収集に余念のなかったミーアに死角はない！

ということで、洞窟を離れ、しばらくして戻ってきたキースウッドは、

「とりあえず用心するに越したことはないでしょうが、危険な動物の痕跡は発見できませんでした。せいぜい、ウサギがいるぐらいで……」

「ほぅ……！　ウサギ……」

ミーアの瞳が、ぎらりと光った。昨日は食事抜きだったため、非常に腹ペコ猛獣（ハングリーモンスター）なミーアである。

ウサギの命は風前の灯だ。

「それと、幕屋は一つだけ残っていましたが、中がどうなっているかはわかりません。ご婦人方の幕

屋でしたので、中は確認できませんでした。それと、森の中を少し行ったところに水源地を確認。小さな泉です」

「そうか、ご苦労、キースウッド。相変わらず仕事が早いな」

シオンの労いに、キースウッドは肩をすくめた。

「まぁ、いろいろできないとシオン殿下の従者なんかやっていられませんから」

相も変わらず、苦労人である。

とりあえず、当座の拠点は洞窟にするとして、急いでするべきは幕屋の中に残っている道具の回収だ。上手くすれば食料が残っているかもしれないと思ってのことだったが……。残念ながら、そうそう都合良くはいかなかった。

傾き、倒れかけの幕屋の中は風雨に晒されてボロボロだった。

四大公爵の一角、グリーンムーン家が威信をかけて用意した素晴らしい調度品は、泥まみれで、破壊しつくされていた。

そして、食料品なども見当たらない。

「まぁ、わたくしたちが寝るための幕屋でしたしね……」

さらに、もともと大部分の食料はエメラルドスター号の方にあり、こちらに運び込まれていたのはわずかだったのだ。

「食べられるものなどあるはずが……あ、そうですわ」

ミーアは、ふと思い出して自らの私物を探した。

着替えのドレスなどは旅行鞄の蓋が開いてしまったために飛ばされてしまっていたが、鞄の片隅に括りつけられていた小さな木箱をミーアは目ざとく見つけだした。

それは、ミーアが趣味で持ち込んでいたクッキーだった。

「無人島とはいえ、寝る前に甘いものは必須ですわ！」

との固い信念のもと、ミーアが鞄の中に放り込んだものである。

中を確認すると、大判のクッキーが全部で十枚入っていた。

「ああ……無事でなによりですわ……」

じわり、と瞳に涙を浮かべつつ木箱を取り出すと、さっそく一枚取り出……そうとしてやめる。すんでのところで、はたと思ったのだ。

――これは、みなの前できちんと平等に分けたほうがいいような気がいたしますわ。

そう、ミーアは知っているのだ。

食べ物の恨みはギロチンに直結するのだ、ということを。

クッキー一枚を先に食べてしまったことで、恨まれてギロチンにかけられる可能性だってゼロではないかもしれない。巨大なイチゴケーキを丸ごと、しかもイチゴも全部食べたというのであれば、それも致し方ないかもしれない。

されど、クッキー一枚を食べてギロチンにかけられるというのは、割に合わない。

そんなわけで、ミーアは満身の自制心を振り絞り、食欲との格闘を開始する。

ふ、ふ、ふー、ふ、ふ、ふー。と自分を静めるように、深く息を吐く。その様は、さながら、獲物を前にした猛獣のごとく。

それでも、なんとか自身の欲望を押さえ込んだミーアは、クッキーの木箱を持って、みなの元に戻った。

「よくこんなものを持ち込んでいましたね、ミーア姫殿下」

感心した様子のキースウッドに、ミーアは得意げに鼻を鳴らす。

「備えあれば憂いなし、ですわ。まぁ、わたくしにかかればこのぐらい、当然のことですわ」

「それはよろしいのですけれど、なぜ、平民にまで当たり前にクッキーを与えるんですの？　納得いきませんわ」

などと、不満顔なのはエメラルダである。

彼女の考え方は貴族としてはごく一般的なものであるのだが……。

――エメラルダさんは、根本的なことが分かっておりませんわね。このクッキーが何を意味しているのか……。

ミーアは、ため息まじりに彼女を見つめていた。

なるほど、確かにクッキーを多めに食べれば、お腹はその分、満ちることになるだろう。

されど、逆に言ってしまえばクッキー一枚を、ただ自分で食べてしまっては、クッキー一枚の分、お腹が満ちるだけなのである。

それだけなのだ。

逆に、ここでみなにクッキーを分け与えればどうなるだろうか？

きっと大きな恩義を感じてくれるのではあるまいか？

これは種蒔(たねま)きなのだ。

一粒の麦が死ななければ、一粒のままであるのと同じように、一枚のクッキーは食べてしまえば、一枚のクッキーでしかない。けれど、それを種として蒔けば、いずれ大きな見返りが返ってくるかもしれない。

――今は味方ですけれど、この先、キースウッドさんにしても、シオンにしても、なにかの都合で敵に回ることが絶対にないなんて言えないはずですわ。

例えば、どこかの巨大な赤い河の上。急造の水軍を率いて大敗を喫した場合、逃げ延びた先にキースウッドが立っているとして……。追い詰められた時にミーアは言うのだ。

「あの日……クッキー、あげたじゃない？」と。

そうして、逃がしてもらえればしめたもの。後は国に逃げ帰り態勢を立て直すことだってできるかもしれない。

とまぁ……、どこかで聞いたことのあるおとぎ話を連想したミーアであるのだが、ともかく、他人にクッキー一枚で恩を売れるのであれば、それは大変コスパが良いことなのだ。

さらに言うならば、そういった計算をなくしても、クッキーを従者に分けないという選択はミーアの中にはなかった。

アンヌにあげるのは当然のことだ。

また、キースウッドにあげなければ、シオンの怒りを買って怖い。それにキースウッドを元気にしておくと、場合によってはクッキーがウサギ鍋になって、返ってくるかもしれない。ミーアは未来のウサギ鍋のために、クッキー一枚を投資したのだ。

そして、ニーナに関しては……、ぶっちゃけ空腹で倒れられると、エメラルダが面倒くさそうだし……。

ということで、今は全員の健康状態維持を優先したいミーアであった。

甘いクッキーは栄養たっぷりで、それだけで、一行に笑顔が戻ったようだった。

ちなみにミーアを含めて七枚を消費し、残りも割って分配してしまった。

——下手にとっておいて、奪い合いにでもなったら、大変ですわ。食欲は人を変えてしまうものですもの……。

腹ペコ猛獣（ハングリーモンスター）ミーアは、その危険性をきちんと認識していたのだ。

お腹に入れてしまえば奪い合いようがない。ミーアなりの危機回避術である。

さて、その後も幕屋を物色した一行だったが、ほかに発見できたものといえば、あまり見ないように、と鞄の底のほうにしまい込んでいた……、

「ああ、水着……。それもエメラルダさんが用意したいかがわしいほうですわ……。これは、使えませんわね……」

ぽーいっと捨てようとしたミーアだったが……、

「あっ、ミーアさま、少し待ってください」

それを見たアンヌが、慌てて水着をキャッチした。

まじまじとそれを検分してから、アンヌはわずかに瞳を見開いた。

「これ……使えます、ミーアさま」

第三十九話　騒乱の匂いに誘われて……

中央正教会は古い歴史を持つ宗教組織である。

その興りは、ティアムーン帝国やガヌドス港湾国よりも古い。組織の形をとる以前の彼らは、神の言葉を受け取る預言者を指導者とした集団だった。

彼らは、神聖典(バイブル)に従って教えを広めていくことで、かの地に道徳的・倫理的な共通基盤を築くと同時に、各国の歴史を編纂(へんさん)、人々の歩みを後世に書き残すことを一つの使命としていた。

それは、彼らの信仰する神が「人を祝福し、その築き上げたものを自らへの捧げものとして喜ぶ存在」として教えられているためである。

人の築き上げた歴史、文化、秩序を書き記し、それを神へと捧げることは、神に仕える者たちの大切な使命なのだ。

そんな中央正教会に属する教会は、ガヌドス港湾国にも当然存在している。

町の一角、大きくも小さくもなく、また、孤児院なども併設されていないシンプルな建物、その地下にある書物庫をルードヴィッヒらが訪れたのは、昼を過ぎ、日の光が徐々に弱まってくる夕刻近くのことだった。

この日も、何人かの元老院議員と接触したものの、結果は芳しくなかった。

「まぁ、おおむねそれは予想どおりといったところか……」

特に落胆するでもなく、ルードヴィッヒはつぶやく。

それはそれとして、今日も白々しいまでに連呼されるグリーンムーン公爵家の名前に、若干のうさん臭さを覚えたぐらいだ。

教会堂の入り口にて、神父への挨拶を済ませたルードヴィッヒは、早速、ガヌドスの歴史を記した書物を紐解いたのだが……。

「……さて、これは……どうしたものかな……」

ルードヴィッヒは思わず頭を抱えたくなった。

目当ての情報がまるで見つからずに途方に暮れたわけではない。逆である。

ごくごくあっさりと得られてしまったがゆえに、思わず、唖然としてしまったのだ。

目の前に提示されたもの、それはルードヴィッヒの知らない歴史だった。

「イエロームーン公爵はガヌドス港湾国の建国以来、ずっとこの国との友好関係を築いてきた。時に私財を投じて、国への貢献もしてきた。それが、ある時からグリーンムーン公爵に引き継がれた……か」

確認するように歴史書を目で追ってから、そっと閉じて、天を仰ぐ。

「こんな事実は、少なくとも帝国政府は把握していないぞ。あるいは俺が知らなかっただけなのか……。知らないということを知れ、か。師匠の教えが痛いほど刺さるな……」

ルードヴィッヒは知っていた。秘密とは、隠蔽しようとすればするほどに目立つのだということを。

ゆえに、秘密の内容を知ることは難しくとも、そこに重要な何かがあるのだということ自体は察知することができるのだ。

けれど、目の前にある事実は、別に秘密でもなんでもなかった。

聞けば出てくる情報で、調べればわかる情報だ。

にもかかわらず、ルードヴィッヒが知らなかったのは、それが些細なことだから。

報告に上げるまでもない、どうということもない情報だから。

「隠されるわけでもなく、些細なことだから、もし誰かが知ったとしても気にかけなかったと……そういうことか」

港湾国自体が小さな国で、せいぜいがガレリア海への通過点に過ぎなくって……だから、誰が交渉の矢面に立っていても気にならなかった。イエロームーン公爵家からグリーンムーン公爵家へと、交渉担当が代わっても、誰も、何も気にしなかった。

ルードヴィッヒは思考する。

これは、はたして偶然か？　なんの意図もなくできた状況なのだろうか？　と。

一見すると、その可能性は否定できないような気はするが……。

「だが、否だ。これには何者かの意志が働いていると考えるべきだ」

なぜなら……、そう、ミーアが調べろと言ったから。

帝国の叡智にして、ルードヴィッヒの主たる姫殿下が、この国には何かがあると感じ、ルードヴィッヒだけでなく、己が動かせる最強の武力、ディオン・アライアまで呼び寄せたのだから……。

だからこそ、ルードヴィッヒは思考する。

そこに何者かの意志が、策略が、存在しているものとして……。

「もしも、この状況が作られたものだとして……その目的はなんだ？　グリーンムーン公爵家に交渉を一本化する意味は？」

まず考えられるのは、グリーンムーン公爵が交渉のしやすい相手であるということ。要は手玉に取りやすく、自分たちに有利な条件を押しつけやすいから、代えてくれるなということだろう。

実際、それは大いにありそうな話だが……。

「しかし、その場合、グリーンムーン公爵に何かがあった際には逆効果になる可能性もある。例えば、グリーンムーン公爵が暗殺されるというようなことがあれば……港湾国との取引は一時的に止まる可能性もあるわけで、その間の利益は……。いや、逆に、それが目的だとしたら……」

ティアムーン帝国は、食料自給率が低い。ゆえに、外国からの輸入に、かなりの部分を依存している。そして、港湾国は重要な供給源の一つでもある。

「しかし、それは極めて限定的な影響に過ぎないんじゃないか？」

さすがに、輸入を止められたからと言って、すぐに国が傾くようなことにはならない。

代理の者を立てる時間的余裕は十分にあるし、なんだったら、港湾国を切ってしまっても、なんとかやっていくことができてしまうわけで……。

ふいに、ルードヴィッヒの脳裏に、雷が走ったような気がした。

出会って以来、一貫してミーアが気にしていたこと……。近い将来に起こる危機として警戒しておいてほしいと、何度も言われたこと。

それは……。

「……ああ、それで、飢饉なのか」

ガチッと、頭の中で何かがはまったような気がした。

もしも飢饉が起き、帝国内部での食料自給率が極端に下がり、なおかつ、港湾国からの食糧の流れも断たれてしまったら……。

今でこそミーアの指導のもと、食料の備蓄も進み、フォークロード商会という新たな供給源を確保できてはいるものの、もしも何の備えもなく、そのような事態に陥っていたら、帝国はどうなるのか。

「とするならば、その場合はグリーンムーン公爵には死ぬよりも生きていてもらうほうがいいな。ミーアさまがおっしゃるような飢饉があったら、グリーンムーン公爵が国外に脱出しても何ら不思議ではない。港湾国としては、裏で脱出の手引きをしつつ、彼の代理として立てられた者に対しては、グリーンムーンを通せの一点張りで突っぱねる。暗殺したならば、代理の者が立ってしまうが、国外脱出の場合には一応はごねることができる。そして、それだけのことで、ガヌドス港湾国は帝国に多大なダメージを与えることができる」

依存させておいて、それを断つ。

直接軍事力に頼るわけでもなく、ガヌドス港湾国は帝国に強大なダメージを与えることができる、そうした体制が築かれているのだ。

「どうかしやしたかい？　ルードヴィッヒの旦那、なんだか、顔色が優れないご様子だが……」

心配そうに尋ねてきたバノスに、ルードヴィッヒは厳しい顔で言った。

「大丈夫だ。欲しいものは手に入った。行こう」

教会堂から出ると、外はすっかり暗くなっていた。

どうやら、かなりの時間、思考に沈んでいたらしい。

「俺も師匠っぽくなってきてしまったか……」

苦笑いをしつつ、ルードヴィッヒは首を振った。

「それで、なにがわかったので？」

宿への道すがら、ルードヴィッヒは自身の推理をバノスに語って聞かせる。ふんふん、と熱心に頷いていたバノスであったが……、

「だいたいわかりやしたが……、その戦略には一つ欠けがあるんじゃないですかね？」

「ああ、実は、そうなんだ。それがまだ考えがまとまっていな……」

「ちょいと失礼！」

直後、バノスがルードヴィッヒの肩を引く。と同時に、腰に下げていた剣を一息に抜き放った。

ガィン、と硬質な金属のぶつかり合う音。

薄闇に散る火花に目を凝らせば、闇に溶け込むような、黒装束の男たちが立っているのが見えた。

その数は五人。その手には曲線を描く片手剣があった。

「これは……」

「ちぃっ！　こいつら、いつの間に……」

剣を構えつつ、バノスは刺客たちを睨みつける。

「ガヌドスの刺客か？」

「さてね。武器的にゃあ、海賊上がりって感じだが……」

睨みあいは二呼吸、その後、刺客たちが動き出す。

左右からの連携、それを熟練の剣技でさばきつつも、バノスは舌打ちする。

「なかなかどうして、隙がねぇな。ただの海賊ってわけでもなさそうだ」

「厳しそうか？」

「じり貧になりますからね。やるんなら、捨て身で仕留めるのがいいんですが、俺の命に換えても三人ってとこですね。もう一人いけるかなぁ……、へへ、あんまり捨て身ってのは好きじゃねぇんですがね」

バノスの鍛え抜かれた太い腕、その筋肉が力強く盛り上がる。

凶悪そうな笑みを浮かべて、バノスは言った。

「まぁ、できる限りのことはしますんで、あとは上手く逃げてくださいや。ルードヴィッヒ殿。もし生きて逃げられたら、姫殿下にもよろしくお伝えくださいよ」

「バノス殿！」

ルードヴィッヒの制止の声を合図に、バノスは走り出す。

爆発的な突進、一気に間合いを詰める。

それを迎え打つべく、刺客たちは剣を構える。その独特の曲線を描く刃に、刹那、横合いから一陣の風がぶち当たった。

直後に響くは、何かが割れるような硬質な音。

パキャアアン、という、ちょっぴり滑稽(こっけい)ですらある音に、刺客たちは驚愕の声を上げた。

「なっ！」

いっせいに自らの得物に目を落とした彼らは、手の中の剣の刃が、根元で断ち切られていることに気付いた。

慌てて背後を振り返ろうとして……、

「あはは、振り返ったら、殺すよ」

軽薄そうな声……、けれど、叩き付けられた殺気は彼らを震え上がらせるのには、十分すぎた。

直後、肩の上に乗せられた重たい刃に、刺客の一人が小さく悲鳴を上げる。

「あー、前に、ジェムが姫さんにやってたけど、なるほど、確かにこれは楽しいかもしれないな。びくびく震えるのが見てて楽しい」

などと、ぽんぽんっと刃の横腹で賊の肩を叩いている男。それは……、

「やぁ、危なかった、ルードヴィッヒ殿」

帝国最強の騎士、ディオン・アライアだった。

第四十話　澄んだ泉の名探偵ミーア

そよそよと、澄んだ水が流れる音が響いていた。

黒々とした森の一角。生き生きと繁茂した木々が、ふいに途切れた広場のような空間。

そこに美しい泉があった。

小高い岩壁から落ちる小さな滝、絶え間なく注がれる水が泉の表面を小さく揺らしていた。

泉はセントノエルの大浴場の二倍以上の広さがあるだろうか……、周りには小さな花が生き生きと咲き誇っていた。

そこはさながら、おとぎ話に出てくるような幻想的な場所。泉の女神が住まうような美しい場所だった。

そんな泉のほとりには清らかな乙女の姿があった。その身を水浴のための愛らしい衣に包んだ少女は、水辺にそっとつま先をつける。

裸足に感じる水の冷たさに小さく悲鳴を上げて、それでも乙女は、覚悟を決めたように手のひらで水をすくうと、か細き肢体へとかけた。

輝くように艶やかな肌の上を、玉になった水がこぼれ落ちていく。

……とまぁ、一見、美少女キャラの登場シーンのような感じではあるが……誤解のないように言っておくとミーアの登場シーンである。

ちなみに、水の冷たさに驚いた時の悲鳴も「きゃっ！」などという可愛らしいものではなく「ふひゃあっ⁉」という、ちょっぴりヘンテコなものだった。

まぁ、だからどうしたということでもないのだが……。

そもそも、なぜ、ミーアが泉に来ているかというと、すべてはアンヌの発案によるものだった。

「水着を着て、泉で水浴びさせていただくのは、どうでしょうか？」

そんなアンヌの提案は、エメラルダからも支持を得た。

豪雨の中、ぬかるんだ道を歩いたせいで、服はもとより体も泥まみれだったのだ。

正直なところ、地下牢で鍛えられたミーアとしては、一日や二日、水浴びしなくっても特に問題ないと思ってしまうのだが……。

「ああ、申し訳ありません、ミーアさま……。御髪（おぐし）の泥が、上手く拭き取れません。うう、ミーアさまの美しい御髪が……」

などと、悲嘆に暮れるアンヌを見ていると、早めに水浴びに行ったほうがいいかしら、などと思ってしまったわけである。

幸いなことに、エメラルダの用意した水着もある。

外で裸身を晒すことには、さすがに少し抵抗があるミーアも、これならば問題なく水浴びができるだろう。

――とは思いましたけれど……、やっぱり、これ、ちょっとだけ恥ずかしいですわね。

そうして、ミーアはふと横を見た。

そこには、すまし顔で水浴びをするエメラルダの姿があった。ファサッと髪をかき上げながら偉そうな笑みを浮かべる。ちなみに、エメラルダのほうもミーアとお揃いの水着を着ていた。こちらはニーナがいざという時のために、肌身離さず持っていたため、吹き飛ばされずに済んだのだとか……。

それを聞いた時には「どういうことなのか？」と首をひねってしまったミーアだったが、エメラルダは、特に気にした様子はない。

「エメラルダお嬢さまは、ミーア姫殿下とお揃いの水着で遊ぶことを、大変楽しみにしておられましたから……。何かあっては大変と、私の懐(ふところ)で温めておきました」

シレッとした顔で言うニーナであった。

――さすがにエメラルダさんのメイドというだけあって、相当な変わり者ですわね……。

などと、ミーアが思い出していると、ふいにエメラルダの上機嫌な声が聞こえてきた。

「ふふん、平民にしては良い考えでしたわね、ミーアさまのメイド」

――ああ、もう、また偉そうに……。まったく、エメラルダさんもいい加減にしないと大変なことに……あら？

ふいに……ミーアの視線が、ある一点に釘付けになった。

それは……そう、もう言うまでもなく……、エメラルダの露出したお腹に、であった。

ほどよく水泳で引き締まったお腹である。

美しいラインを描くお腹である！

ミーアの理想とするべきお腹が、そこにあったのだ！

「あ……ぁっ」

衝撃に、口から呻き声が漏れる。

それから自らのお腹を撫でてみるミーア。そこは確かに春休み前ぐらいまでは復帰している……、触ってみた感じ、ふにょふにょはしていない。でも、ふにょ……ぐらいはしている！

もう一度、エメラルダのお腹を見て……ミーアは、その事実を認めざるを得なかった。

すなわち、

——負けた……、わたくし、エメラルダさんに負けておりますわ！

「では、ミーアさま、御髪を先に洗わせていただきますね」

「え、ええ……お願いいたしますわ……」

敗北感に打ちひしがれて、力なく答えるミーアであったが……、ふと、アンヌの言葉に違和感を覚えた。

「……先に、とおっしゃいまして？」

引っかかったのは、その一言だった。

ミーアは、エメラルダや他の大貴族とは違い、自分の体は自分で洗える。このような状況で、アンヌにすべてやってもらうということは、ありえない。

それを知らないアンヌではないはずだ。

だから、アンヌが「先に」と言ったということは「髪の後で体を洗いますね」ということではない。

その後で他のナニカを洗うということだ。

さらに言えば、アンヌ自身が水浴びをするということでも、恐らくない。アンヌは口に出さずとも自分自身のことを後にするだろう。

——では、髪の後になにを洗うといいますの……？

そうして……周囲に視線を走らせたミーアはある物を見つけて、戦慄する！

それは……そう、自らが脱いだ服。泥で汚れた服である。

嵐の過ぎ去った後の空は、晴れ渡っていた。日の光は強い。ここで洗って干しておけば、そう時間が経たずに乾くはずである。

だから……ミーアの髪を洗った後、アンヌが洗うのは……ミーアの着ていた服である。

それはいい。別に構わない。

水浴びをした後で、あの泥にまみれた服を着たいとはミーアも思わないからだ。

けれど、問題なのは……、それが乾くまで、ここで待つことになるかどうか、ということだ……。

恐らく、アンヌは言うだろう。

「服を洗って乾かしますから、ミーアさまはお先に王子殿下たちのところに戻っていてください」

恐らく、エメラルダは応じるだろう。

「そうですわ。洗濯など従者に任せるのが当然のこと。高貴なる私たちは、先に王子殿下たちのところに、戻っているべきですわ」

などと！　余計なことを!!

加えて言うならば、すべての作業が終わるまで、すなわち服が乾いて着られるようになるまでここにいては、さすがに待たせすぎになってしまうということは、ミーア自身も同意することだった。

――恐らく、この島でとれる食糧について最も詳しいのはこのわたくしのはず……。そのわたくしが、ここで時間をつぶしてしまえば、今夜の食糧事情に深刻なダメージを与えてしまいますわ！

そうして、ミーアは泣く泣くエメラルダとともに戻ることになるのだ。お腹の露出した水着姿でだ！

公開処刑もいいところである！

自らの頭脳がはじき出した恐怖の未来予想図を前に、ミーアは急ぎ、行動を開始する。

「そっ、そうですわ！　アンヌ。せっかくですから、わたくしの服をとってくださらないかしら？」

「へ？　なぜですか？」

「あなたに髪を洗ってもらっている間に、服を洗っておこうかと思って……」

「なっ、そんな……。それは、私の仕事です。ミーアさまのお手を煩わせるなんて……」

「そうですわ。ミーアさま。そのようなことは、メイドに任せればよろしいのに」

横から口を挟んでくるエメラルダ。その引き締まったお腹に、微妙にイラッとするミーア。

ふん、っと鼻を鳴らしてから、

「なにを言っておりますの。メイドだ主だと言っている時ではございませんでしょう？　できることはしっかりとやるべきですわ」

それから、アンヌの方を見る。

「アンヌ、あなたはあなたの仕事をしていただきたいですわ。丁寧に、綺麗に洗ってくださいませね」

そう言って、ミーアは自らの服を洗い出した。

――アンヌが髪を洗ってくれている間に、わたくしは服を洗う。そうして、干してしまいましょう。そうすれば、体を洗い終わる頃には、きっと服も乾いておりますわ！　急いで洗って、乾かして……、着て戻らなければなりませんわ！

ミーアはごしごし、ごしごし……と、服を洗う手を動かし続けた。

第四十一話　トクゥンッ！

「さて、これからどうしたものかな……」

女子チームが水浴びに興じているころ、男子チームは浜辺にやってきていた。

荒れ果てた砂浜に目をやり、シオンは腕組みする。

「一応、見た感じ、船が沈んだような痕跡はない、とは思うけどね……」

アベルの言葉のとおり、漂着物の中にエメラルドスター号の残骸などは見当たらない。流れ着いた負傷者や、水死体の類も……だ。

「あの船が沈んでいるかいないかによって、今後の方針が変わるな。もしも、風を避けるためにどこかの島の陰で停泊していただけであれば、戻ってくるのを待てばいい。どこかに損傷があったとしても、航行が可能ならば港湾国に戻るなりして、助けを呼んでくることもできるだろう……が」

シオンの言葉を受けて、キースウッドが頷いた。

「あの嵐でしたからね。エメラルダ嬢は自信満々のようでしたが……」

「あまり信用はできない感じがするね。こういう言い方はどうかと思うが、ありがちな大貴族の思想に染まった人という印象だったよ」

アベルの評価に、シオンが首肯(しゅこう)して見せる。

「そうだな。少なくとも彼女の言葉を全面的に信頼して行動をするのは、まぁ、危険だろうな」

シオンの中でのエメラルダの評価も、おおむねアベルと同じだった。

「あの船が沈んだものとして行動するべきだろう」

エメラルドスター号が無事であるならば話は簡単なのだ。ただ、助けが来るまで、ここで生き抜けばいい。それも恐らくそう長くはないだろう。

一週間かそこらで、助けが来ることも期待できるはずである。

一方、エメラルドスター号が沈んでいた場合にはどうなるか？

「自分たちで脱出の手段を探す……のは現実的ではないな」

そのつぶやきに、目の前のアベルが苦笑を浮かべた。

「さすがに船を造るのは難しいだろうね……。まぁでもミーアだったら、なにか思いつくかもしれないけど……」

当人の知らないところで、ミーアの肩に重たい期待が乗せられようとしていた。

それはともかく……、

「より現実的なのはミーア姫殿下の家臣、ないし、グリーンムーン公爵家の誰かが異変に気付いて助けにきてくれることでしょうね。特にルードヴィッヒ殿は、話した感じではかなりの切れ者という印象でしたし……」

「そうだな。その島の場所を知らせる必要があるだろうな」

「とすると……狼煙かなにかを上げるかい？」

アベルの発案は、意外性はないものの堅実なものだった。

「決まりだな。よし、狼煙を上げて助けを呼ぶことと、食糧の確保。当面はこの二つのために行動していこう」

そこで言葉を止めて、シオンは小さく笑みを浮かべた。

「しかし、食糧といえば先ほどのミーアの行動には驚いたな……」

主の言葉に、キースウッドが深々と頷いた。

「ええ、まさか何の迷いもなく、自らの食糧をあんなにあっさり分配してしまうとは。しかも、我々、従者にまで……」

「ミーアが帝国でやっていた政策を見ると、食糧の重要性がわかっていないということは、ないだろう。にもかかわらずだからな……。彼女が人格者であると知ってはいても、驚かずにはいられないな……」

そう言いつつ、シオンは思っていた。

――この島で生活していくには、リーダーを決めるべきだ。俺かミーア、あるいはアベルだと思っていたが……。あの思い切りを見せられてしまうと俺が引き受けるのはいささか躊躇われるな。

ミーアとアンヌは一足早く、男子チームのいる浜辺にやってきた。

ちなみに、ミーアの服はからっからに乾いているが、アンヌのほうは若干湿り気味だ。

「着ていれば乾きます」

などと笑って言っているアンヌだったが、空から照り付ける日の光を見ていると、むしろ涼しそうでうらやましいかも、などと思ってしまうミーアであった。

「ああ、ミーア。来たか……ん？　エメラルダ嬢はどうした？」

「ニーナさんが服を洗うのを待つと言っておりましたわ」

ミーアの説明に首を傾げるシオンたち。だったが、アンヌの補足説明によって、少しばかり呆れた顔をした。

「なるほど、そうか……」

シオンは小さくため息を吐き、

「少し大切な話だから、彼女たちも待とう」

そうして一時間ほどたって、浜辺に狼煙を焚くための準備が整ったところで、ようやく、エメラルダとニーナが戻ってきた。

全員が揃ったのを見て、シオンがおもむろに口を開いた。

「この無人島を脱出するまでの間のリーダーを決めておいたほうがいいと思うんだが……」

「なるほど、確かにそうですわね。船長が多いと、船は月に向かう、と言いますし……」

同意するミーアであったが、そこでふと考える。

——ふむ……そういうことでしたら、わたくしが立候補してもよろしいのですけど。

ミーアには自負があった。

このメンバーの中で、最もサバイバルに精通しているのは、恐らく……自分であると。

食べられる山菜だってわかるし、魚も川魚ならばとり方を知っている。

今ならば、難しいといわれているキノコと毒キノコの見極めだってできる自信があるのだ……自信だけは……あるのだ。

さらに、通常は面倒くさがりなミーアであるが、この場面ではそうも言っていられない。これは、我が身の安全に関わるような事態だ。決して手を抜くことなどできない。

——ですけど……、ここでわたくしが立候補すると、いささか面倒なことになりそうですわね。

ちらりとエメラルダを見て、ミーアは思った。

そもそも、この船旅のホストはエメラルダだ。本来であれば、彼女がこの場をリードするのは、ごくごく自然な流れのような気がしないではない。けれど……、

——不思議ですわ……。エメラルダさんがリーダーになったりしたら、生きて帰れる気がぜんっぜんいたしませんわ……。

ミーアの危機察知能力が、強力に訴えかけているかのようだった。

エメラルダはやばい。他の誰がリーダーになるにしても、エメラルダよりはマシだ、と。

そして、ミーアはその勘に従うことにする。

「こういったことは、殿方に任せるのがよろしいと思いますわ。エメラルダさんも、そう思うでしょう？」

シレッとした顔で……、エメラルダがリーダーになる流れを一切作り出さぬよう、細心の注意をもって、話し合いを誘導する。

「ええ、たしかに、こういった場合には殿方にリードしていただきたいですわね。ミーアさまのおっしゃるとおりだと思いますわ」

エメラルダは、感心した様子で頷く。

もともとエメラルダは、どちらかといえば保守的な考え方をしがちな人だった。そこを見越したミーアの見事な誘導である。

「そうか……。そうだな……」

そしてシオンもそれを察したのか、エメラルダにチラッと視線をやってから頷いた。

「わかった。アベルと俺のどちらかで……」

「いや、すまないがシオン、その仕事は君に任せるよ」

「なぜだ？　遠慮する必要などどこにもないんだぞ？」

その問いかけに、アベルは一瞬、複雑そうな顔をしたが、すぐに首を振った。

「別に、適材適所ということだよ。それにボクは、すでに一軍を率いて指揮を執ったこともあるからね。今回はこの場を指揮することで君に経験を積んでもらおうということさ」

肩をすくめつつ、おどけた口調で続ける。

「ボクのほうは、今回はミーアを守ることだけに集中するつもりだよ」


そうして笑うアベルの心中は、少しだけ複雑だった。

ここで、シオンに任せるということは彼のプライドに関わることだからだ。

だからこそシオンも気を使って、わざわざ聞いてくれているのだ。

けれど……、

――もしも、ボクが出しゃばることで、ミーアを危険に晒すようなことがあったら、ボクは生涯、ボク自身を許すことができない。

アベルは自分を知っている。

努力を、鍛練を怠るようなことはしないし諦めることもないのだけど、それでも、今はまだ、シオンの優秀さに届かないことを知っている。

だからこそ、この場の指揮をシオンに任せるのだ。

ミーアを守るために、あえて一歩を引く判断をしたのだ。

……けれど、それで悔しくないわけもなく……。そのモヤモヤを呑み込むために、あえておどけて見せたのだ。

「ボクのほうは、今回はミーアを守ることだけに集中するつもりだよ」

と。

けれど、そんな彼の複雑な心中など、まったく知らないミーアは、

「まぁ、アベル……」

などと、トクゥンッ！　と胸を高鳴らせてしまうのであった……。

恋する乙女なのであった。

第四十二話　ホントに大丈夫ですので……

かくて、ミーアたちは、シオンの指導のもと、行動を開始した。

狼煙はすでに準備ができていたので、早速、火をつける。

「確か、木をすり合わせてつけるんでしたわよね？」

「ああ、よくご存じですね。ミーア姫殿下。ですが、今回は私が携帯用の火打石をもっておりますので……」

そう答えつつ、キースウッドは………察した！

ミーアが、中途半端にサバイバルの知識を持っているということに。

そして……彼は知っている。

中途半端な知識ほど、失敗すると大けがになりやすいということを。

――これは、ミーア姫殿下のことを気にしておいたほうが良いか……。

などと思っていたキースウッドは……、

「あっ、そうですわ。食糧探しでしたら、わたくしを森の担当にしていただけないかしら？　わたくし、詳しいんですのよ。山菜とかキノコとか……」

「それは素晴らしいですね。では、僭越ながら俺が同行させていただきますので、どうぞ、ミーア姫殿下は危険なことをせずに、指示にしたがえ……ってくださいね」

ニコニコ、笑みを浮かべるキースウッドだったが、その目がまったく笑っていないことに、ミーアは気付いていなかった。

「あっ、あの山菜は確か、なんとかヨモギといって、苦いけど食べられるはずですわ」

「おお、さすがに目がいいですね。あれは、南洋ヨモギですね。湯がくと多少苦さも薄れるはずです。

栄養もたっぷりあります」

結局、役割分担は、ミーアとキースウッドが森の中に食糧探しに。

シオンとアベルは狼煙を守りつつ、海釣りを。そして、アンヌとニーナ（……とエメラルダ）が洞窟に残り、料理の準備をすることになった。

「グリーンムーン公爵家の威信にかけて、ニ……うちのメイドが料理いたしますわ。道具はございませんけれど、できますわよね？」

エメラルダに話を振られたニーナは、視線を斜め上に向けて、何事か考えこんでいたようだったが……、

「そうですね。メニューは限られるかと思いますが、食材がございましたら、なんとかいたしましょう」

そう請け負ってみせた。

「ふむ……、まぁ、あのエメラルダさんに振り回されて鍛えられているのですから、多分、大丈夫でしょうけれど」

などと言うミーアの独り言を、キースウッドが光の宿らない目で見ていたのは秘密である。

それはさておき、ミーアによって次々に食べられる山菜類が集まっていく。

それを見て、キースウッドは不覚にも感心してしまった。

これは、もしかしたら、中途半端なサバイバル知識ではなく、本格的な知識なのではないか？　などと錯覚しそうにもなった。

しかしっ！

「あ、このキノコは確か食べられるはずですわ。わたくしの勘が、そう告げておりますわ」

そう言って手を伸ばそうとしたミーアを、キースウッドが慌てて止める。

「いえ、その、ミーアさま、キノコは大丈夫ですので」

厳然（げんぜん）と告げる。

「……はて？　大丈夫とはどういうことですの？」

小さく首を傾げるミーアに、キースウッドは断固とした口調で言った。

「ともかく、大丈夫ですので」

「ですから、大丈夫ってどういう意味ですの？」

「ええ、ほんとに大丈夫なので。大丈夫です」

などというやり取りを経て、ミーアはしぶしぶ、そのキノコから手を離した。

「もったいないですわ。美味しそうですのに……」

ちなみにそのキノコ、三日マイタケといって、食べると文字どおり、三日三晩踊り続けるという毒キノコである。やべーやつなのである！

またしても、主の命を救ったキースウッドであった。

「あっ、それと、あそこについてる実。あれは、美味しそうに見えますけれど、毒ですわ」

「鬼殺（オーガスレイヤー）ですね。本当によくご存じですね」

キノコ以外は、と心の中で付け足してしまうキースウッドである。

——本当に、どうしてキノコに関しては異常なこだわりを見せるのに、知識がいい加減なのか。

などと物思いにふけりつつ、キースウッドはさっとミーアの手首をつかんだ。

「……なにか、ございましたか？」

ミーアが手を伸ばした先、そこには、真っ白なキノコがあった。

輝くほど白くて……、ものすごく……、毒っぽい！

「い、いえ……、ちょっと、見たこともないキノコがございましたので、こう、隠し味的なのに使えないかなって……」

「ええ……使えませんわ」

「でも、もしかしたら、とってもいいお味に……」

「使えません……」

「キノコが入ってると、味が一味も二味も良くなりますのよ？　ウサギ鍋にするのであれば……」

「まず、ウサギ鍋にするんだったら、ウサギを捕まえる必要がありますし、そもそも鍋がありません。なので、ウサギと鍋が手に入ってから、隠し味の心配をするのでも遅くはないと思いますよ、ミーア姫殿下」

にっこり、笑みを浮かべるキースウッド。その目は、やっぱり笑っていない。

「うう、まったく……。あなたは相変わらず融通が利きませんわね」

ふぅっとため息を吐くミーアに、若干イラッとするキースウッドだったが、なんとか、それを呑み込んだ。

そう、ミーアには恩義があるのだ。クッキー一枚分の恩義が！

「キノコ以外で、できるだけ調理の必要がないものだけに絞りましょう。ご協力いただけますね？

ミーア姫殿下」

「やれやれ、仕方ありませんわね……」

肩をすくめるミーアに、再びイラッとするキースウッドであった。

第四十三話　ルードヴィッヒ、妄想させる……

ディオンによって、からくも刺客の手を逃れた……というか、刺客を返り討ちにしたうえで、全員拘束したルードヴィッヒたちは、その捕らえた刺客を連れて宿に戻った。

「お、お客さん、この方たちは……」

「ああ、ルードヴィッヒ殿、任せるよ」

などと軽く言うディオン。ルードヴィッヒは、やれやれと首を振りつつ、宿屋の主人の相手をする。

一方、刺客たちは後ろ手に縛られたまま、宿の一室に連れてこられた。

そこには、すでに皇女専属近衛隊（プリンセスガード）の者たちが詰めていた。

強面な者、忠義に厚い者……、様々な者たちがひしめき合っている。

そんな中にあっても、刺客たちは一切動じる様子を見せなかったのだが……。

「さて、と、じゃあ、いろいろ聞かせてもらおうかな」

聞こえよがしにそう言って、ディオンが剣を抜いたところで、空気が一変する。

先ほどディオンが見せた圧倒的な剣技を思い出し……、恐怖が甦ってきたのだ。

「ディオン隊長、この部屋に全員集めて良かったんですか？」

暗に、こういう尋問は一人ずつやるものでは？　と問われたディオンは肩をすくめた。

「僕はもう君たちの隊長でもないんだけどね。まぁいいや。いいんだ、そのほうが。だってみんな一緒にいたほうが仲間が殺されたり、痛めつけられていたりする姿が見えて、怖いだろ」

「そっ、そんな脅迫、俺たちに効くとでも思ってんのか?」

「そうだ。ミーア姫は寛大で、拷問とか嫌いなんだと聞いてるぞ」

口々に抗議する刺客たち。それに答えたのは、ディオンではなく、遅れて入ってきたルードヴィッヒだった。

「そうだな。お前たちの言うことは正しい。ミーア姫殿下はとても寛大な方だ」

それから、彼はわずかばかり微笑んで続けた。

「これは、公表はされていないことなんだが、以前、レムノ王国でミーアさまに敵対した者たちがいたんだ。さる国の間諜の者たちでな、一人はミーアさまに剣を突きつけた大罪人だった」

突然、始まった無関係な話に、刺客たちは戸惑った様子を見せた。

「その者たちは、全員生きて捕らえられたのだが……、今、どうなっていると思う?」

「はんっ、なんだ? そこのおっかねぇ兄さんに首でも切り落とされたかい? それとも拷問の果てに牢獄で死んじまったとか……」

ルードヴィッヒは静かに首を振って答える。

「全員生きている。今はラフィーナさまのもとで、毎日、説教を聞き、神聖典を書き写し、奉仕に従事しているとのことだ。とても……模範的にな」

それを聞き、刺客たちは一瞬、目を点にした後、口々にミーアを嘲笑(あざわら)った。

「なんだそりゃ。どんだけ甘いんだ、お前たちのお姫さまはよ。まったく、お笑い草だぜ!」

……………けれど、それも長くは続かなかった。

刺客たちの中のリーダー格の男が唐突に、笑うのを止めたからだ。

その顔が真剣そのものになり、徐々に、頬から血の気が失われていく……。

「あん？　おい、どうしたんだよ？　なに黙ってんだ？」

仲間の問いかけには答えず、男がルードヴィッヒの方を見て、問うた。

「そいつらは……、本当に間諜だったのかい？　ただの一般兵とかじゃなく……」

「いずれも間者として優秀な、厳しい訓練を受けた者たちだった。他人の命も、自分の命も、目的のためならば、何の感慨もなく刈り取れるような者たちで、拷問に対する耐え方も、しっかりと叩き込まれた者たちだった」

それを聞き、男は再び黙り込んだ。

その様子に、仲間たちも異変を察知する。

「な、なんだよ、おい。一体どうしたってんだよ？」

「俺の言うことが間違っていたら言ってもらいたいんだが……、優秀な間者が、人の命を命とも思わないような連中が、毎日、説教を聞き、神聖典を書き写して奉仕に従事する清廉潔白な人間になっちまう……、一体全体なにがどうなれば……そんなことになる？」

その問いかけに、その場がしぃん、と静まり返る。

みな、気づいてしまったのだ。

そうなのだ……実際問題として、騒乱を起こし、なおかつ大国の姫に刃を突きつけた者がなんのお咎めもなくいられるなどということは……ありえないことなのだ。

であるならば、恐らくなにがしかの罰を受けたはずなのだ。

そう……彼らはそのナニカを経験し……「熱心に神を求める人間」になったのだ。

ならされてしまったのだ……。

では、いったいナニガあれば、人を人とも思わないような連中が、そのような清廉潔白な人間になるだろう？

「……そ、そいつは、つまり……毎日、神聖典の書き取りをしたり、司祭に頼らなけりゃいけないほどの恐怖を味わっちまったってことか？」

人が神に頼るのはいつか？

考えるまでもなく、耐え難い恐怖を経験した時だ。

先ほどディオンと対峙した際に、彼ら全員が等しく神に助けを求めたように。

では、これから先、ずっとその助けに期待しなければならないほどの恐怖というのは……、はたしてどのようなものか……？

されど、追い打ちをかけるようにルードヴィッヒは首を振った。

「別に、彼らは恐怖から逃れるために、それをしているわけではないということだ」

しぃん……、とその場が静まり返った。

恐怖ならば……理解はできる。

肉体の痛み、精神的な痛み、死への恐れ……。人に恐れを与えるための方法は想像できるがゆえに、彼らの抱く恐怖の上限は決まっている。

既知のものに落とし込むことで、なんとか呑み込み耐えることだってできるかもしれない。

けれど……、それが恐怖から逃れるためではないと言われてしまったら……どうなるか？

間者たちになにがあったのかは、完全に「未知のもの」へと変貌する。

一体、どのようなことがあれば間者たちが、清廉で生真面目な信徒へと変貌するというのだろうか？　そんなことはありえない。

それこそ人格が書き換わってしまうような、ナニカがなければ、そんなことはありえないのではないか？

では……、そのナニカとはなにか？

既知の恐怖には上限があるが、未知の恐怖には上限がない。

際限なく広がっていく恐怖の妄想に、刺客たちは黙り込んでしまう。

そんな彼らに、ルードヴィッヒはいっそ優しげとも言えるような笑みを浮かべた。

「だから、大丈夫さ。拷問も処刑も行われない。お前たちも同じようになるだけだから」

そうして、彼は一番近くにいた刺客の肩に、ポンッと手を置いた。

「ひぃっ！」

瞬間、刺客は体を震わせた。

彼は考えざるを得ないのだ。

自分がこれから経験する恐ろしいナニカを。否、恐ろしいとさえ規定することのできない、想像もできないようなナニカを……。

「そう怯えることはないさ。ミーアさまはとてもお優しい方だ」

無論、そのルードヴィッヒの言葉を額面通りに受け取る者は一人もいない。

「乱暴な手段をとらずとも、君たちの心を開かれるだろう」

心を開かれるが「心を切り開かれる」に聞こえてしまう刺客たちである。

ひぃいっと悲鳴が上がる。

「喉が渇いたんじゃないか？　酒でも用意させようか……」

もう二度と酒を楽しむことなどできなくなるのだから……と、ルードヴィッヒが言外に言っているように聞こえてしまって……。

さらに、舞台装置も極めて効果的に働いていた。

先ほどから、すぐ近くでディオンが絶望的なまでの殺気を放っているのだ。

その後に出てくるであろう、彼よりも恐ろしいミーア・ルーナ・ティアムーンという少女に対する恐怖は効果的に膨らんでいき……、そして！

「お、俺たちに命令したのは……、こ、港湾国の国王陛下だ……」

刺客たちは、あっさり折れたのだった。

第四十四話　進め！　ミーア探検隊！

食物を求めて、ミーア探検隊は森の奥深くへと足を踏み入れた。

すでに、野草の類は結構な量になっていたが、ミーアには目標のものがあったのだ。

――できればウサギ……、ほかの肉類でもいいですけれど……。

ミーアの頭の中では、すでにウサギは肉類に分類されている。

島のウサギたちに、今、重大な危機が訪れようとしていた。

「あ、そう言えばカエルは、鶏肉みたいな味がすると聞いたことがございますわ。キースウッドさんは、試したことは？」

「………いえ、あいにくとないですね」

微妙にひきつった顔をしているキースウッドに気付くことなく、ミーアは、ふむ、と考え込んだ。

「南の方に住まう者たちは虫を食することもあると聞きますが……、さすがに少し、それは抵抗がございますわね。ヘビなんかは火さえ通せば、さほど抵抗なく食べられるかしら……、でも、やはりここはキノコが……」

などと、ぶつぶつぶつぶやいていたミーアに、キースウッドが口を開いた。

「ミーア姫殿下、大変失礼ながらお聞きしても？」

「あら？　なにかしら？」

「ずいぶんと野生の食物に詳しいようですけど、それは、いずれ来るとお考えの飢饉に備えているがゆえなのでしょうか？」

「はて……、その話、どこでお聞きになりましたの？」

「ルードヴィッヒ殿に、馬車で教えていただきました」

ミーアは、その答えにしばし黙り込むが……、

「なるほど、さすがはルードヴィッヒですわ。よい判断ですわね」

すぐに、深々と頷いて見せた。

「ええ、そのとおりですわ。来年から数年にわたり不作の年が続きます。飢饉は大陸全土にまで及ぶ

ことでしょう。ですから、備えをしておくのが大切ですわ」

はっきりとした口調で、ミーアはそう告げた。

正直なところ……、サンクランド王国がどうなろうと、根本的には知ったこっちゃないミーアである。前の時間軸で普通に飢饉を乗り切っていたので、今回もどうせなんとかなるんだろうな、と思っているのだ。

けれど、ミーアは思い出した。以前、シオンに対して思ったことを……。

レムノ王国に潜入した時、焚火を囲みながらミーアは思ったのだ。

いきなり処断するのではなく、事前に警告してくれたってよかったのではないか、と。

同じ学校に通っていて、知らない仲ではなかったのだから、せめて一言でも言っておいてくれれば、ギロチンにかけられることはなかったのに……と。

それゆえに……、ミーアはキースウッドに警告するのだ。

自分がしてもらいたいと思っていることを相手にもするようにという、ごくごく当たり前の良心に従って…………では、もちろんない。

全然違う！　それをする理由は、もちろん……。

――わたくしの場合は心が広いので、それで恨みに思うようなことはございませんでしたけれど、シオンの場合にはわかりませんわね……。腹いせに、なにか嫌がらせをしてくるかもしれませんわ！

その点を危惧するミーアである。

――まぁ、それに、シオンやキースウッドさんにもちょっぴり恩はありますし、ここで返しておくのも悪くはありませんし……。

などという複雑な心の動きを経て、ミーアは忠告する。

「サンクランドでも、備えておくに越したことはないと思いますわ」

けれど、キースウッドは小さく首を傾げた。

「ミーア姫殿下のお言葉を疑うわけではありませんが、そのようなこと、わかるものなのですか？」

その疑問を、当然のこととミーアは受け止める。

彼らには未来の記憶も、あの日記帳もないのだ。

いきなりそんなことを言われても、信じるのは難しいだろう。

ゆえに、ミーアは言う。

「信じる信じないは、もちろん、あなたたちの自由ですわ。ただ、わたくしはこう考えておりますの。飢饉が来ることを信じ込み、備えて準備をしていて、けれど実際には飢饉が来なかった場合と、飢饉など来ないと備えを怠って、飢饉が来てしまった場合と、はたしてどちらが悲劇か、ということを」

「なるほど、常に最悪に備えよ、ですか……」

感心した様子のキースウッドに、ミーアは、けれど首を振る。

それから、悪戯っぽい笑みを浮かべて、

「いいえ。笑って誤魔化せるのはどちらかという話ですわ。もしも、わたくしが飢饉が来るぞと言って、備蓄を増やさせて……それで実際に来なかった場合には、あふれた備蓄はわたくしの誕生祭にでも、民衆に振る舞って、食べてしまえばいいのです」

それは、わがまま皇女の無駄遣い。されど、食事を振る舞われた側も苦笑いで済ますことができるわがままだ。

「どちらにせよ、そう悪いことにはならないのではないかしら？」

もしも未来が変わって小麦が大量に余ったら、お腹いっぱいケーキを食べてやろうと企むミーアなのである。それはそれで幸せな結末になるだろうと、ミーアは信じて疑わない。

そう、ケーキがないより、余っているほうが、きっと人は幸せになれるのだ。

「なるほど、素晴らしいお考えですね」

そんなミーアを見て、キースウッドは尊敬の念を新たにするのだった。

そうこうしている間に、二人は森を抜けた先の岩場に到達した。

島の中央から、やや西側に寄った場所だ。

「この辺りは少し歩きにくいですわね……。ひゃっ⁉」

直後、ガラリと石が崩れる。バランスを崩しかけたミーアを、キースウッドが素早く抱き寄せた。

「気をつけてください。地盤が緩くなって、崩れやすくなっているみたいですから。あまり、こちらには来ないほうが良いかもしれません」

「そうですわね。みなにも警告しておいたほうが良さそうですわ。泉とは反対方向ですし、あえてこちらに来る必要はございませんわね……」

ミーアは、すぐそばでキースウッドを見上げて、それから、からかうような笑みを浮かべた。

「それにしても、キースウッドさんは女の子の扱いが上手いですわね。相当な戦果を挙げられているのではないかしら？」

「ははは、ご想像にお任せしますよ。最近はシオン殿下のお供で、そんな暇はないのは確かですけどね」

頬をかきつつ、苦笑いを浮かべるキースウッドであった。

第四十五話　和気あいあいサバイバル

ミーアたちが大量の野草と木の実類を抱えて戻ってくると、浜辺ではすでに料理の準備が進んでいた。

パチパチと音を立てる焚火、木の枝で作った即席の台の上には立派な金属製の鍋がかけられていて、中ではぶつ切りにされた魚がぐつぐつと煮込まれていた。

ほかにも貝や海藻類も入っていて、豪華海鮮鍋といった様相を呈していた。

「まぁ、鍋！」

それを見たミーアが、思わず歓声を上げる。

仮にウサギを捕らえたとしても、鍋ばかりはどうにもならないと諦めていたのだが……、ここに、絶品ウサギ鍋への道が開けたのだった。

この島に住むウサギたちがミーアの胃袋に収まる日も、そう遠くないのかもしれない。

「よく鍋なんか見つけましたね」

感心した様子のキースウッドに、ニーナは表情一つ動かさずに言った。

「大人数用の鍋でしたから、多分、風で飛ばされることはないと思いまして。上手く木に引っかかっていてなによりでした。大体のものは煮込むか焼くかすればなんとかなりますから鍋があると便利かと」

その言葉に、キースウッドは遠い目をした。

「ああ……それは至言ですね……。料理に熟達した方の実に素晴らしい考え方です。あなたのような方がいてくださって、とても心強いです」

まるで遠い異国の地で同胞を発見した時のような……そんな顔をするキースウッド。それを見て首を傾げていたミーアであったが、すぐに、まぁいいか、という感じで、

「鍋があるのは素晴らしいことですわ。ウサギを煮るのもよし、キノコを入れるのもよし……」

キースウッドがまたしても遠い目をしたが、ミーアは特に気にしなかった。

細かいことは気にしない、目の前の鍋よりも器が大きいミーアなのである。

「それにしても、海藻はともかく魚なんかよくとれましたわね。釣り竿なんか持ってましたの？」

「竿は、そのあたりの木を使ってね。釣り糸は、申し訳ないが君の従者の大切なものを少しわけてもらった」

「え？　アンヌの？」

ミーアはアンヌに目を向けた。アンヌの赤みを帯びた長い髪を見て……。

「まさか……」

「女性にとって髪は命だということはわかっていたんだがね……」

申し訳なさそうに言うアベルに、アンヌはおかしそうに笑った。

「放っておいても伸びてくるものですし、釣り糸に使うぐらいなら切っても、そんなに変わりません。それに、ミーアさまにお腹一杯お魚を食べていただけるなら……お役に立てるなら、それが私にとってなによりの幸せですから」

「アンヌ……」

忠臣の健気（けなげ）な言葉に、思わずウルッときてしまうミーアである。

「けれど、海鮮鍋ですと、わたくしたちが収穫してきたものは、合わないかもしれませんわね」

そう言って、ミーアがその場に並べたのは、複数種類の野草と木の実だった。

「おお、すごいな。そんなにたくさんとってきたのかい？」

目を丸くするアベル。シオンやニーナも驚いた顔をしている。

「ふふん、このぐらい大したことでは、ございませんわ」

パッと聞いた感じ、謙虚なことを言っているミーアであるが、その顔は、これ以上ないぐらいの渾身のドヤァ！顔だった。

「キースウッドさんにも手伝っていただきましたし……」

「いえ、ミーア姫殿下のお知恵には感服いたしました……」

深々と頭を下げてから、キースウッドは遠くを見つめた。

「……できればキノコへの好奇心については、もう少し抑えて慎重になっていただけると、なお良いのですが……」

などと、ぶつぶつつぶやき始めたが……、ミーアは小さく首を傾げるのみだった。

細かいことは一切気にしない、大器ミーアである！

「ああ、それと満月ヤシの木も発見いたしましたの。甘い果汁が素敵ですけれど、硬い殻が食器として使えるのではないかと思いまして……」

「一つ、参考のために持ってきました。割ってみて使えそうでしたら、後で採って参りましょう」

それを聞いて、ニーナが大きく頷いた。

「ありがとうございます。鍋ですとどうしても食器が必要だと思っていたところです」

それから、ミーアが採ってきたものに目をやって、小さく首を傾げた。

「お持ちいただいた野草の類も、下処理して鍋に入れてしまいましょう。あとはヤシの果汁も、味に深みをつけるのに使えるかもしれません」

その〝できる女〟といった口調に、ミーアは瞳を見開いた。

「まぁ、ニーナさん、まさか、この状況でも問題なく料理ができるというのは本当でしたの？」

「帝国の皇女殿下であらせられるミーアさまや、王子さま方にお出しするには、はなはだ不足ではございますが……、最善を尽くそうと思っております」

頭を下げるニーナに、ミーアは感嘆の声を上げる。

「いえ、この状況の中で十分すぎますわ。このお鍋、すごくいい匂いがしておりますわよ」

「そうですね。これは、味つけは塩のみなのですか？」

作るのを見ていなかったキースウッドが尋ねると、ニーナは小さく首を振り、

「いつでもエメラルダお嬢さまに美味しい食事を食べていただけますよう、魔法の粉を常備するようにしています」

「ま、魔法の粉、ですの？」

小さく首を傾げるミーアに、ニーナは首に下げていた小瓶を取り出して見せた。

「海外でとれる香辛料にございます。これを一振りすると、味が格段に良くなるのです」

「まぁ！　そのようなものがっ⁉」

興味津々に目を輝かせるミーアだった。

和気あいあいとした雰囲気。その様子をただ一人、エメラルダだけが、むっすーっと頬を膨らませながら見つめていた。

第四十六話　エメラルダとミーアの眠れない夜

──まったく、納得がいきませんわ！

不満たっぷりにエメラルダは、ニーナ特製海鮮鍋を口に入れる。

満月ヤシの汁のコクと海水の塩気、さらにニーナの魔法の粉（香辛料）のおかげで、ポッと体が温まる素晴らしい味だった。

ミーアたちのとってきた野草の類も程よい茹で加減で、ちょっとした町の宿屋の食事より美味な鍋料理が出来上がっている。

それはいい。グリーンムーン公爵家のメイドとして、このぐらいのものが作れなければ話にならない。

けれど、不満なのは……、

──どうして、みなさん、私を褒め称えませんの？

ということだった。

従者の手柄は主の手柄。であれば、ニーナが美味しい料理を作ったのは、エメラルダの功績として称えられなければならないはず。

にもかかわらず、ミーアたちはニーナの料理の腕を褒めるばかりだった。

——こんなの納得いきませんわ！

ちなみに、エメラルダも実は仕事を手伝っていた。

男子である王子殿下たちはまだしも、ミーアまで働いているとあっては、まさかサボるわけにもいかない。もしもミーアがサボっていれば、

「高貴な身分の者がそのような仕事をするなど……」

「力仕事は殿方にお任せいたしますわ！」

などと言うこともできたのだが……。

自分より高貴な身分かつ年下で女子なミーアが働いていては、自分が働かない理由はない。

それゆえ不満の矛先は、自然、ミーアのほうに向いていく。

——昔からミーアさまはこうでしたわ。私たち、高貴なる血を持つ者たちは、堂々と平民が働くのを見ていればよろしいのですわ。それが伝統というものですわ！

格式と伝統、大貴族とはかくあるべしという教えは、エメラルダの思考の根底にあるものだった。

そんなエメラルダにとって、ミーアの行動はまるで理解できなかった。

いちいち従者の名前を覚え、つまらない疲れる仕事でも積極的に自分からしようとする。そんなミーアの行動は、エメラルダから見ると常識を大きく逸脱した、皇女にあるまじき行動に見えたのだ。

——ミーアさまのせいで、私まで……。まったく迷惑な話。

そのムカムカは、その夜、床に就くまで続いた。

みなが慣れない島での生活に疲れて深い眠りに落ちる中、エメラルダ一人が、腹立ちのせいで眠れずにいたのだ。

「……ぜんっぜん、眠れませんわ……。少し散歩でもしてこようかしら……」

むくりと体を起こしたエメラルダは、暗い中に目を凝らす。

ぐっすりと眠っていて、起きだしてくる気配が一切ない面々を見て満足げに頷いてから、エメラルダは立ち上がった。それから洞窟の出口の方に向かおうとして、はたと立ち止まる。

「……そういえば、この洞窟の奥には行くなって、言ってましたわね……」

シオンとキースウッドが言っていたことを思い出し、エメラルダはにんまり笑みを浮かべた。

「そういうことであれば……行かないわけにはいきませんわね。誰もこの私を縛（しば）ることなど、できなくってよ」

ちなみに森の奥の岩場にも行くなと言われていたが、さすがに夜の森を抜けようなどとは思わない。だって怖いし……。

だから、せいぜい洞窟の入り口から出てすぐのところをウロウロするだけのつもりだったが、洞窟の中であれば話は別だ。

ということで、エメラルダはこっそり足音を忍ばせつつ、洞窟の奥の方へと足を踏み入れた。

壁に手をつき、ある程度ミーアたちから離れたところまで来ると、

「ふっふっふ、この暗さでは行けないと油断しましたわね」

そっと胸元のペンダントを取り出した。

蓋を開けると、暗闇の中に、ぼんやりとかすかな明かりが灯った。

そのペンダントには、月灯石（アリスタル）と呼ばれる、とても貴重な石が使われていた。

日光を吸収し、夜になると光りだすその石は海外から取り寄せたものだった。

「それにしましても……、この洞窟、かなり深いですわね。奥はどうなっているのかしら？」

エメラルダは首を傾げつつ、ずんずん洞窟の奥に向かっていく。

行くなと言われると余計に行きたくなるのは、恐らくは血筋だろうか。徐々に狭くなっていく洞窟に構うことなく、身を屈めながら進む。

進んで、進んで行く……のだが、一向に何もない。

面白いものもないし、変わったものも見当たらない。

「ふむ、なにがあるのかと思えば……、特になにもないのではございませんの」

飽きたから、そろそろ帰ろうかしら……などと思った時だった。

かすかに上り坂になっているところを越えると、その先にあったのは……。

「あら？　この先は、下り坂になってますわね」

近場にあった、ちょうど握りやすい太さの鍾乳石をつかみつつ、坂の下はどうなっているのかしら……、と灯りをかざしながら身を乗り出したところで……。

「あら……」

ボコッという嫌な音を手のひらに感じる。

「あ……あらっ!?　あらあらっ!?」

などと間抜けな声を上げながら、エメラルダは坂を転がり落ちていった。

その日の夜、ミーアは遠くで女の人の悲鳴のような声を聞いてしまったような気がした。

もしや幽霊なんじゃ？　と想像力をたくましくしてしまったミーアは、すっかり眠れなくなってし

まって。

「お、おほほ、いやですわ。邪教徒の幽霊とか、そんなの作り話に決まってますわ。あれは、風の音、風の音に決まってますわ。それ以外にありませんわ……。あ、アンヌ、アンヌぅ……」

結局はアンヌに抱き着いて寝ることになった。

……とてもよく眠れた。良かったね！

そうして、たっぷり睡眠をとった翌朝……。

「ん……、うーん……アンヌ？」

ミーアはぽやーっとした寝ぼけまなこを、こしこし両手でこすった。

ぼんやりと霞む視界の中に、忠義のメイドの姿はなかった。

「あら……？」

……というか、むしろ誰の姿もなかった。

「…………あら？」

首を傾げつつ、そっと身を起こす。

薄暗い洞窟の中に目を凝らすが、やはり誰の姿もない。

「変ですわね……昨日は、確かにアンヌと一緒に…………っ!?」

唐突に、昨晩の記憶が脳裏に甦る。

遠くの方で聞こえた世にも恐ろしい悲鳴……。

この島には自分たち以外いないと思っていたのに聞こえてしまった人の声。

あれは、いったいなんだったのか？

「わたくしたちだけしかいないって……そう思い込んでおりましたけど……」

もしかしたら……いたのかもしれない。

それも、人間ではない別のナニカが……。

そう、それは、例えば……邪教徒の亡霊とか……。

「ひぃっ！」

ミーアは息を呑み込んだ。

背筋を冷たい手で撫でられたように、ゾワゾワッと悪寒が全身を駆け抜ける。

「あっ……アンヌ、アンヌぅ」

小さくかすれるような声で、名前を呼びながら、洞窟の入り口に向かう。

大きな声は出すことができない。なぜなら……、そんなことをしてしまったら、自分がいることがバレてしまうから……。

この島に巣食う、オソロシイ、ナニカに……。

「ひぃいいっ！　あ、アンヌ、どこですの、アンヌぅ……」

微妙に涙目になりつつ洞窟から顔を出したミーアは、直後っ！　こちらに駆け寄ってくる人影に、悲鳴を上げそうになって！

「大変です、ミーアさまっ！」

「あ、アンヌぅ……」

「わぁっ！」

起きて早々抱き着いてくる暑苦しいミーア。驚きの声を上げつつも、アンヌは冷静に、その小さな体を受け止めた。

「どうかされたんですか？　ミーアさま、悪い夢でも見られたんですか？」

アンヌに優しく背中をさすってもらい、ようやく人心地つくミーアであった。

「あ、アンヌのほうこそどうしたんですの？　それに、みなさんはどこに？」

「あ、そうでした。大変なんです。詳しい話はみなさんが戻ってきてからなんですけど、実は、エメラルダさまがいなくなってしまわれたようなんです」

「は？　エメラルダさんがいない……？　どういうことですの？　それは……」

やがて、シオンとアベル、キースウッドとニーナが洞窟へと戻ってきた。

改めて、説明を聞くと……、

「朝、起きた時に、エメラルダさまがいらっしゃらなかったんです」

ニーナは、わずかばかり困惑した様子で言った。

第四十七話　呪いの盟約

「これはまた……、意外な大物が釣れたもんだね」

刺客たちを皇女専属近衛隊（プリンセスガード）の者たちに任せて、ルードヴィッヒ、ディオン、バノスの三人は部屋を移した。今後のことを相談するために。

「まさか、ガヌドスの王家が関係しているとは思わなかったですな」

バノスはため息混じりに首を振る。

「ここは、まさに敵地といったところですが。さぁて、この先なにがあるやら……」

「んー、なにもないんじゃない？　表立って帝国に敵対したらつぶされるだけだ。まぁ、そう簡単に関与を認めないだろうけどね」

ディオンは言葉を切って、ルードヴィッヒの方を向いた。

「問題は僕たちのほうがどうするかってことだろうね。どうする、ルードヴィッヒ殿？」

「そうだな……。相手が敵か味方か、はっきりしているだけで、だいぶやりやすくはなるだろう」

腕組みをしつつ、ルードヴィッヒは言った。

「こちらが暗殺者の雇人の正体に気付いている、少なくとも疑いを持っていると知らせれば、ある種の牽制（けんせい）にはなるだろう。あるいはミーアさまが帰られれば、なんらかの交渉の材料として使われるかもしれない。が……」

その上で……、

「やはり、少し気になるな……。ガヌドス国王とは早いうちに会っておいたほうがいいように思う」

イエロームーン公爵家と港湾国との関係性……。そこから浮かび上がる推論……。

その真偽を確かめるためには、どうしても国王からの話を聞いておきたいところだった。

「となると、殴り込みでもかけるかい？　まぁ、僕とルードヴィッヒ殿だけならば、忍び込むことも可能だとは思うが……」

「いや、正々堂々と謁見を申し込もう。暗殺者がこちらの手にある以上、無視もできないはずだ」

ティアムーンにとってもガヌドスにとっても、関係がこじれるのは望ましいことではない。ゆえに、可能であれば、ただの会談という形でいろいろと決着をつけたいし、相手もそうしたいはずだ。

そんなルードヴィッヒの読みは当たる。

二日後には謁見の許可が下り、ルードヴィッヒとディオンは揃って城の一角、謁見の間を訪れることになった。

小国とはいえ、相手が国の長たる国王であることを考えれば、これは異例中の異例の出来事といえるだろう。

「これはこれは、かの帝国の叡智、ミーア皇女殿下の右腕と名高いルードヴィッヒ・ヒューイット殿と、帝国が誇る最強の騎士ディオン・アライア殿。両名とも噂はかねがね聞いておるぞ」

ガヌドス国王は、およそ王族というには相応しからぬ風貌の男だった。

どこか媚びるような卑屈さを感じさせる笑みと口調からは、さながら老齢の文官のような雰囲気さえ感じられた。

「このたびは急な会談に応じていただき、感謝いたします」

「なに、かの帝国の叡智の忠臣を無下(むげ)にはできんよ。それに聞けば何やら重大な誤解がある様子。帝国と我が港湾国との間に無用なる争いを巻き起こしては互いの得にはなるまい」

穏やかな口調で話す王を、ルードヴィッヒはジッと観察していた。

一見すると小物、臆病で卑屈という印象を受けるガヌドス王であったが……、その瞳には鋭い知恵の輝きが見て取れた。

知恵者で策謀(さくぼう)家。決して油断のできる相手ではないとルードヴィッヒは判断する。

ゆえに……自身に御しえない相手でもない、とも。

なぜなら、真の知者であれば……、例えば尊敬する師匠や、忠誠を捧げる主であったなら完全に愚者を演じ切るであろうから。

知性のきらめきの、その一片すらも隠蔽し、相手の油断を誘うだろうから。

それができていない時点で、相手は十分に打ち倒しうる存在だと、ルードヴィッヒは見ていた。

「では、さっそく詳しい話を聞こう」

国王のその言葉とともに、ルードヴィッヒは小さく息を吸い、思考を切り替える。

「実は、先日、私は命を狙われまして……」

「ほう。それは、この港湾国内でのことかね？」

「王都の一角、教会のそばの路地において」

「それは大変失礼をした。あの辺りは、確かにあまり治安がいい地域ではないのでな。この港湾国は土地柄ゆえか、どうしても海賊上がりのならず者が絶えなくてな」

——なるほど、無法者が勝手にやったこと、と言い張るつもりか。

ルードヴィッヒは小さく眼鏡を押し上げて、

「その者たちを捕らえ、尋問したところ、彼らはあなたの密命を受けてことに及んだと、そのように申しております」

「なんと！　愚かなことを。まさか、貴公、そのような下賤な者どものの言うことを真に受けて、ここにやってきたのではあるまいな？」

大げさに驚いて見せる国王。それをルードヴィッヒは黙って観察していた。

「しかし、ただの無法者の暴挙だと思ったが、あるいは我が国と帝国との仲をこじれさせようという策謀やも……。ふむ。どうやら、貴公は、そのならず者どもの言葉を信じているようだな」

「そうですね。彼らの言を信じるに足る確証を得ています」

無論、ただのブラフだが……、ここはあえて踏み込む。

国王からなにがしかの反応を引き出したいと考えてのものだったが……。

「ははは、ならば仕方あるまい。元海賊を訓練してみたのだが、どうやら鍛え方が足りなかったか。なにしろ、我が国は軍隊の整備もままならぬ小国ゆえ、使える手ごまが少なくてな」

「……つまり認める、と？」

わずかばかり驚きつつも、ルードヴィッヒは問いただす。

「わしがいかに否定しても貴公は納得せんであろう。であれば、その前提に乗って話をするも一興。どうせここで何を言っても、どうということもない。そのぐらい貴公もわかっていよう」

——なるほど、言った言わないの水掛け論にするつもりか……。海賊上がりの者たちを使ったのは、そのためでもあるのだろうな。

いかに、ルードヴィッヒやディオンがガヌドス国王の自白を主張しようとも、王本人が否定してしまえば意味がない。

この国と関係の深いグリーンムーン公爵は平民であるルードヴィッヒより、国王の言葉に信をおくだろう。海賊の証言などあてにならないと主張し、とりなそうとするだろう。

この場にミーアがいれば、決して国王は認めなかったに違いない。

瞬時にそこまで考えて、ルードヴィッヒは頷いた。それなら、それで構わない、と。

そんなことは些末（さまつ）な問題である。むしろ聞きたいのは、その先の部分なのだから。

「では、この場限りのことということで単刀直入にお聞きしますが……、私を狙った理由はやはり、イエロームーン公爵家とガヌドスとの関係を知られないためですか？」

「さて……、なんのことやらわかりかねるな。イエロームーン公爵家とは、確かに古くは付き合いがあったが、それが何か……」

「グリーンムーン公爵家は切りやすい命綱。そういうことではありませんか？」

ルードヴィッヒは推測した。

ガヌドス港湾国の目的……、それはすなわち、ティアムーン帝国を依存させ、時期が来たら餓死させることではないか、と。

現在の帝国の食糧自給率は極めて低い。言い方を変えるならばそれは、かなりの割合を外国からの輸入に頼っているということだ。

当たり前のことだが食べ物が手に入る算段がつかないのに、自領の農地を減らそうなどとは、さすがに貴族たちも思わない。いかに反農思想という馬鹿げた思想にとりつかれていたとしてもだ。

そして、その輸入先の一つがガヌドスであった。

海に面したガヌドス港湾国は海産資源の豊かな国だ。豊富な海の幸は帝国の食の一部を確実に彩るものであり、今やなくてはならないものになりつつある。

ゆえにこそ……、飢饉などにより食料が不足した際に、ガヌドスからの輸入が途絶えれば、帝国にとっての影響は計り知れないものになる。

もしも、その状態を作り出すことがガヌドス港湾国の目的であったとするなら……。

「その場合、避けたいのは早期の帝国の軍事介入だ。疲弊しきる前に帝国に軍を動かされては、港湾国の戦力では抗しようがない。ゆえに、港湾国は一貫して、帝国の友好国であるふりをしなければならない。輸入を制限するのも、あくまでも交渉の不備のせいにしておかなければならない。だから、盟友であるイエロームーン公爵家が交渉役ではいけなかった」

グリーンムーン公爵をそそのかして国外にでも脱出させる。そうしておきながら、表ではグリーンムーン家としか交渉しないと突っぱねる。

さらに万が一、軍を動かされそうになった場合には、四大公爵家の一角、イエロームーン公爵に働きかけてもらい妨害する。帝国内に大貴族の協力者がいれば、なにかと便利だろう。

無論、グリーンムーン公爵が計算どおりに動くかはわからないが、もしも上手く行かなくても暗殺して、死体を隠して行方不明にしてしまえば良いのだ。

グリーンムーン家の家督の継承など、ごたついている間にも時間は稼げる。

ルードヴィッヒの考えは、そのような形のものだった。

「あなたたちは帝国に敵対して、勝てるつもりだったのか？」

「さて……敵対？」

国王は、口元を穏やかに微笑ませて言った。

「我が国が帝国に敵対するなど思いもよらぬこと。そうではないかな？　港湾国には海賊を取り締まるための治安維持軍はあるが、強大なる帝国軍と比べればそれは微々たるもの。ろくな武力を持たぬ我々が強大無比な帝国に敵対するなど悪い冗談だ」

その物言いに、ルードヴィッヒは慄然とした。

まさか、軍隊の弱さを自国の潔白に利用しようなどと……、陰謀を覆い隠すベールにしようなどとは思いつきもしなかったから。

「飢饉が起きた時に帝国への食糧輸出を止めること、仮にそのような企みがあるとして……それを理由に戦端を開くような真似ができるとお思いか？」

それが軍事行動であったなら……。帝国への軍隊による侵攻計画をつかんだというのであれば、それは立派な開戦の理由になるのだろう。なぜなら、それは明確な攻撃であるからだ。

けれども将来「もしも飢饉が起きた」ならば「食糧を売ることを止める」ということは攻撃とは言い難い。

あまりにも婉曲的に過ぎて、危機感をいまいち実感しづらいのだ。

その計画は、そもそも飢饉が起きなければ発動しないわけで……。

つまるところ、ガヌドス港湾国の陰謀は積極性にも攻撃性にも欠けるものなのだ。

極めて曖昧(あいまい)で、そもそも陰謀とすら呼べないような、それゆえに存在の確認も糾弾(きゅうだん)も難しいものなのだ。

ルードヴィッヒは自身の推論に、ある程度の自信を持ってはいるのだが、あくまでもそれは推論の範囲を出るものではない。

夢物語であると言われてしまえば、言い返すことのできないものであり、それを理由に港湾国に戦争を仕掛けられるとは思えなかった。

蛮族の住まう国であるならばいざ知らず、同じ中央正教会の神を信仰する者同士、大義名分もなく戦端を開いては、他国に糾弾する隙を与えることになるからだ。

――そもそも帝国がしっかりと食糧自給の体制を整えさえすれば、ガヌドスの行動は攻撃にはならない。

悪しき反農思想……それさえなければ、ガヌドスの企むようなことは起こりえないことなのだ。

ルードヴィッヒが違和感を覚えるのは、むしろそこだった。

――気が遠くなるほど長い年月をかけて執拗（しつよう）に計画されてきたにもかかわらず、相手国の失敗や天候に頼る要素が大きすぎる。飢饉に関して言うならば、数十年に一度は起こるものということができるが、帝国の失政については、下手をするとあっさり覆されてしまうことだってあるだろう。

反農思想自体が、ガヌドスの盟友イエロームーン公爵家が広めたものと考えられなくもないが、どこか引っかかるものを感じる。

いかに四大公爵家の一角とはいえ、はたしてそこまでの影響力を行使できるものだろうか。貴族には、ほかの四大公爵家の派閥の者もいるのだが。

そこまで考えたところで、ルードヴィッヒは小さく首を振った。

「いずれにせよ……、我々はミーアさまのもと、帝国を改革していきます。食糧自給の体制がきちんと整えば、ガヌドス港湾国の計略も形を成さなくなることでしょう」

そう告げられても、ガヌドス王は特に取り乱すこともなかった。

「そうか。友好国の問題が改善されるのは我が国としても喜ばしいこと。我が国との食糧の取引が減ってしまうかもしれぬのは少しばかり残念ではあるが、まぁ、帝国内のことには、なにも口は出せぬな。我が国は弱小国なのだから」

その言葉を聞き、ルードヴィッヒは得体の知れない不安を覚えるのだった。

ルードヴィッヒらを見送った後で、王は穏やかな笑みを浮かべた。

「最古の忠臣イエロームーン公爵家と、皇帝の寵愛を受けし皇女とが対立するか。なるほど、我ながら面白い時代に生まれたものだ……」

帝国を縛る呪いの盟約、それが今、明らかになろうとしていた。

帝国の叡智の灯（ともしび）
～ミーア姫、燃焼する！～

Tje Empire Wisdom's Light

光あるところには、必ず闇が生まれる。

大国ティアムーン帝国の美しき都、ルナティア……。

月の女神の住まう場所とまで言われたルナティアにも、その光が届かぬ場所があった。

城壁近くの貧民街「新月地区」と呼ばれるその場所は……、死と病と貧困とが支配する、地獄のような場所だった。

路上に無造作に捨てられたゴミには虫が湧き、そこらに病人が倒れたまま、放置されていた。

夢を見るべき子どもたちはいつも腹を空かせ、その顔に笑顔はなく、その瞳には絶望が映るばかり。

見捨てられた人々がなんの目的もなく、ただ死ぬまでの間を生きる場所。

慈悲深き月の光さえ、そこには届かない……、などと言われたのも、今は昔。

街は、確実に変わりつつあった。

路上に散乱していたゴミはもはやない。弱っている人には手が差し伸べられ、倒れた人が放置されることはない。当たり前の思いやりが、当たり前に向けられるようになり、そうして、街に住む人々の顔には活気が溢れるようになった。

絶望の街の人々は、希望へと向かい、歩み始めていた。

「すべてはミーア姫殿下の為されたことです。姫殿下は暗く闇に包まれていた場所を、その叡智と慈愛の光によって照らしだしてくださったのです」

そう言って……、その兵士、オイゲンは笑った。

鍛えた肉体に、白銀の、磨き上げられた軽装鎧を身にまとい、誇らしげに胸を張る。その胸の部分には月の紋章が刻み込まれていた。

皇女の紋章、それは皇女専属近衛隊(プリンセスガード)のみがつけることを許された栄光の証だった。

そんな忠義の部隊の中にあっても、彼は特別な存在だった。

そう、彼こそが始まりの目撃者。最初にミーアが新月地区にやってきた時、護衛の任に当たっていた者だった。

いわば、最初の皇女専属近衛兵(プリンセスガード)なのである。

そんな忠義の人、オイゲンは、現在、ミーア姫殿下の〝お客人〟を護衛しつつ、帝都の案内をしているところだった。

――ミーア姫殿下の、ご学友の方々なのだろうか？

そう思うと、ついつい、熱心な目を向けてしまう。

一人は、白銀の髪を持つ少年だった。端整な顔立ちと、穏やかながら、どこか鋭い光を放つ瞳……。全身から発散する雰囲気は、まさしく王者の風格といえた。

――どこぞの王子殿下ということか。もうお一人もそうだろうか？

次に視線を向けた先にいたのは、黒髪の少年だった。白銀の髪の少年ほどではないにしても、こちらも整った顔立ちをしている。どちらかというと、優男、甘い笑みを浮かべれば、女子からはさぞやモテるだろうが……。その全身から漂うのは、むしろ、武人のような真っ直ぐな力強さだった。

――いずれにせよ、こちらも常人ではなく、高貴な身分の方という気がする。とすると、もう一人は従者だろうか。

最後の一人は二人の少年より少しばかり年長の青年だった。こちらもかなりの美男子で、ミーアがセントノエルで、男子の人気を集めていることが窺われた。

——ミーア姫殿下はたいそうお美しいからな……。変な虫がつかないか心配だ。

誇るべき主君が、生涯の伴侶選びに失敗するとも思えないが、それでもついつい心配になってしまう。

彼にとってミーアは、尊敬する主であると同時に、どうしても幸せになってもらいたい、愛すべき妹のような存在でもあるのだ。

もっとも……、実のところ、オイゲンの三人に対する評価は高い。

なぜなら、帝都観光をする際、彼らは言ったのだ。

〝皇女ミーアのなした功績が見たい〟と。

尊敬する主君の功績に興味があるとあっては、彼としても邪険に扱うわけにはいかない。普通ならば決して連れて行かないような新月地区に足を延ばしたのも、そのためだった。

「そうか……。この街をミーア……姫殿下が……」

感心した様子でつぶやいたのは、白銀の髪の少年だった。興味深げに、辺りを見回している。

「はい。私は、偶然にも最初の時から、姫殿下を護衛する栄誉をいただきまして、この新月地区にもお供をさせていただいたのです」

「そうなのかい？　ならば、もしよければ、その時のことを聞かせてもらえないだろうか？」

黒髪の少年が、生真面目そうな顔で言った。それに頷きを返し、オイゲンは言った。

「ええ、構いませんよ。ああ、ちょうどいい」

そうして、オイゲンは、懐かしそうに頬を緩める。

「ちょうどあの場所でした。あそこに一人の子どもが倒れていたのですが……、ミーア姫殿下は、躊躇なく駆け寄って抱き起し、しかも、自らの持っていたお菓子をわけ与えられたのです。止める間もなく、正直なところ、護衛としては失格もいいところなのですが……」

苦笑をしつつも、オイゲンの声は明るい。

今でも、あの時のことは、時々思い出すことがあった。

「皇女殿下が新月地区に行きたいと言っている」

そう聞かされた時、彼は、突然の厄介ごとに舌打ちしたものであった。

またお貴族さまのわがままか、と。新月地区に行きたいなどと、面倒なことこの上ない、と……。

それがどうだろう？　今となっては、あの時の経験は、彼にとって貴重な輝かしい記憶、誇るべきエピソードになっているのだ。

――人生には、思ってもみないようなことが起こるものだ……。

「それから、その子どもを連れて、この辺りで孤児院を運営している教会に向かいました。姫殿下が病院を建てられるまで、病人の手当てができるのは、そこだけでしたから……。ああ、あの教会の神父さまも、確かミーアさまとは懇意にされているはずですね」

「そうなのか……」

黒髪の少年が、小さく頷いてから言った。

「ならば、申し訳ないが、そこに案内をお願いしてもいいだろうか？」

「それは構いませんが……、その、よろしいのですか？　帝都のほかの場所に回る時間は無くなってしまいますが……」

帝都見物と言った時、まず頭に浮かぶのは、白月宮殿と、それを中心に円を描くようにして門閥貴族の別邸が並ぶ満月地区だ。

それに、商人たちの集まる大市場も見どころの一つだ。外国からやってきた旅人に人気なのは、その二か所だ。それを回るだけでも、一日、二日では済まないのだが……。

念のため、オイゲンが尋ねると、

「ああ、問題ない。我々はミーア姫殿下がなされたことを知りたいんだ」

白銀の髪の少年が答える。

「そうですか。それでは……、ああ、そうだ。道順的には病院の方が近いから、そちらを回ってから、教会にご案内いたします」

オイゲンは、改めて気合を入れる。

なにしろ、相手は恐らくミーアのご学友。しかも、様子を見るに、ミーアのことを憎からず思っているらしい。あるいはもしかすると、どちらかはミーアと恋仲かもしれない。

——失礼のないように、だが、余すところなく、ミーア姫殿下の功績を、お伝えしなければならない。

若干、鼻息を荒くしつつ、オイゲンは悪戯っぽい笑みを浮かべた。

「その病院なのですが……、実はミーアさまは思いもよらぬ方法で建設費をねん出しました。それがまた実に素晴らしく……」

まるで、自慢の妹を誇るかのように、彼は朗らかに語り続けた。

結局、彼らは夕方近くまで新月地区を歩き回り、その日は、教会に泊めてもらうことにした。宿屋まで案内すると言い張るオイゲンをなだめすかして別れた後、彼ら……、シオン、アベル、キースウッドの三名は、思わず苦笑いを浮かべた。

「しかし、すごいな……。ミーアの人気は……」

オイゲンの語り口を思い出しながら、シオンが言った。

「部下に慕われるのも名君の証拠。ミーア姫殿下であれば別に驚きませんけどね」

俺は知ってましたし、と得意げな顔で言ったのは、オイゲンの前ではずっと黙っていたキースウッドだった。基本的に、シオンと二人きりの時以外は、従者として一歩引いているキースウッドであるが、シオンとアベルが剣術鍛錬を共にするようになってからは、アベルにも素の自分を見せるようになってきていた。

これもまた、ミーアが結んだ絆と言えるかもしれない。

「そうだね……。だが、それも納得できるな。まさか、あのような立派な病院をかんざし一つで作ってしまうなんてね……」

驚愕を一切隠さない口調で、アベルが言った。それには、シオンもまったく同感だった。

「病院を建てたということは聞いていたが……。まさか、かんざし一つで、貴族たちを動かしたとは思わなかった」

帝国の叡智の圧倒的な力を見せつけられて、シオンは感心すると同時に、微妙な敗北感をも味わっていた。もしも、自分がミーアの立場だったら、いったい何ができただろうか？　と、嫌でも考えざるを得ないシオンである。

民を憐れみ私財を投げうつことはするだろう。貴族たちに命じて金を出させることもできる。されど、自分から進んで財を出すようにさせるなどということは、想像すらできなかった。

――キースウッドは、ミーアに学べばいいと言うかもしれないが……。

確かに、上に立つ者として様々なやり方を学び、成長していくことは不可欠な要素だが、それはそれ……。悔しいことに違いはない。

「ふふ、それにしても……」

不意に、視界の端でアベルが笑うのが見えた。

「ん？　どうかしたのか？」

不審に思い尋ねれば、アベルは小さく首を振って答える。

「いや、なに。思ったんだよ。普通は、一国の皇女が自分のアクセサリーを貧民のために差し出したと聞けば、それだけで感心しそうなものだが……、ミーアの場合には、そのぐらいでは驚かなくなってきているな、と」

「なるほど、確かに……言われてみればそうだな。はは、ミーアに対する要求水準が知らず知らずのうちに高くなっていたらしい」

そんな風に笑っていたシオンであったが……、彼は、まだ知らなかった。

この後、自身が思い知ることになることを……。

自分たちの高くなった要求水準すらも凌駕する、帝国の叡智の、さらなる高みを。

「おお、これはこれは、遠いところをようこそおいでくださいました」

教会に入ると、温厚そうな顔の神父が出迎えてくれた。人は見た目で判断できるものではないが、それでもなお、人柄の良さを確信してしまいそうな、そんな雰囲気の人だった。

「満足なおもてなしもできませんが、どうぞ、おくつろぎください」

「すまない。世話になる」

神父の後につき、廊下を歩く。古い建物には、ところどころ色の違う真新しい木材が使われていることに、シオンは気付いた。

「ああ、申し訳ありません。内装まではなかなか手が回らず、お見苦しいところをお目にかけます」

シオンの視線に気付いたのか、神父は苦笑いを浮かべた。

「ですが、ミーア姫殿下の指示で、この建物もだいぶ修繕が進みました。以前は隙間風に悩まされていたものですが……」

と、そんなことを話していると、前方から一人の少女が歩いてくるのが見えた。孤児院で預かっている娘だろうか。片手に本を抱えた、賢そうな目をした少女だった。

「ああ、セリア。ちょうどよかった。すまないが、お茶を入れてきてもらえるだろうか。こちらは、ミーアさまのご学友の方々でね、一晩、ここにお泊りいただくことになったんだ」

そう少女に告げてから、神父は悪戯っぽい笑みを浮かべて、シオンたちに言った。

「お茶とお菓子に関しては、恐らくみなさまにも満足いただけると思います。なにしろ、ミーア姫殿下のセレクトされたものですから」

「ミーアの？」

きょとん、と首を傾げるアベルに、神父は得意げな顔で頷く。

「ええ。実は、これからもここに立ち寄ることもあるだろうから備蓄しておくように、と、定期的にお菓子とお茶を届けてくださるのです。腐らせてしまってももったいないから、こちらで食べても構わない、とも言っていただいております」

「ああ……なるほど……」

それだけで、シオンはピンとくる。

ミーアは要するに、なんだかんだ言って、ここの子どもたちに美味しいお菓子とお茶を届けているのだ。貧民街の孤児院で暮らす子どもたちに、少しでも「楽しみ」を提供しようと、ミーアは考えたに違いない。

「実にミーアらしいね」

アベルのつぶやきに、シオンは素直に頷きを返した。

そうして、神父に案内されたのは、少し広めの部屋だった。

荷物を下ろし、一息吐いたところで、

「失礼いたします」

先ほどの少女、セリアがお茶とお菓子を持って、やってきた。


時間は少しだけ遡る。

「え……？　おっ、王子殿下ご一行ですか？」

お茶の用意をしていたセリアは、先ほどの少年たちの素性を聞いて驚いた。

「そうなんだ。ミーアさまの通うセントノエル学園は、高貴な血筋の方々も通う学校だからね。ああ、でも、安心していいよ。お二方とも、ミーアさまが親しくされているだけあって、とても温厚な方たちらしいから」

話をしてくれた神父は、穏やかな口調で言った。

「どうして、そのような方々がここに……？」

「どうやら、ミーアさまのなさったことを見にいらしたようなのだ。あの方たちも将来は国王となったり、高位の貴族となられて、領地を治めることになるのだろう。そのために、ミーアさまに学ぼうというのだろう」

そこで、神父は、困ったような顔で笑った。

「ミーアさまのような貴族さまが増えれば、国は良い方向に行くのだけどね」

貧困地区で孤児院をする大変さが、彼には痛いほど骨身に染みていたのだ。そして、貴族たちの無関心さも……。

「だから、あの方たちがミーアさまに倣（なら）うというのであれば、それはとてもいいことだと、私は思うよ。君のような子どもが増えるかもしれないからね」

そう言って、神父は優しい笑みを浮かべた。

「私みたいな……」

その言葉に……セリアは少しだけドキッとした。

あの時のミーアの真剣なまなざしが、目の奥に浮かんで消えた。

――私みたいな子……。

……小さなつぶやき……、その胸に芽生えた、ある想いを抱いて、セリアは王子たちの部屋を訪れた。

「失礼いたします。お茶をお持ちいたしました」

わずかばかりの緊張はあった。相手は王子殿下なのだ。緊張するなと言う方が無理な話である。

けれど、それも、ほんのわずかなこと。

なぜなら、セリアには誇りがあった。

自分が、かの帝国の叡智に見出され、救われたのだという誇りが。

「ありがとう。このお菓子もミーアが持ってきたものなのかい？」

優しげな笑みを浮かべる黒髪の少年。神父に教わったところでは、こちらがレムノ王国のアベル王子殿下なのだという。

「はい。ミーアさまがくださったものです。ミーアさまは、とてもお優しい方です」

「なるほど……」

納得の表情を見せるアベル王子。もう一人の王子であるシオン王子も、その従者の青年も、優しげな顔をしている。セリアがなにを話しても、理不尽に暴力を振るうようなことは、恐らくないだろう……。

セリアは意を決するように小さく息を吐いて、吸ってから……。

「あの、お疲れのところ申し訳ありません。少しだけよろしいでしょうか？」

勇気を振り絞って、顔を上げた。

「うん？　なにかな？」

「みなさんは、ミーアさまがなにをなさったのかを知るために来られた、とお聞きしました。だから、あの……、聞いてもらいたかったんです。ミーアさまが、私に、なにをしてくださったのか……」

あの日以来……、ずっと心の中に滞っていた思いがあった。

それは……、罪悪感だった。

セリアは紛れもなくミーアに救われた。

彼女の前にはミーアが開いてくれた輝かしい道が真っすぐに延びていて……、学びたいことを学ぶことができる、心行くまで勉強することができるという環境に、セリアの心は踊ったのだ。

けれど、少し時間が経ってから、その胸に芽生えたのは、不思議なことに罪悪感だった。

――私だけが、救われていいのかな……？

ふと、そんな気持ちが浮かんだ。

もちろん、自分だけではない。この孤児院はミーアの寵愛を受けている。だから、彼女の後に続く者はきっといるだろう。

けれど……、それはあくまでも帝国内でのこと。

セリアは知っている。他国の状況だって、帝国とさほど変わりはないことを……。

神父から聞き、本で読んだから知っているのだ。

自分と同じ境遇の子どもは、決して少なくはないということを。

――いいのかな……？　私だけが幸運で……、こんなに幸せになって……。

そんな疑問を抱く時、決まって彼女の脳裏に浮かぶのは、あの時のミーアの顔だ。

真っ直ぐに自分を見つめてくる、あの力強い瞳だ……。

自分だけが幸福になること……、それは、ミーアの真心に恥じぬ行為だろうか？　と。

ミーアに選ばれて、救い出された者に……はたして相応しい行いなのだろうか、と……。

セリアはずっと悩んでいた。

そして、その問いに対する一つの答えを……ミーアの想いに応えるための方法を、セリアは見つけたのだ。

だから、セリアは勇気を振り絞って言った。

「ミーアさまは、私にご自分の学園に入学せよと……。そこで、学長の賢者さまから直接学ぶようにと……、そう言ってくださいました。私の目を見つめて……」

もしかしたら、目の前の王子たちは、ミーアの行動に感銘を受けて、同じようなことをしてくれるかもしれない。

帝国の叡智がこの新月地区を照らした光は、さながら灯のように、他の者にも燃え広がり……そうして、別の国をも照らし出すかもしれない。

自分と同じような子どもたちを救い出す……その助けになるかもしれない。

だから……。

セリアは語った。全身全霊で語り倒した。

ミーアの優しさを、素晴らしさを……。それを受けた自分がどれだけ救われたかも……。

そして、同時に思う。

ミーアが救い出してくれたことだけではない。ミーアに見出された自分が、どれだけ立派なことができるのか……。それもまた大切なことなのだ、と。

ミーアに手を引かれ、引き揚げられた自分は、それに相応しく学び、この国に良い影響を及ぼす、そのような者にならなければいけない。

それができれば他の国でも、孤児たちを役に立つ人材として、重んじるようになるだろう。だから……。

──頑張らないと……。ミーアさまに見出された者として……。

セリアは気合を入れるのだった。

セリアが部屋を出ていくのを待って、シオンは小さく息を吐いた。

「セントノエルに匹敵しうる学園都市……。しかも、そこに優秀な孤児を入学させる、か……。驚いたな……。まさか、孤児に対する教育まで、視野に入れていたとは……」

自身を遥かに凌駕するスケール感に、シオンはめまいがする思いだった。

なるほど、飢えた民に食べ物を用意するのは、貴人として当たり前のことだ。けれど、食料のみならず、学問への道を開いてやろうなどと……、そのような発想をする者が果たしてどれぐらいいるだろう？

ミーアは、学園都市という形のみならず、〝血筋に関係なく知識を与えよう〟という、セントノエルの精神をも模倣しようとしているかのようだった。

「しかも、ただのお人好しじゃない。明らかにミーアは、この国の未来を担う若者を育成しようとしている……」

ただ命を助けるだけであれば、それは慈悲に過ぎない。それだって、十二分に美徳ではあるが、ミーアの場合、その先を見据えている。

助けた者が自分の足で立ち、やがては帝国の未来を担う優秀な人材になることを想定しているのだ。

「この視座には、なかなか立てない。少なくとも俺には無理だ」

降参、といった様子で両手を上げるシオンに、キースウッドがやれやれ、と首を振った。

「ああ……でも、よくよく考えると、それほど驚くこともないのかもしれないですよ」

そこで、ふと何かを思い出したかのように、キースウッドが手を打った。

「ん？　というと？」

首を傾げるアベルに、キースウッドは種明かしをするかのように言った。

「あのミーアベルという少女のことです。彼女をセントノエルに入学させ、学ばせようというのも、ミーア姫殿下のお考えではないですか」

「ああ……なるほど、確かに」

それを聞いて、シオンは納得の頷きを返した。

表向きは、異母姉妹だということになっている少女だが……、シオンはそれを信じていなかった。

恐らく、ミーアは、セントノエルの教育を彼女に受けさせるために嘘を吐いたのだ。

そしてそのことはラフィーナもほかのみなも知っていて……それで、見逃しているのだ。

なぜなら、それが、ミーアの優しさから来ている行動だと誰もが知っているからだ。

「そうだったのか……」

けれど、キースウッドの言葉に、アベルは怪訝そうな顔をしていた。

「てっきり、彼女はミーアと血のつながりがある者だと思っていたが……」

つぶやくように言って、それからアベルは首を振り、

「まぁ、そういうことならば、きっと彼女もミーアの気持ちに応えるために、今頃は勉学に励んでいることだろうな」

そうして、彼らは、遠くセントノエルで留守番をしている少女に思いを馳せるのだった。

受け継がれる灯

THE INHERITED LIGHT

ティアムーン帝国を二分する内乱の最中、帝都ルナティアは……、美しき月の都と呼ばれた都は、未だ中立地帯として平和を誇示していた。

中でも、かつての貧民街『新月地区』には、どこか、平和でのんきな空気が漂っていた。

まるで、皇女ミーアの気風を保ち続けようとするかのように。

戦乱により、じわじわと広がる闇、それに抗い、帝国の叡智の余光を最後まで保ち続けた場所こそが、この新月地区だったのだ。

「あら、オイゲンさん、こんにちは。〝お嬢さま〟のお出迎えかい？」

市場のおばちゃんに声をかけられて、元近衛兵オイゲンは苦笑いを浮かべる。

彼が迎えに行くお嬢さまの正体が、皇女ミーアの孫娘であるということは、この地では公然の秘密となっていた。

それでも、誰も、彼女に危害を加えないのは、やはり、ここが新月地区だからだろう。

この場所におけるミーアの人気は、絶対的なものなのだ。

「ええ、そうなんです。今日は〝先生〟に授業を受けに行っているもので」

帝国最後の皇女ミーアベルを帝都ルナティアに送り届けたのは半年前のことだった。

ミーアベルをミーアの忠臣たちに引き渡して後も、オイゲンは律義に、最後の近衛として護衛を続けていた。

他に行くべき場所もない。

妻はすでに亡く、成人した子は、すべて独立し、それぞれに家庭を築いていた。

子や孫に看取られる最期というのも、決して悪くはなかったのだが……、それよりは、人生の最後の時間を忠義に費やそう、と……、そう考えた末の行動だった。

「ほら、これ〝お嬢さま〟に届けてもらえるかい？」

そう言って、市場のおばちゃんが、小包を差し出してくれる。その中身は少女の形をした焼き菓子、通称ミーア焼きだった。この辺りでは人気の、とても甘いお菓子である。

「いつもすみません」

「いやいや……。ミ……じゃない。お嬢さまのお祖母さまには、うちもずいぶん良くしていただいたから……。うちのお菓子を気に入っていただいてね……。新月地区に訪れるたびに、買っていってくれたもんさ」

懐かしそうに、目じりの皺を深くする女性に一礼すると、オイゲンは道を急いだ。

いくつかの古い路地を曲がった先、薄暗い路地裏にその建物は建っていた。

一見するとそれは、崩れかけた古い建物に過ぎない。けれど、ある視点で見ると、その立地は、実に理にかなったものと言えた。

建物は、非常に奥まった位置に建っている。けれど、そこは決して袋小路ではない。

人通りの多い道に抜けるルートが複数存在しており、しかも、そのいずれもが、複雑な道筋を辿らなければならなくなっている。

つまり、奇襲を受けた際、脱出しやすく、なおかつ追手を撒きやすい位置に建っているのだ。

さらに、新月地区全体から見ても、奥まった場所にあるため、もしも怪しげな人間が接近してきた際には、報告が届いてから対処する時間的余裕ができるのだ。

新月地区の住人は、みなミーアを慕っている。ゆえに、もしも、その血筋に悪を為そうという者が足を踏み入れれば、すぐに情報が伝わるようになっているのだ。

すべてはミーアベルを守るためだった。

帝室の血を引く最後の姫、ミーアベルの命を狙う者たちは多い。ゆえに、彼女は身を隠して、警戒しながら生活せざるを得ないのだ。

彼女は自身を「ボク」と呼ぶ。

それは、性別を偽り身元を隠すため。

髪を伸ばしたままにしているのも、いざという時はそれを切り落とし、少年に扮して相手の目を欺くためのことだった。

——痛ましい話だ……。世が世なら、至高の姫として、みなにかしずかれる身分であったのに……。

もっとも、そのような悲壮感とはまったく無縁に、ベルはいつでも笑みを浮かべていたが……。

それにどれほど、彼らが救われたか……。

入口のところに立っていた見張りに声をかけ、オイゲンは中に入った。

「失礼いたします。ルードヴィッヒ殿、オイゲンの鼻孔をくすぐった。

室内に入った途端、甘い匂いがオイゲンの鼻孔をくすぐった。

それは、温めた牛乳(ミルク)の、濃厚な香り……。ベルの大好物の香りだった。

「ああ、オイゲン殿、来たか……」

声の方に目を向ける、と、そこには眼鏡をかけた初老の男が立っていた。

かつて帝国の叡智の片腕とまで言われた忠臣、ルードヴィッヒは、現在、牛乳を温めている真っ最中だった。鍋の中の牛乳の様子をじっと観察し、細心の注意を払いつつ、薪を一本減らす。火加減の調節に、一切の妥協がない！

かつての辣腕家のイメージそのままの料理風景に、思わず苦笑するオイゲンである。

「いつもすまないな。私が送り迎えも担えれば良いのだが……」

そう言って、ルードヴィッヒは苦笑する。

「荒事は、あまり得意ではなくてね」

「どうぞ、我々の仕事をおとりになりませんように。ベルさまの護衛は、どうぞ、我ら、皇女専属近衛隊にお任せください」

オイゲンは、自らの胸を拳で叩きながら言った。

「私は、先に逝った者たちの志も背負っておりますから、みなの分も働かねばならないのです。それに、もしも私が護衛の任をサボりでもしたら、ベルさまのことを私たちに託して逝った帝国最強の騎士殿に、あの世で叩き斬られるでしょう」

そう、肩をすくめるオイゲン。その言葉を聞いて、ルードヴィッヒも苦笑いを浮かべた。

「ああ、そう……、そうだったな……。貴殿は彼の魂をも背負っているのだったな……」

それから、不意に遠い目をする。

「しかし……、未だに実感が湧かないな。あの、帝国最強の騎士が死んだとは……」

一瞬、生じかけたしんみりした空気を嫌って、オイゲンは努めて明るい声で言った。

「それで、ベルさまは……？」

その問いかけに、ルードヴィッヒは苦笑を浮かべて、首を振った。

「変わらず、だ。途中で寝てしまわれた」

ルードヴィッヒの指し示す先、机に突っ伏して転寝するベルの姿があった。すやすやと、なんとも気持ち良さそうに寝息を立てている。

「やはり、ベルさまは、あまり勉強が得意ではないらしいな」

そう言いつつも、勉強のご褒美のホットミルクを準備するルードヴィッヒである。

実に甘い！　ミーアが見たら、待遇のあまりの違いに抗議しかねない光景である！

「しかし、ルードヴィッヒ殿も、ベルさまには甘くなってしまうのですね。そのホットミルクは、勉強を終えたご褒美ではなかったのですか？」

まるで、ミーアの亡霊が乗り移ったかのように、ツッコミを入れるオイゲンに対し、ルードヴィッヒは、なんとも言えない顔をする。

「まぁ……、ミーアさまも、考えごとをなさる時に、いつも甘いものを食べておられたからな……。ベルさまも、甘いものでやる気を出していただけるならば……、と思ってね」

ちなみに、ホットミルクの作り方は、長く帝室の食事を担っていた料理長直伝のレシピである。帝国の荒廃により、手に入れるのが難しくなった新鮮なミルクを、ルードヴィッヒは苦労して仕入れているのだ。

……自身との待遇の違いに、ミーアが地団駄を踏むのが目に浮かぶようである。

「それに……」

と、ルードヴィッヒはベルに優しい目を向ける。

「ベルさまの不遇な現状を考えれば……。このぐらいの幸せがあっても良いのではないか、と思ってね」

それには、オイゲンも同意だった。

「そうですね……。このような境遇にあっても、一言も文句を言わない……。それは、ベルさまの美徳ですし、あのお方の善性を継がれているのだと思いますが……」

だからと言って、ベルが、なんとも思っていないはずがない。

幼くして、両親を失い、家臣を失い、命を狙われる日々……。

無心でいられるはずがないのだ……。

そんな悲惨の内にあるベルに、少しでも美味しいものを味わわせてあげたいと思うのは、オイゲンも同じだった。

「さて、それではお迎えも来たことだし、そろそろお目覚めいただこうか……」

そう言って、ルードヴィッヒは、火から鍋を外した。熱々になったミルクをコップに移してから、ルードヴィッヒは、ベルのところに歩み寄った。

「ベルさま……、ベルさま、お目覚めください。ホットミルクができましたよ」

「ん……んぅ？」

ひくひく、と鼻を動かしたかと思うと、ベルがぽやーっと目を開けた。

それから、辺りをキョロキョロと見まわして……、

「あっ、オイゲンさん……」

すぐそばに立っていたオイゲンを見つけてにっこりと笑みを浮かべる。

「迎えに来てくれたんですか……？」

ベルはペコリ、と頭を下げてから言った。

「いつもありがとうございます」

「いえ、もったいないお言葉にございます」

オイゲンは、柔らかな笑みを浮かべて、その礼を受ける。それから、

「ああ、それと忘れるところでしたが、こちらは町の者から、ベルさまにとのことで、預かってまいりました」

先ほど、市場でもらったお菓子をベルに差し出した。

「ふわぁ、美味しそう……！」

ベルは、お菓子を受け取り、それから、

「お礼をしなければなりませんね。どこの方ですか？」

そう、首を傾げた。と、そこで、ルードヴィッヒが静かに言った。

「ベルさま、そのお心を、どうかお忘れなきようにお願いします」

「へ……？」

突然のことに、瞳を瞬かせるベル。そんなベルに、ルードヴィッヒは優しい目を向ける。

「受けた恩を忘れることなく、あるいは、それを当たり前のことと考えることなく、しっかりと返すこと……。それは、上に立つ者に必要なことです。あなたのお祖母さまであるミーアさまは、決して恩を忘れぬ方でした」

「そうなんですか？」

首を傾げるベルに、ルードヴィッヒもオイゲンも、深々と頷いて見せる。

「はい。ベルさまは、ミーアさまから良い部分を受け継いでいるようです。ですから、どうか、それを大切になさってください」

ルードヴィッヒの言葉に、オイゲンは深く同意する。

ベルの明るい笑みは、オイゲンの目には灯に見えた。

暗く闇に沈んだこの地を照らし出す灯。帝国の叡智が灯した輝きを、彼は確かにベルの中に見ていた。受け継がれ、今もなお燃え続ける灯……、それが今は心強い。

「はい。えへへ……」

照れたように、笑みを浮かべるミーアベル。

それから、彼女は嬉しそうにコップに口をつけて……。それから、ちゃっかりいい感じに休憩タイムに移行しようとしたようなのだが……。

「では、続きをやりましょうか……」

そうはさせじ、と、ルードヴィッヒが眼鏡を光らせる……。

「……はぇ？」

ぽっかーんと口を開けるベルに、ルードヴィッヒはすまし顔で言った。

「本日のノルマが残っております。飲みながらで構いませんから最後までやりましょう。休憩はその後で、ということで……」

やるべきことはきちんとやらせる、教えるべきことはきちんと教える……。厳しくも優しいルードヴィッヒ先生なのであった。

「え……あ、え……？」

助けを求めるように、オイゲンの方を見つめるベルであったが……。オイゲンは苦笑しつつ首を振った。

「お勉強、頑張ってください。終わるまでお待ちしております」

それは、あまり長くは続かなかったけれど……、でも、ベルにとってはとても幸せな時間だった。


「ミーアベルさま……、ミーアベルさま……」

ゆさゆさ、と体が揺さぶられる感触……。ベルは、ううん……、と小さく声を上げ、まぶたをゆっくり開ける。

ぼんやりとかすむ視界、そこに映り込んだのは、一人の少女の姿で……。

「あっ、リンシャさん……」

ベルは、目元を両手でこしこしとこすって、改めて辺りを見回した。

そこは……、あの懐かしきルードヴィッヒの部屋ではなく……、立派な本棚がいくつも並んだ図書室で……。

「ここは……」

それでようやくベルは思い出す。そこが、セントノエル学園の大図書館であるということを……。

「ああ……。そうか……」

零れ落ちたつぶやきは、わずかに悲しみを帯びたものだった。

「悲しい夢でも見られたのですか？」

気遣わしげな口調で問うリンシャに、ベルはこっくりと頷いてから……、

「はい……。少し……」

そう答えた。それから、ちょっとだけ慌てた様子で、

「えっと、お勉強が終わった夢でした……。せっかく……、お勉強が終わったと思ったのに……とても悲しいです」

それから、目の前の机に目を移す。そこには、本日のノルマが積み上がっていた。

「なるほど……」

リンシャは、ベルの顔を見て、一瞬、何事か考えたようだったが……、すぐに首を振った。

「それじゃあ、さっさと今日のノルマを終わらせてしまいましょう。

「うぐぅ……」

うめき声を上げるベルだったが、むむっと真剣な顔をして……、頬をパンパン叩いてから、

「リンシャさん、いつもお勉強を見てくれて、ありがとうございます」

にっこりと無邪気な笑みを浮かべて、リンシャに言った。

リンシャは、パチクリと瞳を瞬かせて……。

——ああ……、この子は、やっぱりずるいな……。こんなこと言われたら、ついつい甘くしたくなっちゃう……。

そんなことを思ってしまう。

言ってしまえば、ベルがしているのは、当たり前のことだった。

誰かが自分のために、なにかをしてくれた時にお礼を言うこと……、それは、ごく当たり前のことで……。けれど……、その当たり前のことを、いつでもきちんとできる人間は多くない。

特に、ベルにとってリンシャは、口うるさく勉強を強制してくる人間だ。それが自分のためだとわかっていたとしても、お礼を言うのは難しいだろう。

けれど、ベルはいつでもお礼を忘れない。

日頃の、ごく普通に示された好意に対しても、きちんとお礼をする。だから……、リンシャはベルのことを嫌いになれない。

それに、どれだけベルがサボっても、見捨てる気にはなれないのだ。

「頑張りましょう。ベルさま。きっと、ミーアさまだって、ベルさまのこと心配されていると思いますよ。ちゃんと勉強できているか、って……。こうして、学園に残されていったのも、きっとベルさまに期待されてのことなんですから……」

今は遠く、帝国にいる姫のことを思う。

きっと彼女は、今頃、ベルのことを気にしているはず……、と思う反面、なんとなく……、ベルのことなど忘れて舟遊びを楽しんでいる……そんな光景が思い浮かんでしまい、リンシャは小さく首を振った。

「うーん、そうでしょうか?」

どうやら、リンシャと同じものを想像してしまったらしい。眉間にしわを寄せて首を傾げるベルに、リンシャは慌てて首を振り、言い切る!

「そうです。間違いありません、きっと！　今頃だって、ベルさまのことを心配されているはずです！　あっ、そうだ。お勉強が終わったら、ご褒美になにか食べに行きましょうか？」

話を変える。いささか唐突だったが、幸いにもベルは乗ってきた。

「!?　甘いものでもいいですか？」

「ええ、構いませんよ。なににしますか？」

「うーん……、それでは……」

と、ベルは少しだけ考え込んでから、

「じゃあ……ホットミルクで……」

そうして、ベルはニッコリ、笑みを浮かべた。


……ちなみに、その頃ミーアが何をしていたのかというと……。

「ふぃーっ、あーっ、気持ちいいですわ……」

お風呂でまったりくつろいでいた。

乗馬でかいた汗を流し、それから、ウキウキ顔で、自らのお腹をつまむ。

その顔が、徐々に曇っていく。

「……おかしいですわ。あれだけ乗馬をしたのに、まだまだ、ふにょっとしてるような……。理不尽な！　あんなに頑張ったというのに、全然結果が出ないなんてこと、許されるはずがございませんわっ！」

「ミーアさま、ご安心ください」

嘆きの悲鳴を上げるミーアに、話しかける者がいた。

ミーアが視線を向けると、そこには、小さな瓶と布を持ったアンヌが立っていた。

「クロエさまから教わりました。お塩と布を使って全身を揉み解すと、体が引き締まって細くなるんだそうです」

「ほう！」

「それに、半身浴……、お腹のあたりまでお湯に浸かって、じっくり汗をかくと、体の中の悪い成分が外に出て、痩せることができるという情報を入手しました」

「なんと！　お風呂にそのような効果がございますの？」

アンヌは力強く頷いて……、

「まだまだ、できることはあります。ミーアさま、舟遊びまで、頑張りましょう！」

「ああ……アンヌ……やはり、あなたは、わたくしの忠臣ですわ！」

かくて、舟遊びまで、懸命にＦＮＹ成分を燃焼させる帝国の叡智なのであった……。

めでたし、めでたし。

ミーアの妄想夢日記

Meer's
Megalomaniac Dream
Diary
Tearmoon
Empire Story

五つ月　四日

生徒会選挙も終わり、ゆっくり食事ができるようになった。

今日の料理は、月面鳥のソテーだった。上に乗っているキノコが、シャクシャクしていてとても美味しかった。デザートは大陸イチゴのタルト。これで、デザートは全種類コンプリート。

もう少し種類が欲しいところ。学食改革が急がれる。

五つ月　五日

今日は、濃厚クリームチーズのパスタ。酸味が食欲をそそる。一品。オススメ！

デザートは最初からもう一周、コンプリートを目指すことに決める。

ということで、今日は、ヴェールガ栗のケーキ。山のような形と栗のソースに大満足。

やはり、食事の主役はケーキかしら？

五つ月　六日

今日は、果物サラダというのを食してみる。

ふんだんに甘い果物を使っていて、とても美味。ソースもハチミツをベースに使った素晴らしい味だった。

サラダという言葉に惑わされて、チェックから漏れていたのが残念。もっと貪欲にいろいろと食べてみようと決意する。

五つ月　十八日

最近は、ご飯のことばかり書いていたから、今日は真面目に書きますわ。

ルードヴィッヒからの連絡を受け、わたくしは急遽、帝都に帰ることになりましたの。

それで、今は帝都まであと数日というところを馬車で走っておりますわ。

旅の疲れからか、アンヌの膝枕で寝てしまったのですけれど……、その時に見た夢がとっても素敵でしたの。

なんと、わたくしが、学校で教師をする夢でしたの！

そこは、とても大きな図書室でしたわ。セントノエル学園なんか、目じゃないぐらいに立派で荘厳な場所でしたわ！

きれいなお花が飾られていて、広いお部屋の中には一面に本が収められていて。

ああ、夢でなければ、クロエやエリスを連れて行ってあげたいぐらいですわね。それぐらい見事な場所でしたわ。

そこで、わたくし、大勢の人にお勉強を教えていたんですの。

あの、わたくしをさんざん馬鹿にしていたクソメガネ、もとい、ルードヴィッヒも、わたくしの頭の良さに感服した様子でしたわ。

とーってもいい気分でしたの！　すごーく！　ものすっごーく、いい気分でしたわ！

人にものを教えるなんて、正直、面倒くさいだけだと思っておりましたけれど、やってみると案外、簡単なものですわね。みなさん、わたくしの教え方が良かったのか、サラサラ問題を理解しておりましたわ。

自分の優秀さが怖いですわ。

それにしても、今まで考えたこともありませんでしたけれど、わたくしが教師になるというのは、ちょっとアリな気がしてきますわね。

あの夢、ものすごく現実味がありましたし、わたくしは意外と、ああいうのむいてるかもしれませんわ。寒さに強い小麦を作るのだって、わたくしの教育があれば、助けになるんじゃないかしら！

ルードヴィッヒに相談してみようかしら。きっと、賛成してくださいますわ。

五つ月　十八日　夜

学園でわたくしが教鞭を取る計画は、アンヌに反対されてしまいましたわ。残念ですわ。

忙しくなりすぎて、体を壊すって心配されてしまいましたわ。

それにしても、アンヌ、あんなに必死に止めるなんて、わたくしのこと、よっぽど心配してくれたんですわね。

わたくしは果報者ですわ。

仕方ありませんわね。とりあえず、飢饉やら混沌の蛇のことやら、いろいろ解決して、暇になったら、検討することにいたしますわ。

やはり、わたくしの教育者としての才能をこのまま眠らせておくのは惜しいですし。

あとがき

こんにちは、お久しぶりです、餅月です。四巻、お楽しみいただけましたでしょうか？

さて、唐突ですが……、祝！　舞台化！

ということで、ティアムーン舞台化です。コミカライズでもポカーンだったのに、舞台化とか、もう異次元の世界、唖然、呆然とするばかりな作者です。

思い返せば、高校生の頃。某太正浪漫恋愛ゲームにはまっていた私は、毎年春と夏、声優さんが行う歌謡ショウに出かけておりました。

なけなしのお小遣いを手に、ちょっぴりお高いうちわを買ったり、Tシャツを買ったり、ブロマイドを買ったり……。そうして大量のグッズを抱えたまま、夢のレビュウに胸躍らせたものです。なんと言いますか、舞台には独特のワクワク感がありますよね。幕が上がる前、席について、隣の席がどんどん埋まっていって……、そして、明かりが落ちる。

スポットライトが前方を照らして、夢の時間が幕を開ける。

舞台が終わった後も、CDを買って飽きるまで聴いていていました。MDに移して、学校に持って行ったり……。楽しい青春の一場面なのです。

ティアムーンの舞台も大ヒットして、次にはミュージカル化、サウンドトラック発売とかしないかなぁ、などと野望は膨らむばかりです。ミーアのキャラソングとか聞いてみたいなぁ、と思う今日この頃です。

ミーア「ミュージカル……ふむ！　これは、わたくしも歌わざるをえませんわね！　あー、あー！」
アンヌ「わぁ！　ミーアさま、ダンスだけじゃなく、歌もお上手なんですね！」
ミーア「ふふふ。作詞もいけますわよ。わ～たく～しは～そ～め～いで～、美人の～お姫さま～。うふふ、ほら、すらすら出てきますわ。やっぱりわたくし、詩の才能があるのではないかしら？」

などと気楽な無人島生活を送るミーアですが、次巻では、それなりに大変な秘密を掘り起こしてしまってアワアワします……いつものミーアです。

ということで、また、お会いできると幸いです。


ここからは謝辞です。

Ｇｉｌｓｅさん、可愛いイラストをありがとうございます。今回もとても素敵な表紙をつけていただきました。毎回、とても凝ったアイテムを楽しみにしております。

担当のＦさん、今回も諸々お世話になりました。

家族へ。いつも応援ありがとうございます。無事に四巻も出せました。

そして、この本を手に取ってくださった読者のみなさま、今回もミーアの冒険にお付き合いいただきありがとうございます。お楽しみいただけたなら幸いです。

それでは、失礼いたします。

FNY…
乗馬とダンスのレッスンに励んだ甲斐あってミーアはダイエットに成功した！
世の中には『頑張った自分へのご褒美』という言葉がございますもの
今日は特製ケーキをいただいてもよろしいですわよねっ
ドヤァ〜〜ッ！
クロエ
ミーアさま本で読んだことがあります
痩せたと思って油断して食べると元に戻るどころか逆に太ってしまうそうです
むぐっ
そそうなんですの…？
そして家畜の豚と間違われて売り飛ばされてしまうって
あ…ほらミーアさまも
いい感じに丸々と……
!?
にょ…
出荷だ 出荷だ
ブクブク
ブクブク…
ダーン
きゃあっ！
ミーアさましっかりっ!!
悪夢から覚めたミーアは滅茶苦茶泣きべそかいた
4
ティアムーン帝国物語 4巻
お買い上げありがとうございます！
もちづきみず

巻末おまけ

コミカライズ 第七話

Comics trial reading

Tearmoon

Empire Story

原作——餅月 望
漫画——杜乃ミズ
キャラクター原案——Gilse

逃げ出すチャンスですわ！
ちょっと失礼いたしますわ！
たっ
アベル
レムノ王国第一王子ゲイン・レムノ
お前は……なにをやっていた？
お兄さま……

ですから
ボクは
ダンスの
パートナーを
と
……ずいぶんと
野蛮な方ですわね
軟弱者が……
卑屈に女に
ヘコヘコしやがって
誇りあるレムノの王家に
連なる者ならば
もっと剣の腕を鍛えろ
そうすれば
女のほうが
寄ってくる

まぁ お前になんか
ダンスパートナー
といってもロクな女が
寄ってこないだろうさ
いくら情けなく
ご機嫌とりをしてもな
……
なにせお前は
一度も剣で
俺に勝てたことがない
負け犬なんだからな!!
ハハハハハ
タッ
ミーア姫
ス
いったい
何が……
…

何をしておりますの？
な……!?
なんだお前は……
ハッ
……!
……悪いが今取り込み中なんだお嬢ちゃん
ああ心配しなくっても兄弟喧嘩みたいなもんだから気にしてくれなくってもいい

だから
大人しくあっちへ
行ってくれないか？
な？
……
ん？
怖がらせ
ちゃった
かな？
悪い悪い
ふふっ…
なんて
やんちゃなことを！
？

この程度の恫喝（どうかつ）
革命軍に本気の殺気を
叩きつけられた
こともあるわたくしには
子猫同然ですわ
しょせんは
温室育ちの
王子さま
ですわね！
プークスクス
なっ
何が
おかしいんだ！
あら失礼
ですが……
あまりわたくしの
ダンスパートナーの
顔を殴られると
困ってしまいますの
はっ……？
ピク…

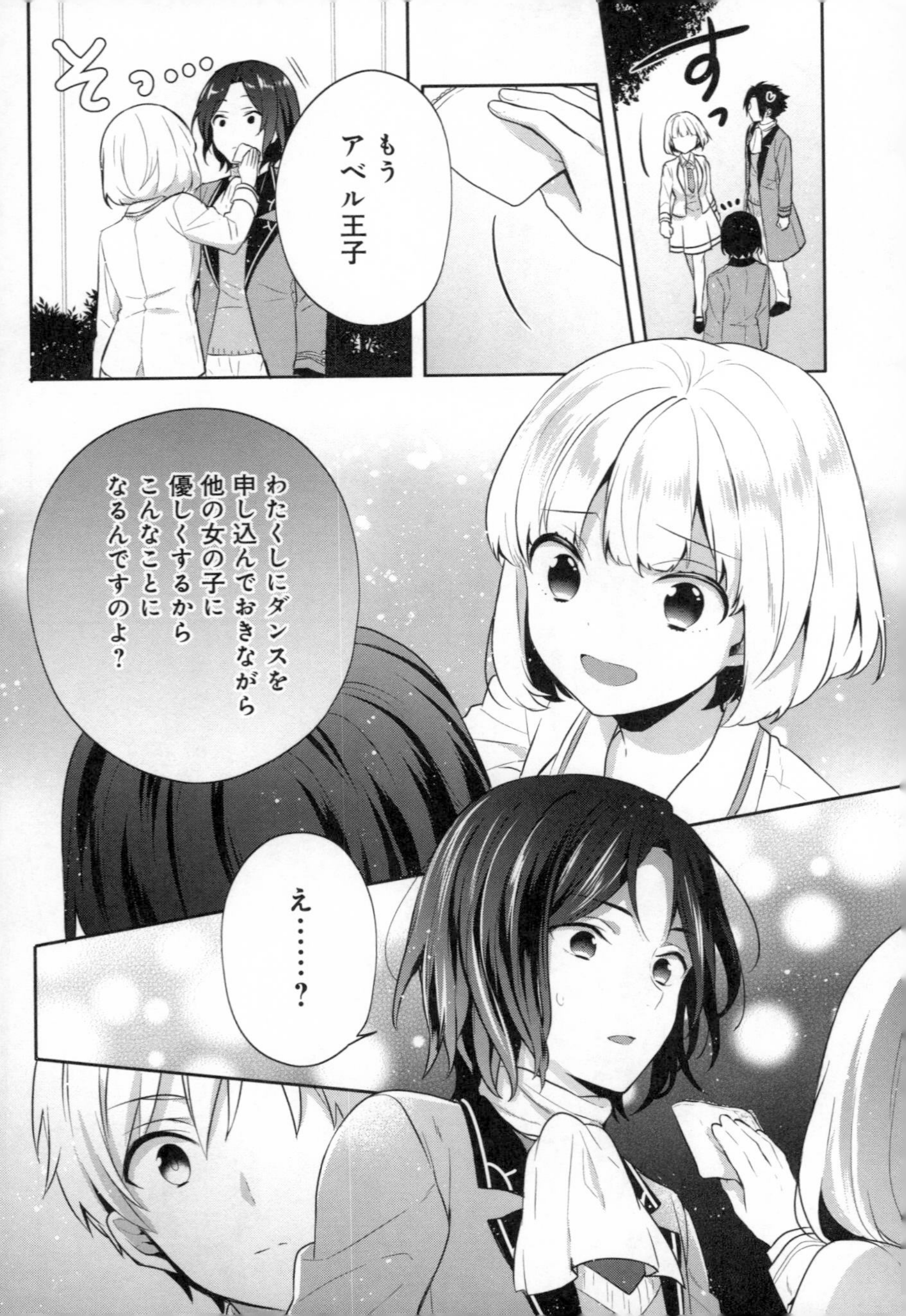
すっ
そっ…
もう
アベル王子
わたくしにダンスを
申し込んでおきながら
他の女の子に
優しくするから
こんなことに
なるんですのよ？
え……？

くるっ
お初に
お目にかかりますわ
レムノ王国の
第一王子殿
わたくしは
ティアムーン帝国皇女
ミーア・ルーナ・
ティアムーン
あなたの
弟さまに寄ってきた
ロクでもない女ですわ
……!!
帝国ッ……!?

……え？

……そうか
残念だが
しかたがない

ふ…

うふふ
それでは皆さま
失礼いたしますわ
アベル王子
明日は
よろしくお願い
いたしますわね
ちょ……っ
姫……‼
チッ
タッ
ザッ
あらら
見事にフラれて
しまいましたね
シオン殿下
…いたのか
キースウッド

しかし まさか断られるとはね
まぁ 確かに友誼を深めるよい機会ではあるが
これが最後というわけでもないのだし気を落とすことも……
おや？
……珍しいなこんな顔
もしかして
ダンスのお誘いを断られて機嫌を損ねました？
別にそんなことはない
彼女の行動は立派だったしアベル王子の面目も立った
レムノ王国の第一王子もあまり褒められた性格ではなかったし
アベル王子に肩入れすることは
よくわかる

それに
申し込んだのは
こちらだ
当然あちらに
選択権が
あることぐらい
わかってる
なのに
なんとなく
モヤモヤ
すると？
だから
別にモヤモヤなんか
してないって！
ただ……
少し残念だった
だけだ
気にして
なんかない
ふい

ふむ……
いつもはからかっても冷静にあしらわれてしまうのに
本当に珍しい
しかしミーア姫……ね
言ってはなんだがアベル王子がシオン殿下に勝っているところなどひとつもない
確かに顔立ちは整っているし人気は集めるだろうが……
見た目に惑わされる者だろうと本質を見抜く賢者であろうとあまねく魅了する者それがシオン殿下だ
俺には見えないアベル王子の資質が見えていたとでも言うのか？
仮にも帝国の叡智と謳われる皇女殿下だ
それは相手の誇りを慮る慈愛の聖女か
緻密な計算に基づいた策士の行動か
あるいは……そうだな

シオン殿下をからかっただけの『小悪魔』……
かな？
そんな評価は露知らず
……ふっ……
ピタ
公衆の面前でシオン王子の誘いをお断りしたのは痛快でしたわっ!!
ドヤァァァァァ
腹の中は大変ゲスな皇女殿下であった
待ってくださいミーア姫
ダっ
ん？

あら
アベル王子
先ほどは
助かりました
けれど
あれで十分
ダンスパーティーでは
シオン王子を
パートナーに
していただきたい
あら？
わたくしに
恥をかかせる
おつもりですの？
い
いえ
そうではなく！
ボクなどと
踊っても
しかたないでしょう
ボクと
あなたとでは
とてもではないが
釣り合わない！

ならば
わたくしのために自分を磨きなさい
わたくしに釣り合うように
……
ででも残念ながら
ボクには才能がないのですミーア姫
どれほどがんばっても兄にすら勝てない
続きはコロナEXにてお楽しみ下さい!

小説
第14巻
2023年
9月9日
発売!
シリーズ累計
140万部
突破!
(紙+電子)
TVアニメ放送開始!
帝国物語
式HPへ!
餅月望──著
Gilse──イラスト
原作HP
TVアニメHP

Comics
ティアムーン帝国物語
ティアムーン帝国物語
ティアムーン帝国物語
ティアムーン帝国物語
ティアムーン帝国物語
漫画：杜乃ミズ
コミックス
第7巻
2023年
10月14日
発売！
2023年10月より
MBS・TOKYO MX・BS11にて
ティアムーン
断頭台から始まる、
姫の転生逆転ストーリー
詳しくは公

リーズ累計120万部突破!（紙＋電子）

TO JUNIOR-BUNKO

※第4巻カバーイラスト

イラスト：kaworu

TOジュニア文庫第4巻
2023年9月1日発売!

NOVELS

※第24巻書影

イラスト：珠梨やすゆき

原作小説第25巻
2023年秋発売!

COMICS

※第10巻書影

漫画：飯田せりこ

コミックス第11巻
2024年春発売予定!

SPIN-OFF

※WEB連載バナー

漫画：桐井

スピンオフ漫画第1巻
「おかしな転生～リコリス・ダイアリー～」
2023年9月15日発売!

甘く激しい「おかしな転生」シ

TV ANIME

テレビ東京・BSテレ東・AT-X・U-NEXTほかにてTVアニメ放送・配信中!

※放送・配信日時は予告なく変更となる場合がございます。

CAST
ペイストリー：村瀬 歩
マルカルロ：藤原夏海
ルミニート：内田真礼
リコリス：本渡 楓
カセロール：土田 大
ジョゼフィーネ：大久保瑠美
シイツ：若林 佑
アニエス：生天目仁美
ペトラ：奥野香耶
スクヮーレ：加藤 渉
レーテシュ伯：日笠陽子

STAFF
原作：古流望「おかしな転生」（TOブックス刊）
原作イラスト：珠梨やすゆき
監督：葛谷直行
シリーズ構成・脚本：広田光毅
キャラクターデザイン：宮川知子
音楽：中村 博
OP テーマ：sana(sajou no hana)「Brand new day」
ED テーマ：YuNi「風味絶佳」
アニメーション制作：SynergySP
アニメーション制作協力：スタジオコメット

アニメ公式HPにて予告映像公開中!
https://okashinatensei-pr.com/

GOODS

おかしな転生 和三盆

古流望先生完全監修!
書き下ろしSS付き!

大好評発売中!

STAGE

舞台「おかしな転生 ～アップルパイは笑顔とともに～」

DVD化決定!

2023年8月25日発売!

GAME

TVアニメ「おかしな転生」がG123でブラウザゲーム化決定! ※2023年8月現在

▲事前登録はこちら

只今事前登録受付中!

DRAMA CD

おかしな転生ドラマCD第②弾

好評発売中!

詳しくは公式HPへ!

（第４巻）
ティアムーン帝国物語Ⅳ
～断頭台から始まる、姫の転生逆転ストーリー～

2020年７月１日　第1刷発行
2023年８月１日　第4刷発行

著　者　餅月 望

発行者　本田武市

発行所　TOブックス
〒150-0002
東京都渋谷区渋谷三丁目1番1号　ＰＭＯ渋谷Ⅱ　11階
TEL 0120-933-772（営業フリーダイヤル）
FAX 050-3156-0508

印刷・製本　中央精版印刷株式会社

ISBN978-4-86699-005-7